村上春樹 翻訳ライブラリー

大聖堂

レイモンド・カーヴァー

村上春樹 訳

中央公論新社

目次

夢の残影――日本版レイモンド・カーヴァー全集のための序文

テス・ギャラガー
（村上春樹訳）

その猫背気味の大男は、自作の短篇を朗読するために講演台に向かった。一九七七年の十一月、テキサス州ダラスの出来事である。彼はそれほど多くもない同業者の聴衆を前にして、ひどくあがっており、がくがくと震えているのがわかるくらいだった。それで私は最初、その男のことを助け出してやりたいと思った。そこに飛んでいって、こう言いたかった。「ねえあなた、何もわざわざこんなことしなくてもいいんですよ」と。

でもすぐに私は、成り行きやありきたりの敗北がもたらす世界の中に没入していった。その男のぼそぼそっとしたソフトな声音によって訥々と語られる人物や情景は、まるで私自身の生活や、肉体労働者であった私の両親の生活の一部を切り取ったものであるように感じられた。彼が感じとっているものは腕がしめつけられるほどにリアルであったが、でもそれはただ単に「リアリスティックな」というところに留まってはいなかった。この作者、レイモンド・カーヴァーは、いわば複数のディメンションを組み合わせてものを書くことによって、寓話と、「現実」という名で通っているあの捉えがたい表層とを結びつけ、その結果まったく新しい存在を創り出していた。彼の声の中にはアイロニーのかけらもなかった。そしてそのセンテンスは、まるでどこかの山の上から、我々の前にいるこの心やさしい、控え目な妖精に伴われて運んでこられたみたいに、澄んだ輝きを発散させていた。

その時には知るよしもなかったけれど、この人物こそは、その作品と人生を私のそれと分かちがたいまでに結びあわせ、生活を共にし、のちには結婚することになる相手であったのだ。その十一年にわたる二人の生活は両方の人生を変えたが、彼は結局一九八八年の八月二日に肺癌のために五十歳の若さで亡くなってしまった。

その日ダラスで、私が初めて朗読を聴いたカーヴァーの短篇は『怒りの季節』と『頼むから静かにしてくれ』という二冊の短篇集からのものだった。その頃彼はまだあまり世間に名を知られてはいなかったけれど、『頼むから静かにしてくれ』はそこそこの注目を集めていた。彼は十年にも及ぶアルコール依存症から回復しつつあるところで、酒を断ってからまだ約五ヵ月しか経過していなかった。その次に私たちが顔を合わせた時には、彼は二十年にわたる結婚生活に終止符を打ち、のちに第二の人生と自ら呼ぶことになるものの中に足を踏み入れたばかりだった。私はその日ダラスで、彼が『でぶ』と『ダンスしないか？』を朗読するのに耳を傾けながら、どうして私たちはみんな笑ってしまうのだろうと不思議に思った。そこに表出されている喪失のいたましさは、私たちをいやおうなく悲劇の中へと導き入れたが、そのやりかたがきわめて大胆かつ率直なものであったせいで、私たちはそこに出てくる人々の、あるいは更に進んですべての人の営みというものの悲惨さを、何かしら滑稽なものとして、そしてこの手でじかに触知できるものとして捉えるようになってしまったのだ——文字通り息をつく暇もなく。カーヴァーが書きあらわした孤独と絶望を通して、我々は人生の苦境をめぐる認識を共有することができた。それは表面的には月なみな苦境であるように見えたが、しかしそこに彼のヴィジョンが付与されることによって、奥深く、ミステリアスなものになっていた。アーサー・ミラーの『セールスマンの死』は、労働者階級の知られざる葛藤をアメリカ人の眼前に晒した。しかし全国のウィリー・ローマンたちの運命は、レイモンド・カーヴァーという作家が登場してくるまで、文学的、国民的な意識の中に十分取り込まれることはなかったのである。

カーヴァーの短篇小説は、アインシュタインの相対性理論が科学に与えたのと同じ種類の衝撃をアメリカ小説に与えた。どうしてそうなるのか我々にもよくわからなかったけれど、それは我々がミドルクラスの労働者たちを見る目を変えたのである。彼らはしかるべき尊厳をようやく与えられたのである。彼らの味わう痛みを、我々は実感として感じとれるようになった。というのは、カーヴァーはまず何よりも詩人であったからだ。これらの短篇小説はまるで新聞の文章と言っていいくらいの読みやすい散文体で書かれているように見えるが、同時にそれは、細部まで正確に作られた精密機械だったのだ。その短篇小説は、ある批評家が「ネガティブな啓示《エピファニー》」と呼んだもののとともに終わりを迎える。つまり、とくに初期の短篇においては、何らかの救済を見出したいという我々の望みはそっけなく挫かれてしまうのである。人生は実物そのままにハードであり、混迷に満ちたものとして描かれている。登場人物たちの抱くジレンマは『でぶ』における太った男の台詞の中に最もよく現れているかもしれない。「ノー、と彼は言った。もし我々に選択することができるなら、答えはノーだ。しかし我々には選択することはできないんだ」この一節はカフカの『変身』のもつ救いのなさを想起させる。そしてそれはカーヴァーの作品に通底して描かれたより大きな真実を象徴している。人生には選択の余地というものが存在しないことがあまりにも多いという真実を。多くの人々の人生はぬきさしならぬ場所に追い込まれ、彼らは夢の幻影にすがって生きていくしかないのである。彼の初期の作品のヴィジョンは、まぎれもなく五〇年代の末から六〇年代にかけて作りあげられた。彼はアメリカがまだ「アメリカン・ドリーム」というものの存在を信じていた時代に成年に達した。そこでは自己研鑽やひとりひとりの努力といった昔ながらの美徳が、最後には報いられると考えられていた。一生懸命我慢して働いていればそれで万事うまくいく、普通の人間なら家を一軒買って子供たちを大学にやることができて、日々の生活を豊かにすることができるという風に思い込まされていたわけだ。

この夢は七〇年代から八〇年代にかけてすっかり色褪せてしまった。精神的に破産した物質主義にどんどん堕落していくこの国にあっては、往々にして、どんなに一生懸命働いたところで、持つべき権利も持たぬ貧しい労働者階級の子孫として認定されるのがおちだという事実を、人々は知ってしまったのである。カーヴァーはこれらの人々の生活を貫く言葉にならない思いを、その苦悩のありさまやその手ざわりを損なうことなく、新しい、説得力あるかたちで描いてみせたのである。彼は知的な理論を押しつけたり、偉ぶった皮肉な目を向けたりはしない。フランス人の翻訳者であるフランソワーズ・ラスカンがパリで私にこんな話をしてくれた。彼は私の夫の本をまる一冊訳していたのだが、そんなある日、レイモンド・カーヴァーの写真をたまたまどこかで見かけた。「私は彼の顔を見て、自分が大きな間違いを冒していたことに気づきました」と彼は言った。「私はその本をどちらかというと皮肉っぽく、斜に構えたような文章で訳していたのです。でも私は一瞬で悟ったのです、自分が目の前にしている男はその登場人物を一段下に見るような人間ではないのだと」ラスカンはそのことを念頭に置いてもう一度初めから全部訳しなおさねばならなかった。

カーヴァーの研ぎ澄まされ張りつめた文体は、あたかもダイアモンド・カッターのような精密さで磨きをかけられた。職にあぶれ、来る見込みもなさそうなチャンスを待ちつづけている男たちの生活や、男たちからその鬱々とした欲求の延長物のように扱われることに孤独を感じる女たちの姿を、彼は寒気を感じさせるほどの正確さをもって描きあげた。後期の作品の中で、カーヴァーは人物の性格をより詳しく書き込むようになり、その短篇の結末に希望の微かな光をのぞかせるようにもなった。しかし彼は、彼の登場人物たちに、本来あるはずもない解答をわざわざ与えることが自分の責務であるとは考えなかった。損なわれてしまった男女の愛の、苦痛に満ちた性《さが》は、最後にいたるまで彼の心に深く食い込んで離れなかった。彼は多くの短篇において、たとえば『足もとに流れる深い川』とか『シェフの家』とか『でぶ』とか『親密さ』とかがそうだが、女性の視点や、あるいは女性の語り口で物語を語ってさえいる。

同時代人の生活を蝕んでいる心や魂のゆがみをこれほどまでに遠慮会釈なく記録しながら、しかも同情の目を失わずにいられたアメリカ作家は、おそらく彼の他にはひとりもいなかっただろう。彼が死んだ時、「ロンドン・タイムズ」が「アメリカのチエーホフ」と評したのは、当然といえば当然のことであった。その二人の作家は、物語を語る際の恐ろしいまでの精神の強靭さと、そこで用いる手法の率直さにおいて相通ずるものを持っていた。

レイモンド・カーヴァーの存命中も、そして彼の死後においても、批評家やジャーナリストたちは、彼の作品をなんとか響きの良いキャッチフレーズにまとめてしまおうと努めていた。いわく、「ミニマリスト」「ダーティー・リアリスト」「田舎者《ヒック》シック」「貧乏白人《ホワイト・トラッシュ》小説」「フリーズ・ドライ小説」彼らはそんな言葉で彼のスタイルと内容を規定し、説明してしまえると思っているみたいだった。しかしその作品群は終始一貫して、そのようなラベルを拒絶しつづけている。その神秘は神秘のまま残っている。おそらくそれこそが偉大な作家を定義する資質のひとつなのだろう。そう、私はそう思う。たとえ何を言われようと、神秘が神秘のまま残っているという点が。

私はある話を思い出す。それはアメリカ北西部、ファン・デ・フカ海峡沿いのこの地（そこで私たちは共に暮らし、夫は沢山の小説を書いた）の、何人かのハンターたちによって語られた話である。これらのハンターたちが言うには、ずっと昔、ありがたいことにそのような狩猟が禁止されてしまう以前には、猟犬を連れた猟師たちがよくクーガーのあとを追ったものだった。ところが奇妙なことに、ある地点でその匂いが突然ぱったりと消えてしまうのである。彼らはクーガーが殺したものを発見する。しかしクーガー自身の匂いは見失われ、犬たちはあわてふためき混乱する。そのクーガーは透明になったみたいに、ふっと逃げ失せてしまったのである。そのハンターはこう言った、クーガーっていうやつは自分の匂いを抑えてしまえると信じられているんですよ、と。身に危険が迫ると、その動きの実体が人目につかないようにしてしまえるんです。レイモンド・カーヴァーは、自分が与える効力と広範な吸引力とを巧みに人目につかないようにしておく点で、このクーガーに似ていなくもないようである。批評家のハロルド・シュワイツァーはカーヴァーに敬意を表する文章の中で、エドガー・アラン・ポーの『盗まれた手紙』の中の「それは少しばかり簡単すぎる謎なのだ」という一節を引用していたが、これは実に当を得た指摘であると私は思う。彼が言いたいのは、カーヴァーの文章は何ひとつ隠してはいませんよと見せかけながら、実はすべてを隠しているのだということである。カーヴァーがこの企てに成功しているのは、ひとつには表面的な難解さをいっさい排しているからである。そしてそのために我々は、彼の文章のエネルギーが生み出される正確な源をつきとめることができぬままに、知らず知らずカーヴァーの術中にはまりこんでしまうことになる。シュワイツァーによれば、その語り口は手段として悲劇性を真正面から引き受けているので、うわべだけの芸術気取りというものをいっさい捨て去ることができたのである。

批評家たちが今になってやっと気がつきはじめていることのひとつは、レイモンド・カーヴァーは初期の短篇に見られる短く刈りこまれた文体や人物設定にいつまでも汲々としがみついていたわけではないということである。彼の芸術性が深まるに従って、たとえば『大聖堂』や『親密さ』や『ブラックバード・パイ』においては、彼は登場人物の性格づけに深みを加え、その結末と語り口に複雑さを付与するようになったのである。そしてそれは、チェーホフの死の感動的な事実とフィクショナルな挿話を結びつけた、あの上質の哀しみにみちた『使い走り』において頂点に達することになる。そこで彼は、他の作家が書いたら単なる傍観者として終わってしまったであろう登場人物たちを大きく膨らませて描いている。

中期から晩年にかけてのカーヴァーの短篇に絶えず姿をのぞかせることになったもうひとつの要素は、そのユーモアである。最後に北西部で朗読会を行った時、彼が

『象』を朗読したそのシアトルの小さな書店は聴衆でごったがえしていたのだが、笑い声があまりに大きかったので、彼は何度も何度も朗読を中断しなくてはならなかった。時折シャイな微笑みを浮かべつつ目を上げ、自分も笑い出してしまいそうになるのを抑えて、先を読み進もうとしていた。でもそれと同時に、その頃の彼は息をするのもつらくなっていた。だから、彼はそのような人々の熱中ぶりからエネルギーを引き出してもいたのだ。

最後になったが、彼は何度も何度も繰り返し読まれることに耐えられる作家である。ある時には声を出して、またある時にはひとりでひっそりと、ある場合には物語そのもののシンプルな面白さにひかれて、またある場合には彼が意図的に書かなかった、豊饒な表面下のテクスチュアを味わうために。彼が短篇小説を書いたことによって、短篇小説という形式は見事に蘇生した。それは今やひとつの流れとなっていて、その反響は世界のいたるところにおいて触知できる。そしてその一方で、張りつめつつもしなやかなクーガーの筋肉は、彼の小説のページからページへとその足取りを自在に変化させている。我々はそのような彼の跳躍や沈黙に対する雪であり、枝であるのだ。

テス・ギャラガーに
そしてジョン・ガードナーの思い出に

大聖堂

羽根

Feathers

仕事仲間のバドが、フランと私を夕食に招待してくれた。私は彼の奥さんとは面識はないのだが、バドだってフランに会ったことはないから、おあいこというところだ。でも私とバドは仲が良いし、彼の家に小さな赤ん坊がいることは知っていた。我々が夕食に呼ばれたとき、赤ん坊はたしか生後八ヵ月くらいだったと思う。八ヵ月なんてあっという間に過ぎてしまう。私はバドが葉巻の箱を持って仕事場に出てきた日のことを覚えている。彼はランチルームでそれをみんなに配った。ドラッグストアで売っているような安物の葉巻だった。ダッチ・マスターズ。でも一本一本に赤いラベルが貼ってあって、包み紙には〈男児誕生!〉と印刷してある。私は葉巻は吸わないが、つきあいで一本をもらった。「二本とりなよ」とバドが言った。そして箱を振った。「俺だって葉巻は好かないけどさ、これは彼女のアイデアなんだ」彼女というのは奴の女房のことだ。名前はオーラ。

私はバドの奥さんに会ったことはないが、電話で声だけは聞いたことがある。あれは土曜日の午後で、私は一人で暇をもてあましていた。それでバドに電話して、一緒に何かしないかと訊いてみることにした。女が電話に出て、「はい、もしもし」と言った。頭が急に真白になって、彼女の名前を思い出すことができなかった。バドの奥さんの名前をだ。バドは私に向かってその名前を何度も何度も繰り返し口にしていた。でもこっちはいちいち覚えちゃいない。「もしもし！」と女は繰り返した。テレビの音が聞こえた。「どなたですか？」と女が言った。赤ん坊が泣きはじめた。「バド！」と女が呼んだ。「なんだ？」というバドの声が聞こえた。それでも私はまだ奥さんの名前を思い出せなくて、そのまま電話を切ってしまった。次に仕事場でバドと顔を合わせたとき、私は電話をかけたことなんておくびにも出さなかった。そうするかわりに彼が奥さんの名前を口にするように話をもっていった。「オーラ」と彼は言った。オーラ、と私は自分に言いきかせた。オーラ。

「おおげさなものじゃないんだ」とバドは言った。我々はランチルームでコーヒーを飲んでいた。「四人だけでいいじゃないか。あんたとあんたの奥さんと俺とオーラ。ざっくばらんにやろうや。夕方の七時頃。女房は六時に赤ん坊にミルクを飲ませて、寝かせつける。そのあとで食事って段取りなんだ。俺の家はすぐにわかると思うけど、まあ地図を書いといたよ」彼は大きな道路や小さな道路や小径やら何やらかやらが書きこまれて、全ての方位が矢印で示された紙をくれた。彼の家のあるところには大きな×がついていた。「喜んでうかがうよ」と私は言った。でもフランはたいして喜ばなかった。

その日の夕方、テレビを見ながら、私は彼女に、バドの家に何か手みやげでも持っていった方がいいかなと訊ねてみた。

「手みやげって、どんなもの？」と彼女は言った。「何か持って来てくれって向こうが言ったの？　何持ってけばいいのかなんて私にわかるわけないでしょ。そんなこと言われても困るわ」彼女は肩をすくめて、うんざりしたような目で私の方を見た。彼女は私の口からバドの話は聞いていた。しかし彼に会ったことはないし、とくに会いたいという風でもなかった。「ワインの一本でも持っていけば」と彼女は言った。「なんだってかまわないじゃない。ワインにしなさいよ」彼女は頭を振った。長い髪が肩の上で前後に揺れた。どうして他人とかかわりあう必要があるのよ、と言いたげだった。二人だけでどこがいけないのよ。「こっちに来なよ」と私は言った。彼女は私が抱けるように、少しこちらに近寄ってきた。フランはやせて背が高い。長いブロンドの髪を背中にたらしている。彼女の髪を少し手にとって、匂いをかいでみる。髪の中に手を絡める。彼女は抱かれるままになる。私は顔をその髪に押しつけ、あらためてぐっと抱きしめる。

ときどき髪が邪魔になって、彼女は髪を肩のうしろに払わねばならない。彼女はそのことで苛々する。「この髪ったらほんとうに面倒なのよね」と彼女は言う。フランは乳製品工場で働いていて、仕事に行くときには髪を上でまとめなくてはならないのだ。毎晩髪を洗い、テレビの前に座っているあいだブラッシングしなくてはならない。ときどきもう髪なんて切っちゃおうかしらと言って私を脅す。でもそれが本気だとは思わない。その髪を私がすごく気に入っていることを彼女は承知している。私はその髪にぞっこん参っているのだ。私は彼女に、君にほれてるのはその髪のせいだよと言う。髪を切っちまったらもう君のことを愛さなくなるかもしれないぜ、と。私は彼女を「スエーデン人《スウィード》」と呼ぶことがある。彼女はスエーデン人といっても十分通るだろう。その頃は夜になると彼女は髪をブラシでとかした。そしてそのあいだ我々は欲しくても手に入らないものを声に出して並べあげたものだった。たとえば新しい自動車。新しい自動車は欲しいもののひとつだった。それからカナダに二週間ほど旅行してみたい。欲しくないものの筆頭は子供だった。我々に子供がいなかったのは、欲しくないからだった。いつかそのうちにね、と我々は話しあっていた。でもそれはもっと先の話だし、あるいはそのままどんどん先送りになるかもしれないとも考えていた。ときどき映画を見に行った。映画を見にいかない夜は家でテレビを見た。フランが菓子を焼いて、それを二人でいっぺんに食べつくしてしまったものだ。

「ワインなんか飲まないかもしれないな」と私は言った。

「とにかくワインを持っていけば」とフランが言った。「向こうが飲まなければ、私たちが飲めばいいんだもの」

「白と赤とどっちにしよう？」

「お菓子でも持っていきましょう」と彼女は私の質問なんか無視して言った。「なんだっていいわよ。これはあなたのショーなんですからね。そんなに大げさなものにはしないでよね。でないと私、行きたくなくなっちゃうから。ラズベリー・コーヒーリングなら作ってもいいわよ。でなければカップケーキとかね」

「デザートくらい用意してあるだろうよ」と私は言った。「デザートの用意なしに夕飯に客は呼ばないもの」

「そう、ライス・プディングとか、あるいはジェロ！　そういうどうしようもないようなやつね」と彼女は言った。「奥さんがどんな人か私はぜんぜん知らないのよ。何が出てくるかしれたものじゃないわ。ジェロなんか出たらどうするのよ？」フランは頭を振った。私は肩をすくめた。でも言われてみればそのとおりだ。「あなたのもらった葉巻」と彼女は言った。「あれも持ってった方がいいわよ。夕食のあとであなたと彼は居間《パーラー》に移って葉巻をふかしてポートワインだかなんだか、映画でよく見るようなものを飲みゃいいのよ」

「わかった、手ぶらで行くことにする」と私は言った。

「手づくりのパンを持っていきましょう」とフランは言った。

バドとオーラの家は町から二十マイルほど離れたところにあった。フランと私は三年ばかりその町に住んでいたが、なんということか、それまで郊外にちょっとドライブに出たことさえなかった。くねくねと曲がった小径をドライブするのは良い気分だった。あたたかくて気持ちのいい夕方で、牧草地や、横木の塀や、乳牛なんかが見えた。乳牛たちは古い納屋の方へ向かってのっそりと歩いていた。塀の上にはハゴロモガラスがとまり、鳩は干し草置き場のまわりをぐるぐると歩いていた。庭のようなものもあって、そこには野生の花が咲きみだれ、道路から奥まったところにこぢんまりとした家が建っていた。「こういうところに家が欲しいもんだねえ」と私は言った。それはただふとそう言ってみただけのことで、いつもの他愛のない願望のひとつにすぎなかった。フランは返事しなかった。彼女はバドのくれた地図を読むのに忙しかったのだ。我々はバドがしるしをつけた四つ角についた。そして地図に示してあるとおりに右に曲がり、正確に三・三マイル進んだ。道路の左手にとうもろこし畑と郵便受けと長い砂利敷きのアプローチが見えた。アプローチの先には樹が何本かあって、その向こうにフロント・ポーチのある家が建っているのが見えた。煙突もついている。しかし季節は夏だったから、もちろん煙は出てはいなかった。でもそれは心あたたまる眺めだと思ったので、私はフランにそう言った。

「ひどいど田舎」と彼女は言った。

私はアプローチに車を入れた。アプローチの両側にはとうもろこしが茂っていた。とうもろこしは自動車よりも丈が高かった。砂利がタイヤの下でぱちぱちとはじけるのが聞こえた。家に近づくと、庭の木のつるから野球ボールほどの大きさの緑色の物体がいくつかぶらさがっているのが見えた。

「何だ、あれ？」と私は言った。

「なんでしょうね、まったく」と彼女は言った。「かぼちゃの一種かしらね。そんなの、私が知るわけないでしょう」

「なあ、フラン、そんなカリカリするなよ」と私は言った。

彼女は答えなかった。彼女は下唇をちょっとすぼめ、聞かないふりをした。そして家が近くなるとラジオのスイッチを切った。

赤ん坊用のブランコ・セットが前庭に置いてあり、玩具がいくつかポーチの上にちらばっていた。私は家の正面で車を停めた。まさにそのとき、おぞましい金切り声が耳にとびこんできた。家の中に赤ん坊がいることはわかっていたが、その叫び声は赤ん坊にしては大きすぎた。

「あれは何？」とフランが言った。

そのときハゲタカくらいの大きさのものがバタバタという重い音をたててどこかの木の枝からとびおり、車の鼻先に着地した。そしてぶるぶると身を震わせた。それは長い首を自動車の方に曲げて、顔を上げ、じっと我々を睨んだ。

「なんてこった」と私は言った。そしてハンドルに両手を置いたまま、しげしげとそれを眺めた。

「嘘みたい」とフランがいった。「私、実物見たの初めて」

我々は二人ともそれが孔雀であることはわかっていたが、その名前を口にするのが何となくはばかられた。我々はただただそれを見つめていた。鳥は頭をくいと上にあげて、また例の耳ざわりな叫びを発した。今では体もふくらんで、着地したときに比べて二倍くらいの大きさになっていた。

「なんてこった」と私はまた言った。我々は車のフロント・シートにじっとそのまま座りこんでいた。

鳥はちょっと前に進んだ。それから横に首を曲げ、身をひきしめた。ギラギラと光る野性的な目が相変わらず、我々二人をじっと見据えていた。尾は上に持ちあがって、大きな扇を広げたり閉じたりしているみたいに見えた。その尾には虹の七色がひとつひとつきれいに輝いている。

「なんで、また」とフランは小声で言った。そして私の膝に手をのばした。

「なんてこった」と私は言った。他に言葉が出てこない。

鳥はあの奇妙な嗚咽をまた繰り返した。「メイオー、メイオー！」といったような声だ。夜更けにいきなりそんな声を耳にしたら、きっと誰かが死にかけていると思ったことだろう。あるいは危険な野生動物があたりをうろついているのだと。

玄関のドアが開き、バドがシャツのボタンをとめながらポーチに出てきた。髪は濡れていて、つい今しがたシャワーから出てきたばかりといった感じだ。

「うるさいぞ、ジョーイ！」と彼は孔雀に言った。そして鳥に向かってぱちんと手を叩くと、鳥は少しうしろに下がった。「もういい、やかましい、黙れ！　黙れったら、このやろう！」バドは階段を下りてきた。そしてシャツの裾をズボンにたくしこみながら車の方にやってきた。いつもの仕事のときの服装だ。ブルージーンとデニムのシャツ。私はスラックスに半袖のスポーツ・シャツという格好。そして靴はよそいきのローファーだ。バドの格好を見て、自分がきちんとした服装をしてきたことを悔んだ。

「よく来てくれたな」とバドは車の横に来て言った。「中に入んなよ」

「よう、バド」と私は言った。

フランと私は車から下りた。孔雀はちょっと脇に離れて立ち、意地悪そうな見かけの頭をさっさっと左右に動かしていた。我々は鳥とは一定の距離を保つように気をつけた。

「家はすぐにみつかった？」とバドが私に言った。彼はフランの方には目も向けなかった。紹介されるのを待っているのだ。

「地図がよくできてたからね」と私は言った。「ようバド、フランだ。フラン、バドだ。君についちゃいろいろ聞かされてるよ」

彼は笑って、二人は握手した。フランの方が背が高く、バドは彼女を見上げなくてはならなかった。

「彼はいつもあなたのことを話してるのよ」とフランは言った。そして握手した手を戻した。「バドがどうした、バドがこうしたって、仕事場にはあなた以外に話題にする人がいないみたい。初対面って感じがしないくらいよ」彼女はそう言いながらも孔雀から目を離さなかった。鳥はポーチの近くに移動していた。

「そりゃ友だちだもんな」とバドは言った。「話題になって当然ってもんさ」とバドは言って、それからニヤッとして私の腕に軽くパンチをくれた。

フランはパンを抱えたままだった。それをどうすればいいのか、彼女にはわからなかった。彼女はパンをバドに渡した。「これ召しあがって下さい」

バドはパンを受けとった。そしてそれをひっくりかえし、まるで生まれて初めてパンを見たみたいな目で眺めた。「こりゃ、どうもありがとう」彼はパンを顔の前に持って、くんくんと匂いをかいだ。

「そのパン、フランが焼いたんだ」と私はバドに言った。

バドは肯《うなず》いた。それから「さあ中に入って俺の女房と子供の母親に会ってくれよ」と言った。

彼はオーラ一人のことを言っているのだ。このへんで母親と言えば、オーラのことしかない。バドの母親はもう死んでいるし、父親は彼が子供のときに出ていったきりという話を本人の口から聞いていた。

孔雀は我々の前方を急ぎ足で走って、バドがドアを開けるとひょいとポーチにとびのった。そして家の中に入ろうとした。

孔雀がフランの脚に体を押しつけたので、彼女は「まあ」と言った。

「ジョーイ、やめろ」とバドは言って、鳥の頭のてっぺんをこつんと叩いた。孔雀はポーチに下がってぶるぶると身を震わせた。身を震わせると、長い尾の羽根がカサカサと音を立てた。バドが足で蹴とばす格好をすると、孔雀はまた少しうしろに下がった。それからバドはドアを開けて我々を中に入れた。「女房があいつを家の中に入れるもんでね。そのうちにあのいまいましい野郎はきっとテーブルで食事したり、ベッドにもぐりこんだりするようになるぜ」

家の中に入ったところで、フランは立ちどまってうしろのとうもろこし畑を振り返った。「素敵なところね」と彼女は言った。バドはまだドアを押さえていた。「ねえジャック、あなたもそう思うでしょ？」

「まったくね」と私は言った。彼女がそんなこと言うなんて驚きだった。

「こういうのって、見た目ほどいいものでもないんだ」と彼はまだドアを押さえたまま言った。そして孔雀にむけて脅すしぐさをした。「あれこれと手間がかかるばかりで、息つく暇もない」それから「さ、中に入ろう」と彼は言った。

「ようバド、あっちに茂ってるのはなんだい？」と私はきいた。

「あれ、トマト」とバドは言った。

「ちょっとしたお百姓さんね」とフランは言って感心したように首を振った。

バドは笑った。我々は中に入った。居間では髪を束ねた背の低いぽちゃっとした女が我々を待っていた。彼女は両手をエプロンの中にくるくると丸めていた。頬はまっ赤に染まっている。私は最初、彼女は息を切らせたか、あるいは何かにひどく腹を立てているんじゃないかと思ったくらいだった。彼女は私のことはちらっとひととおり見ただけで、フランの方に目をやった。べつに冷ややかな視線というのではない。ただ見ているだけだ。彼女はじっとフランを見つめていたが、頬はまだずっと赤いままだった。

「オーラ、こちらはフランだ。そいで、こちらが友だちのジャック。ジャックのことはよく知ってるよな。君たち、これが女房のオーラだ」とバドが言った。彼はオーラにパンを渡した。

「なあにこれ？」と彼女は言った。「あら自家製のパンね。どうもありがとう。そのへんの好きなところにかけて下さい。気楽にしてね。ほらバド、みなさんにお好きな飲み物をうかがいなさいよ。私ちょっと料理を火にかけっぱなしだから」オーラはそう言うとパンを手にキッチンへと戻っていった。

「座りなよ」とバドが言った。フランと私はソファーに腰を下ろした。私は煙草に手をのばした。「灰皿だな」と彼は言った。彼はテレビの上から何かどっしりしたものをとってきた。「これ使いな」と彼は言って、私の前のコーヒー・テーブルの上に置いた。それは白鳥の形に似せて作られたよくあるガラスの灰皿だった。私は煙草に火をつけて、マッチを白鳥の背中のくぼみの中に落とした。そして白鳥の中から細い煙が一筋立ちのぼるのを眺めた。

カラーテレビがついていて、我々はしばらくそれを眺めていた。画面ではストック・カーがきいきいと音を立てながらトラックを回っていた。アナウンサーは荘重な声でしゃべっていたが、いかにも興奮をおさえかねているようだった。「公式発表が待たれております」とアナウンサーは言った。

「この番組見てたい？」とバドがきいた。彼はまだ立ったままだ。

どっちでもいいよと私は言った。べつにどっちでもよかったのだ。フランは肩をすくめた。そんなこと知ったことじゃないわよとでも言いたげだった。はじめから覚悟してるんだから、どうぞお好きに、と。

「あと二十周くらい残ってるだけなんだ」とバドは言った。「もうすぐ終わるよ。前半の方ででかい衝突があってさ、車が半ダースほどおしゃかになっちまった。ドライバーも何人か怪我した。怪我の程度はまだわかってないけど」

「つけときなよ」と私は言った。「見てようぜ」

「目の前でこのろくでもない車がひとつくらい爆発するのが見られるかもしれないしね」とフランが言った。「あるいは観客席にとびこんでうす汚いホットドッグを売っている売り子を潰しちゃうかもね」、彼女は指のあいだに髪の房をはさみ、テレビをじっと見ていた。

バドは彼女がふざけて言っているのかどうかよくわからなくてフランの方を見た。

「あの事故は、衝突は、ちょっとしたもんだったぜ。次から次へとどすんでね。車やら車の部品やら人間やらがそのへんにごろごろさ。さてと、何を飲む？　エールと、それからオールド・クロウが一本あるけど」

「あんたは何飲む？」と私はバドにきいた。

「エール」とバドは言った。「ばっちり冷えてるぜ」

「じゃあエールを頂こう」と私は言った。

「私はオールド・クロウを少しだけ水で割って下さいな」とフランは言った。「丈の高いグラスで氷を入れてね。いいかしら」

「もち」とバドは言った。彼はもう一度テレビに目をやって、それからキッチンに消えた。

フランは私をこづいて、テレビの方を顎でしゃくった。「上を見てよ」と彼女は小声で言った。「あれ、見えるでしょ?」私は彼女の視線を目で追った。細長い赤い花びんがあって、ひなぎくが何本か差してあった。花びんの隣の敷き布の上には古い焼き石膏の歯型が置いてあった。それはこの世でこれほどぐしゃぐしゃな並びの悪い歯型はあるまいと思えるほどの代物だった。そのおぞましい代物には唇もなく、顎もなく、黄色くてぶ厚い歯茎に似せた何かの中に、石膏の歯型がすっぽりと埋めこまれているだけだった。

ほどなくオーラがミックス・ナッツの缶とルート・ビアを手に戻ってきた。今ではもうエプロンをはずしている。彼女はナッツの缶をコーヒー・テーブルの白鳥の灰皿の隣に置いた。「どうぞ召しあがっててね。バドはいま飲みもの作ってるから」と彼女は言った。そう言うと、オーラの顔はまた赤くなった。彼女は古い籐のロッキング・チェアに腰を下ろして、前後に揺らせた。そして自分のルート・ビアを飲みながら、テレビの画面を見た。バドが小さな木のトレイにフランの水割りのグラスと私のエールの瓶をのせて運んできた。自分のぶんのエールもそこにのっていた。

「グラスいるかい?」と彼が私に訊いた。

私は首を横に振った。彼は私の膝をぱんぱんと叩いて、フランの方を向いた。

彼女はバドからグラスを受けとって「どうもありがとう」と言った。彼女の視線はまた歯型の方に向かった。バドは彼女の視線を目で追った。自動車は悲鳴をあげながらトラックをまわっていた。私はエールを飲んで、画面に神経を集中した。歯型のことなんて私には関係ない。「あれはさ、オーラが歯並びを矯正する前の歯型」とバドがフランに言った。「俺は見慣れちまったけど、あんな風に飾っとくなんて、あんまりまともとはいえないよな。彼女がなんであんなとこに置いとくのか、俺にもさっぱりわからないのさ」彼はオーラの方を見た。それから私の方を見てウィンクした。彼はレイジー・ボーイ椅子に座って足を組み、エールを飲みながらオーラの方をじいっと見ていた。

オーラはまた顔を赤らめた。彼女はルート・ビアの瓶をしっかりと握っていた。そしてそれを一くち飲んだ。それから「あれを見てると、バドがどれだけ私に良くしてくれたかということを思い出すの」と言った。

「なんですって?」とフランがきいた。彼女はナッツの缶からカシューを選んで食べていたのだが、手を止めてオーラの方に顔を向けた。「ごめんなさい、ちょっと聞こえなかったもので」フランは女の顔をじっと見て、彼女が口を開いて何かを言うのを待っていた。

オーラの顔がまた赤くなった。「感謝するべきことがいっぱいあるの」と彼女は言った。「これもそのうちのひとつで、私はこれを見るたびに、どれくらいバドが私に良くしてくれたかということを思い出すの」彼女はルート・ビアを一くち飲んだ。それから瓶を下ろした。「あなたの歯は綺麗ね、フラン。すぐに気がついたわ。でも私の歯は子供の頃から、ぐしゃぐしゃに曲がってたの」爪の先で彼女は自分の前歯の二本ほどをとんとん叩いた。「私の両親は貧乏で、歯の矯正に使うお金なんて持ってなかったの。それで私の歯は、それこそもうでたらめに生え揃っちゃったの。私の最初の亭主は私がどんな風に見えようが気にもかけなかったわ。まったくの話！　あいつの頭の中にあることといえば、どうすればもっと酒が飲めるかってことだけ。あいつの友だちっていえばこの世に一人っきりしかいなかったわ。酒瓶よ」彼女はうんざりしたように首を振った。「それからバドに出会って、彼が私をその泥沼からすくいあげてくれたの。一緒になってこの人がまず最初に言ったのは『その歯をなおしちゃおうぜ』ってことなの。その歯型は私とバドが出会った直後のもので、二度めに歯列矯正医を訪ねたときにとったの。矯正金具《ブレイス》をつける前のやつね」

オーラの顔は赤らんだままだった。彼女はテレビの画面に目をやった。そしてルート・ビアを飲んだ。話はそれで終わったようだった。

「その矯正医、すごく腕がよかったみたいね」とフランは言って、テレビの上にのったそのホラー・ショーみたいな歯型に視線を戻した。

「最高の腕よ」とオーラは言った。彼女はロッキング・チェアの中で体を曲げて「ほら見て」と言った。そして内気さをかなぐり捨て、口をあけてもう一度しっかりと歯を見せてくれた。

バドはテレビのところに行って、歯型を手にとった。そしてオーラの横に立って、それを彼女の頬にあてた。「術前と術後」とバドは言った。

オーラは手をのばして歯型を手にとった。「実はね、矯正医はこれを手もとに置きたがったのよ」彼女はそれを膝の上に持ったままそう言った。「とんでもないって私言ったわ。だってもとはといえば、私の歯じゃない。それで医者はこの歯型の写真をとることで我慢したの。雑誌にその写真を発表するつもりだって言ってたわ」

「どんな雑誌かは知らんけど、いずれにせよあまり売れそうもない雑誌だよな」とバドが言って、みんな笑った。

「矯正金具をとったあとでも、笑うときなんかつい口に手をやっちゃったわ。ほら、こんな具合にね」と彼女は言った。「今でもときどきそうしちゃうことがあるの。癖が抜けなくて。バドがある日『そういうのもうよせよ、オーラ。そんな綺麗な歯をかくすことないぜ。すごい見事な歯なんだからさ』って言ってくれたわ」オーラはバドの方に目をやった。バドは彼女に向かってウィンクした。彼女はにっこりと笑って目を伏せた。

フランはグラスのウィスキーを飲んだ。私はエールを飲んだ。何を言えばいいのか、私にはわからなかった。フランも同じだった。しかしフランの方はあとになっていろいろと言いたいことがありそうに見えた。

「ねえオーラ、一度おたくに電話したことがあるんだ」と私は言った。「あなたが電話に出たんだけど、僕は電話を切っちゃった。どうしてそんなことしたのかわからないんだけどさ」私はそう言って、エールをすすった。なぜそんな話を持ちだしたのか、実のところ自分でもよくわからない。

「思い出せないわ」とオーラは言った。「いつのことかしら？」

「ちょっと前」

「思い出せないわ」と彼女は言って頭を振った。そして膝に載せた石膏の歯型を指でいじった。彼女は自動車レースに目を戻し、またロッキング・チェアを揺らせた。

フランは私の顔を見た。彼女は唇をきっとむすんでいた。でも何も言わなかった。

「さあて、それでと」とバドが言った。

「ナッツでも召しあがってて」とオーラが言った。「もうちょっとで夕食の用意ができるから」

家の奥の方の部屋から泣き声が聞こえた。

「やれやれ」とオーラはバドに言って、しかめっつらをした。

「我が息子だ」とバドが言った。バドは椅子の背にどっかりともたれ、我々は音をしぼった自動車レースの残り——三周か四周——を眺めた。

一回か二回、奥の部屋からまた赤ん坊の泣き声が聞こえた。小さな苛立たしげな泣き声だった。

「まったくもう」とオーラは言って、椅子から立ち上がった。「せっかく何もかも用意できて、あとはグレーヴィー・ソースをかけるだけなのにね。でもちょっと子供の様子を見てきた方がいいみたい。みなさんあちらのテーブルにいらっしゃってて。すぐに戻りますから」

「私も赤ちゃん見たいわ」とフランが言った。

オーラはまだ歯型を手に持っていた。彼女はテレビのところまで行って、それをもとに戻した。「今だと興奮しちゃうかもしれないわ」と彼女は言った。「人慣れしてないの。寝かしつけるから、それまでちょっと待ってね。そうしたらのぞけるから。寝てるときにね」そう言うと彼女は廊下の奥の方に歩いていって、部屋のドアを開けた。そしてそっと中に入って、ドアを閉めた。赤ん坊が泣きやんだ。

バドがテレビを消し、我々は食堂のテーブルについた。バドと私は仕事の話をした。フランはそれを横でじっと聞いていた。ときどき彼女は質問までした。でも私には彼女が退屈してることがわかった。赤ん坊を見せてもらえなかったことで、たぶんオーラに対して気を悪くしてもいたのだろう。彼女はオーラのキッチンをじろじろと眺めていた。彼女は髪を指に巻きつけながら、オーラの台所用具を品定めしていた。

オーラがキッチンに戻ってきて、「おしめをかえて、ゴムのアヒルをあてがっといたわ。これでゆっくりお食事できればいいんだけど、どうかしらねえ」と言った。彼女はふたをあけて、鍋をレンジから下ろした。そして赤いグレーヴィー・ソースをボウルにあけ、そのボウルをテーブルの上に置いた。彼女はその他のいくつかの鍋のふたをとり、すべての用意が整っていることをたしかめた。テーブルの上にはベイクト・ハムとさつまいもとマッシュ・ポテトといんげん豆と軸つきとうもろこしとグリーン・サラダが並んだ。フランのパンはハムの隣に晴れがましく並んでいた。

「あら、ナプキンを忘れたわ」とオーラは言った。「食べはじめてて下さい。飲み物のほしい方は？　バドは食事のたびにミルクを飲むんだけど」

「僕もミルク下さい」と私は言った。

「私はお水がいいわ」とフランは言った。「でも自分でやるわ。手間かけちゃ悪いし、すごく忙しそうだし」そして彼女は椅子から立ち上がるような動作をした。

「いいの、いいの」とオーラが言った。「お客さまなんだから座っててよね。いま持ってくるから」そう言って彼女はまた赤くなった。

我々は膝に手を置いて、彼女が戻るのを待った。私は石膏の歯型のことを考えていた。オーラはナプキンと、私とバドのためのミルクのグラスと、フランのための氷の入った水のグラスを持って戻ってきた。「ありがとう」とフランは言った。

「気にしないで」とオーラは言った。そして彼女も席についた。バドが咳払いをした。彼は頭をたれて二、三こと祈りの文句を口にした。とても低い声だったので、その文句はほとんど聞きとれなかったが、おおよその意味はわかった。彼は我々がこれからたいらげようとしている食べ物を与えてくれた神の力に感謝しているのだ。

彼が祈りを終えると、オーラが「エーメン」と言った。

バドは私の方にハムの皿をまわし、自分はマッシュ・ポテトを少しとった。それから我々はせっせと食べはじめた。あまり口はきかなかった。バドか私がときどき「こりゃ実に良いハムだな」とか「こんな美味いとうもろこし食べたのは生まれて初めてだよ」などと言うくらいだった。

「なんといってもこのパンが見事だわ」とオーラが言った。

「サラダをもう少しいただけるかしら、オーラ」とフランが言った。機嫌が少しなおったようだった。

「これもっと食べなよ」とバドは言って、ハムの皿やら赤いグレーヴィー・ソースのボウルやらをまわしてくれた。

ときおり赤ん坊のたてる物音が聞こえた。オーラはふりかえって聞き耳をたてたが、それがただばたばたあばれているだけだとわかると、安心して食事にもどった。

「今晩はちょっとむずかってるわね」とオーラがバドに言った。

「でも赤ん坊見たいわ」とフランが言った。「姉の子供がいるんだけど、今はデンヴァーに住んでるの。デンヴァーなんていつになったら行けることやらね。姪の顔さえ見たことないのよ」フランはそう言ってしばらく物思いにふけってから、また食事をつづけた。

オーラはフォークでハムを口に運んだ。「赤ん坊がうまく寝つくといいんだけど」と彼女は言った。

「まだまだ料理はうんとあるぜ。ハムとかさつまいもはどうだい、みんな」とバドが言った。

「もう一くちも入らないわ」とフランは言って、フォークを自分の皿の上に置いた。「とても美味しかったわ。でももうだめ」

「そんなこと言っちゃだめだよ」とバドが言った。「オーラがルバーブ・パイを作ってるんだから」

「それなら少しいただけるかな。みなさんが召しあがる時分に一緒にね」とフランは言った。

「僕もいただこう」と私も言ったが、社交辞令のようなものだった。実は何をかくそう十三のときに、ストロベリー・アイスクリームとルバーブ・パイを一緒に食べて腹をこわして以来、そいつが大の苦手なのだ。

我々はめいめいの皿の上の料理をたいらげた。そうするうちにあのいまいましい孔雀の声が聞こえた。今度はやつは屋根の上にいた。頭の上から声が聞こえた。屋根板の上を行ったり来たりするコッコッコッという音がした。

バドは頭を振った。「もうすぐ終わるよ。あいつ、飽きて寝ちゃうから」とバドは言った。「ジョーイは庭の木の上で寝るんだ」

鳥はもう一度「メイオオオ」と鳴いた。誰も口をきかなかった。なんて言えばいいんだ？

オーラが口を開いた。「あの子は家の中に入りたがってるのよ、バド」

「そりゃだめだ」とバドが言った。「今日はお客があるんだ。わかってるだろ？　この人たちはあの小汚い鳥に家の中にいてほしくなんかないんだ。あの小汚い鳥とか、お前の昔の歯型とか、まったく俺たちがなんて思われるか考えてもみろよ」彼は頭を振って笑った。我々はみんな笑った。フランも調子をあわせて笑った。

「あの子は小汚くなんてないわよ、バド」とオーラが言った。「なんでそんなこと言うの？　あなただってジョーイが好きじゃない？　いつからそんなに悪く言うようになったの？」

「敷物の上にこの前うんこして以来だよ」とバドは言った。それからフランに向かって「どうも失敬」と言った。「実をいうとなオーラ、ときどき俺はあの畜生の首をしめてやろうかと思うことがあるよ。でもあんな野郎、殺したって一文の値打ちもないしな、そうだろ？　ときどき真夜中にギャアと鳴くもんで、ベッドからとび起きる始末だ。要するにあいつにはびた一文の値打ちもないんだぜ。そうだよな？　オーラ」

オーラはバドの軽口に頭を振って答えた。それから自分の皿の中の何粒かのいんげんをフォークでいじった。

「どうして孔雀を飼うことになったの？」とフランがきいた。

オーラは皿から顔をあげた。「ずっと前から、孔雀を飼うのが夢だったの。子供の頃に雑誌の写真で見て、なんて美しいんだろうと思ったの。それで私、その写真を切り抜いて、ベッドの上の壁に貼ったわ。すごく長いあいだ貼っておいたの。バドと私がここに越してきたとき、私はチャンスだと思ったわ。それで私は言ったの。『バド、私は孔雀を飼いたいわ』ってね。バドは大笑いしたわ」

「でも俺は結局探しまわったよ」とバドは言った。「それで隣の郡に孔雀を飼育しているやつがいるって聞いたんだ。野郎は孔雀のことを楽園の鳥って呼んでたな。俺はその楽園の鳥を手に入れるのに大枚百ドルも払ったんだぜ」と彼は言った。彼はおでこをぴしゃっと叩いた。「おお神様神様、私はどうしてこのように金のかかる女と結ばれたのでしょうや？」彼はそう言ってオーラの方を向いてニヤリと笑った。

「ねえバド、それは違うでしょう。なんといってもジョーイはちゃんと番犬の役をしてるじゃない」とオーラは言った。それからフランに向かって「ジョーイがいるおかげで、犬を飼う必要がないのよ。あの子はものすごく耳がいいの」と言った。

「世の中の景気が悪くなっていよいよ生活に困ったら、ジョーイのやつを鍋に放りこむまでだ」とバドが言った。「羽根をつけたそっくりそのままでさ」

「バド、そんな冗談面白くないわよ」とオーラは言った。しかし彼女も笑ったので、我々はまた彼女の歯をもう一度じっくり見ることができた。

赤ん坊がまた泣きはじめた。今度のは本格的だった。オーラはナプキンを置いてテーブルから立ち上がった。

「きりがないからここにつれてくりゃいいじゃないか」とバドは言った。

「そうした方がよさそうね」とオーラは言って、赤ん坊をつれにいった。


孔雀がまた首のうしろがそそけ立つようながなり声をあげた。私はフランの方を見た。彼女はナプキンを手にとって、それをまた下に置いた。キッチンの窓を見ると、外はもうまっ暗だった。窓は開いて、網戸がかかっていた。フロント・ポーチの方から鳥の声が聞こえたような気がした。

フランは廊下の方を見ていた。オーラと赤ん坊が戻って来るのを待っているのだ。

　ほどなくオーラは赤ん坊を抱いて戻ってきた。私は赤ん坊を一目見て思わず息をのんだ。オーラは赤ん坊を抱いてテーブルの椅子に座った。赤ん坊は母親に両わきを支えられてその膝の上に立ち、我々と顔を合わせることになった。オーラはフランを見て、それから私を見た。彼女の顔はもう赤くなかった。彼女は我々のどちらかが何かを言うのを待っていた。

「まあ!」とフランが言った。

「どうしたの?」とオーラがすかさず訊いた。

「なんでもないの」とフランが言った。「窓に何かがちらっと見えたもので、コウモリじゃないかと思ったの」

「このへんにコウモリはいないわ」とオーラは言った。

「じゃあ蛾かしらね」とフランは言った。「何かそういうものね。あらまあ」と彼女は言った。「素敵な赤ちゃんじゃない」

　バドは赤ん坊を見ていたが、フランの方に目をやった。そして椅子をうしろに傾け、こっくりと肯いた。彼はそれからもう一度肯いて、口を開いた。「気はつかわんでいいんだよ。俺たちだって、この子がいまのところビューティー・コンテストで優勝するなんて思っちゃいないさ。クラーク・ゲーブルばりってわけじゃなしさ。しかし先のことはわからんぜ。運が良けりゃ、ほら、大きくなって父親ゆずりの男前になるかもしれんしね」

赤ん坊はオーラの膝の上に立ち、テーブルをぐるりと見まわして我々を見た。オーラは両手をおなかのあたりに下げたので、赤ん坊はそのむっくりとした脚で立って、体を前後に揺することができるようになった。それは誰がなんといおうと、これまで私が見たうちでいちばん不細工な赤ん坊だった。あまり醜いので、私は口をきくこともできなかった。一片の言葉も私の口からはでてこなかった。私はこの子供が病気にかかっているとか、どこかが変形しているとか言っているのではない。そういうのとは全然違う。ただ単に不細工なのだ。顔は赤くて大きく、目はとびだしていて、額はだだっ広く、唇がぶ厚い。首と呼べるほどのものはなく、顎は三重四重顎ときている。顎は段になって耳まで達し、耳ははげ頭からべろんとつき出していた。手首には垂れるくらいに脂肪がたまっている。腕も指もむくんでいる。不細工と呼ぶのももったいないという気がするほどだった。

不細工な子供は母親の膝の上でわけのわからない声をあげながら、ぴょんぴょん跳んだ。それから跳ぶのをやめ、身をのりだしてそのむくんだ手をオーラの皿にのばそうとした。

私はたくさんの赤ん坊を見てきた。まだ子供の頃、私の二人の姉は合わせて六人の子持ちだった。私の少年時代、まわりは赤ん坊だらけだった。赤ん坊なら嫌というくらい一山いくらで見ている。しかしこの赤ん坊たるや、実に無比無類であった。フランもそれをじっと見つめていた。彼女も言葉に窮しているらしかった。

「とても大きいじゃないか」と私は言った。

「きっとそのうちにフットボール向きの体つきになるだろうな。それでガツガツと飯を食って、うちのまわりを跳びまわるのさ」とバドは言った。

まるでその言葉を裏づけるように、オーラはさつまいもを少し自分のフォークで刺して、それを赤ん坊の口まで運んだ。「おお、よしよし」と彼女はその太っちょに言った。我々のことなんて目にも入らないみたいだった。

赤ん坊は身をかがめ、さつまいもめがけて口をあけた。オーラがさつまいもを口の近くにやると赤ん坊はフォークに食いついた。そしてもぐもぐと噛んで、オーラの膝の上でまた体を揺すった。目がものすごくとびだしていて、何かにはめこんであるように見えた。

「可愛いわねえ、オーラ」とフランは言った。

赤ん坊の顔がひきつった。それからまた大騒ぎが始まった。

「ジョーイを中に入れて」とオーラがバドに言った。

バドは椅子の脚を下ろして床につけた。「まずお客さまにそうしていいかどうか訊ねてみるのが筋だろう」とバドは言った。

オーラはまずフランを見て、それから私を見た。彼女の顔はまたまっ赤になっていた。赤ん坊は彼女の膝でぴょんぴょんとはね、下におりたいとあばれつづけていた。

「僕らのことなんてお構いなく、どうぞお好きに」と私は言った。

「この人たちはきっとジョーイみたいなでかい年とった鳥が家の中に入ってくるのは嫌だと思うよ。そう思わんかい、オーラ？」とバドは言った。

「ジョーイが入ってきてもかまいません？」とオーラが我々にきいた。「どうも今晩は鳥の様子がおかしいわ。赤ん坊もね。この子はいつも寝る前にジョーイを中に入れて、一緒に遊んでるのよ。今晩は鳥も子供もどうも落ち着かないわ」

「いいわよ」とフランは言った。「鳥がいたって気にしないわ。これまで孔雀の近くに寄った経験はないけど、大丈夫よ」フランは私の方を見た。その顔つきからして、何か言った方が良さそうだなと私は見当をつけた。

「いいじゃないか、中に入れようよ」と私は言った。そしてグラスを手にとって、ミルクの残りを飲んだ。

バドは立ち上がり、玄関に行ってドアを開けた。そして庭の明かりをつけた。

「赤ん坊はなんていう名前なの？」とフランが訊ねた。

「ハロルド」とオーラが言った。そして自分の皿のさつまいもをまた少しハロルドに与えた。「この子はとても頭が良いのよ。すごく利口なの。言葉だってちゃあんとわかるの。そうよね、ハロルド？　あなたも子供を持てばわかるわ。ほんとよ」

フランは何も言わずにオーラを見ていた。玄関のドアが開く音がして、そして閉まった。

「この子はたしかに利口だ」とバドがキッチンに戻ってきて言った。「オーラの親父さんゆずりさ。さあ、もう一人のお利口さんが来たぞ」

バドの背後に目をやると、孔雀が尻ごみするみたいに居間をちょこちょこ歩いているのが見えた。まるで人が手鏡の角度をいろいろと変えるみたいな感じで頭をあっちに向けたりこっちに向けたりしていた。ぶるぶると身を揺すると、まるで隣の部屋で誰かがトランプをシャフルしているような音がした。

孔雀は前に一歩進んだ。それからもう一歩。

「赤ん坊抱いていい？」とフランが言った。もしそうさせてもらえればすごく嬉しいんだけど、という感じで彼女はそう言った。

オーラはテーブルごしに赤ん坊をフランに渡した。

フランは赤ん坊を膝の上で落ち着かせようとしたが、赤ん坊は身をくねらせてわめきたてた。

「よしよし」とフランは言った。

オーラは赤ん坊を抱いたフランをじっと見ていた。「ハロルドのおじいちゃんは十六のときに百科事典をAからZまで読みとおそうと決心して、とうとう読みとおしたのよ。読み終えたのは二十歳のときだったわ。その後まもなく私の母に出会ったの」

「お父さん今はどこに住んでいるの？」と私は訊いてみた。「何をなさってるんですか？」そんな風に自分の目標を設定した人が、その後どのような道を歩んだのかが知りたかったのだ。

「亡くなったの」とオーラは言った。彼女は赤ん坊を仰向けにして膝の上に寝かせているフランにじっと目を注いでいた。フランは幾重にもなったうちのひとつの顎の下を軽くくすぐった。そして赤ちゃん言葉で赤ん坊に話しかけた。

「森で働いていてね、木樵の倒した木の下敷きになったんだ」とバドが言った。

「保険のお金が入ったんだけど、母はそれを使い果たしてしまったの」とオーラが言った。「バドが毎月仕送りをしてくれてるのよ」

「わずかなもんさ」とバドは言った。「俺たちの収入じたいたいしたもんじゃないからな。でもとにかくオーラのおっかさんだし」

そうこうするうちに、孔雀は勇気を奮いおこしてそろそろと前進を始め、ちょっと身を揺すったりピクッとしたりしながら、キッチンに入ってきた。首はまっすぐに上げられたままかしいでいて、その赤い目は我々をじっと睨んでいた。羽根を少し株わけしたような鳥冠が数インチ頭の上に立っていた。長い羽根が尾っぽのところから突きでている。鳥はテーブルから数フィート離れたところで止まり、我々のことをじろじろと見た。

「楽園の鳥と呼ばれるのには、まあそれなりの意味があるんだ」とバドは言った。

フランは顔をあげなかった。彼女は赤ん坊に夢中になっていた。彼女は「パティケーク」を唄って手を叩き、まずまず赤ん坊にうけていた。少なくともあばれまわるのはやめていた。彼女はそいつを首のところまで抱きあげて耳もとで何かを囁いた。

「さあ、今言ったことは内緒よ」とフランは言った。

赤ん坊は飛び出た目でじっと彼女を見つめた。それから手をのばして、小さな手のひらでフランの金髪をぎゅっとつかんだ。孔雀はテーブルに近づいてきた。誰一人口をきかなかった。我々は黙ってじっと座っていた。ハロルドが鳥を見た。赤ん坊はフランの髪を放して、膝の上に立った。そしてむくんだ指で鳥を指し、何事かわめきたてながらぴょんぴょんと上下にはねた。

孔雀は足早にぐるっとテーブルを回って、赤ん坊のところに行った。そして長い首を赤ん坊の脚の上に伸ばした。それからくちばしをパジャマの上衣の中に入れ、そのごわごわした頭を前後に振った。赤ん坊は笑い声をあげて、両脚を蹴りあげ、仰向けになったまま身をよじってフランの膝から床に滑り下りようとした。孔雀はまるでゲームを楽しんでいるみたいに、赤ん坊の体をくいくいと押した。赤ん坊が前にでようとするのを、フランは脚のところでしっかりと抱きかかえていた。

「嘘みたい」と彼女は言った。

「この孔雀は頭がイカれてるのさ」とバドは言った。「この野郎は自分のことを鳥だと思ってないんだ。そこがいちばんの問題なんだ」

オーラがにっこりと笑って、また歯を見せた。彼女はバドの方を見た。バドは椅子をうしろに引いて、肯いた。

赤ん坊はとびきり不細工だったが、バドもオーラもそんなことはべつに気にしていないみたいだった。もし気にしていたとしても、まあいいや、不細工なら不細工でいいじゃないか、という程度のものだったかもしれない。これは俺たちの子供なんだ。それにこれはひとつの段階にすぎない。もうすぐまた次の段階がやってくる。先のことは先のことだ。いろんな段階をとおりすぎてしまえば、物事は結局、落ち着くべきところに落ち着くのだ。彼らはあるいはそんな風に考えていたのかもしれない。

バドは赤ん坊を抱きあげて、ハロルドが金切り声をあげるまで頭上で揺らせた。孔雀は羽をぱたぱたさせながら、それを見ていた。

フランはまた首を振った。そして赤ん坊が座っていたところのドレスのしわをなおした。オーラはフォークをとって、皿の上のいんげんをすくっていた。

バドは赤ん坊を腰にのせて、「さて、そろそろコーヒーとパイにするか」と言った。

バドとオーラの家でのその夜は、かけがえのないものだった。それがかけがえのないものだということは、私にもちゃんとわかっていた。その夜、私の人生のほとんどあらゆるものが私には心地よく感じられた。私は自分の感じていることをフランにつたえたくて、二人きりになるのが待ち切れないほどだった。私はその夜ひとつ願いごとをした。そのテーブルで私はしばし目を閉じて、じっと心に念じた。この夜のことを決して忘れまい、いつまでもずっと覚えていよう、というのが私の願いだった。願いごとがかなったなんてあとにも先にもこれっきりだが、私にとってはそれは裏目に出てしまった。でももちろん、そのときの私にはそんなことわかるわけもなかった。

「何を考えてるんだ、ジャック?」とバドが私に言った。

「ちょっとね」と私は言って、ニヤッと笑った。

「ちょっと考えごとね」とオーラが言った。

私はニヤニヤしながら頭を振った。


バドとオーラのところから家に帰って、我々はベッドの中にいた。フランが「ねえ、あなたのタネで私をいっぱいにして!」と言った。彼女の言葉は私の足のつま先まで届いた。そして私は叫び声をあげてそれにとりかかった。

その後、まわりのものごとが変化したり、子供が生まれたり、そんな何やかやがあったあとで、フランはバドの家での出来事を思いかえしては「あれが物事の変わりめだったわね」と言うようになった。でもそれは違う。変わったのはそのあとのことだ。その変化はまるで他人の身に振りかかったもののようにしか思えなかった。そんなことが自分たちの身に起こるなんて想像もしなかった。

「いかさない夫婦と不細工な赤ん坊」とフランは言う。夜おそくテレビを見ながら、脈絡もなくそう口にする。「それにあの臭い鳥」と彼女は言う。「考えただけで気色わるい」と言う。彼女はあれ以来バドにもオーラにも一度だって会ってはいないのに、ことあるごとにそういう風なことを口にする。

フランはもう乳製品工場で働いてはいないし、長い髪もとっくの昔に切ってしまった。そして彼女はぶくぶくと太った。我々はそれについては何も口にしない。いまさらどう言えばいいのだ？

私は今でも工場でバドと顔をあわせている。我々は一緒に働き、一緒に弁当を食べる。訊ねれば彼はオーラやハロルドのことを話してくれる。ジョーイはもういない。彼はある夜いつもの木の上に飛んでいってそれっきりになってしまった。二度とそこから下りてこなかった。もう年だったんだろうな、とバドは言う。そしてそのあとがまにフクロウが座った。バドは肩をすくめる。それからサンドイッチを頬ばりながら、ハロルドはそのうちにラインバッカーになるぜと言う。「子供見に来なよ」とバドは言う。うん、と私は肯く。我々はずっと友だちである。何も変ってはいない。でも私は彼に対して口をきくとき、とても意識してしまう。彼の方でも私の変化を感じとってはいて、それを残念に思っているようだ。私だって残念なのだ。

ごくまれに彼は私の家族のことをたずねる。かわりないよと私は言う。「みんな元気」と私は言う。私は弁当箱を閉じて、煙草をとりだす。バドは肯いて、コーヒーをすする。実のところ、息子にはいくらかずる賢いところがあるのだが、そういうことは彼には話さない。女房とも——とりわけ女房とはということだが——話さない。彼女とはだんだん話すことが少なくなってくる。一緒にただテレビを見るくらいだ。でも私はあの夜のことをよく覚えている。孔雀がその灰色の脚をぴょんぴょんとはねあげて食卓のまわりを小刻みにまわっていたことも思い出す。それから私の友だちとその奥さんがポーチに立って我々を見送ってくれたことも覚えている。オーラはフランにおみやげに孔雀の羽根を何本かくれた。我々はみんな握手して、抱きあって、なんのかのと言った。帰りの車の中でフランはしっかりと私に身を寄せていた。私の膝にずっと手をのせていた。そんな風にして、我々は友だちの家をあとにしたのだ。

シェフの家

Chef's House

その夏、ウェスはユウリーカの北で家具つきの家を借りた。家の持ち主はシェフという以前アルコール中毒だった男だった。それからウェスは私に電話をかけてきて、そっちの方のことは忘れて、ここに来て一緒に住んでくれないかと言ってきた。俺、酒を断ってるんだよ、と彼は言った。断酒というのがどんなものか、私は知っていた。でも彼は簡単にはひきさがらなかった。もう一度電話をかけてきて、なあエドナ、この窓からは海が見えるんだぜ、と言った。潮の香りがするんだよ。私はその喋り方に耳を澄ませた。言葉ももつれていなかった。ちょっと考えさせてくれない、と私は言った。そして考えてみた。一週間後に彼はまた電話をかけてきた。来てくれるんだろう？　と彼は言った。まだ考えてるところよ、と私は答えた。なあ俺たちもう一回やりなおそうや、と彼は言った。私は言った、もし私がそっちに行くとしたらだけど、ひとつ私のためにやってほしいことがあるの。なんだい、言ってみなよ、とウェスは言った。私の知っているかつてのあなたに戻ってほしいのよ、と私は言った。戻れるように努力してほしいの。昔のウェスに。私が結婚したときのウェスに。ウェスはおいおい泣き始めた。でも私はそれを彼の誠意のあらわれととった。私は言った。わかったわ、そっちに行く。

ウェスはガールフレンドと手を切っていた。あるいは向こうの方で手を切ったのかもしれない。どっちかはわからない。どちらでもいい。私はウェスと一緒にやっていくと決心すると、友達に別れ話を持ち出さなくてはならなかった。そいつは間違いだよ、と友達は言った。そんなの冗談じゃないぜ、と彼は言った。僕らのあいだはいったいどうなるんだい、と彼は言った。ウェスの身を思うとこうしないわけにはいかないのよ、と私は言った。あの人はしらふになろうとしているのよ。それがどういうことか、あなただって覚えているでしょう。そりゃ覚えているさ、と友達は言った。でも僕は君に行ってほしくないんだ。とにかく夏のあいだあっちに行ってみる、と私は言った。そのあとのことは、そのときに考える。ちゃんと帰ってくるから、と私は言った。この僕はどうなるんだ、と彼は訊いた。僕の身のことなんか思ってもくれてないのかい。帰ってなんかきてほしくないね、と彼は言った。

私たちはその夏、コーヒーやらソーダやら、ありとあらゆる果物ジュースやらを飲んだ。ひと夏のあいだ、飲むものといえばそれだけだった。このまま夏が終わらなければいいのにと私は思うようになっていた。私はそれなりに用心深い人間だが、それでもシェフの家でウェスとともにひと月暮らしたあとで、結婚指輪をまた指にはめるようになった。私はもう二年もその指輪をつけてはいなかった。ウェスが酔っぱらって自分の指輪を桃畑に投げこんでしまったとき以来だ。

ウェスにはちょっとしたお金があったので、私が外に働きに出る必要はなかった。そして聞いてみると、シェフが私たちにほとんど無料《ただ》同然で家を貸してくれるということだった。家に電話はなかった。私たちはガス代と電気代を払い、スーパーで特売品を買った。ある日曜日の午後、ウェスはスプリンクラーを買いに行って、私のためにお土産を買ってきてくれた。それは綺麗なひなぎくの花束とむぎわら帽子だった。火曜日の夜にはふたりでよく映画を見にいった。他の日にはウェスは彼が「酒飲むな集会」と呼ぶ集まりに出ていったものだった。シェフが車で彼を玄関まで迎えに来てくれて、そして終わると送り届けてくれた。ときどきウェスと私は近くにある淡水のラグーンのひとつに鱒釣りにでかけた。一日かけて堤から釣り糸を垂れて、小さな鱒を二、三匹釣りあげた。上等上等、と私は言った。そして夜にはそれをフライにして食べた。ときには帽子を脱いで、釣竿のわきに敷いた毛布の上で眠ったものだった。

最後に覚えているのはだいたい、頭上を通りすぎて真ん中にある谷の方に流れていく雲の姿だった。夜にはウェスは私を抱いて、君はまだ俺の恋人かいと尋ねた。

子供たちは私たちとは距離を保っていた。シェリルはオレゴンの農場で誰か他の人たちと一緒に住んでいた。彼女は山羊の群れの世話をして、その乳を売っていた。蜜蜂を飼って、蜂蜜を瓶につめていた。彼女には彼女なりの人生があったし、それはしかたないことだと思う。両親である私たちのよりが戻ろうが戻るまいが、娘にとっては自分がそこに巻き込まれないかぎりどうでもいいことだった。ボビーはワシントンにいて、干し草農場で働いていた。干し草の季節が終われば、林檎の取り入れに回るつもりだった。彼には恋人がいて、金を貯めているところだった。私は手紙を書いた。その最後には「いつも愛する母より」とサインした。

ある日の午後にシェフの車がやってきたとき、ウェスは庭の草むしりをしていた。私は台所で洗いものをしていた。シェフの大きな車がやってきて停まるのが見えた。彼の車と引き込み道と、その向こうにハイウェイが見えた。そしてハイウェイの向こうには砂丘と海があった。海上には雲がぽっかりと浮かんでいた。シェフは車から降りると、ズボンをぐいと引っぱりあげた。何かあるなと私にはわかった。ウェスは仕事の手を休め、立ち上がった。彼は手袋をはめ、キャンバス地の帽子をかぶっていた。彼は帽子を取り、手の甲で顔を拭った。シェフは歩み寄って、ウェスの肩に腕をまわした。ウェスは片手の手袋を取った。私は戸口に行った。シェフがこう言うのが聞こえた。こんなこと頼むのは本当に心苦しいんだが、今月の末までにここを出てもらえないだろうかな。ウェスはもう片方の手袋も取った。なあシェフ、いったいそれはどういうことなんだい？　娘のリンダなんだ、とシェフは言った。リンダを住まわせる家が必要でね、それがこの家ってことになるんだ。ウェスは酒に溺れているころから、その娘のことを「太っちょリンダ」と呼んでいた。リンダの亭主が数週間前に釣り船で海に乗り出したんだが、それ以来行方がわからない、とシェフは言った。あれはなにせ私の血をわけた娘だからな、とシェフはウェスに言った。あれは亭主を亡くしたんだよ。子供の父親を亡くしたんだ。私にはあれを助けることができる。そういう立場に自分がいて本当に良かったと思う、とシェフは言った。あんたには悪いとは思うよ、ウェス、でもべつの家を探してくれないかな。それから彼はもう一度ウェスを抱き締め、ズボンをぐいと引っぱりあげて、大きな車に乗って行ってしまった。

ウェスは家の中に戻ってきた。帽子と手袋をカーペットの上に落とし、大きな椅子に座った。これはシェフの椅子なんだと私はふと思った。カーペットだって、シェフのカーペットなんだ。ウェスはまっ青な顔をしていた。私はふたつのカップにコーヒーを注ぎ、ひとつをウェスに渡した。

大丈夫よ、と私は言った。ねえウェス、そんなの気にすることないわよ、と私は言った。そして自分のコーヒーを手にシェフのソファーに座った。

太っちょリンダが俺たちのかわりにここに住むのか、とウェスは言った。彼はコーヒーカップをじっと手に持っていたが、口をつけようとはしなかった。

気をしずめてよ、ウェス、と私は言った。

あいつの亭主はケッチカンあたりにひょっこり現れるさ、とウェスは言った。太っちょリンダの亭主はただ単にあいつらからトンズラしただけだよ。その気持ちはよくわかるね、とウェスは言った。もし俺が同じ立場にいたら、船もろとも沈んじまった方がましだと思うわな。残りの人生を太っちょリンダとその餓鬼と一緒に暮らすくらいならな。それからウェスはコーヒーカップを手袋のとなりに置いた。今の今までここは幸せな家だったんだ。

別のところに移ればいいわよ、と私は言った。

こういうところはもうこの先ないよ、とウェスは言った。同じってことはありえないさ。ここは俺たちにとってはいい家だったんだ。いい思い出もここにしみついちまってる。そこに今度は太っちょリンダと餓鬼どもがやってきやがる、とウェスは言った。彼はコーヒーカップを手に取って一くちすすった。

　これはシェフの家なのよ、と私は言った。あの人はあの人として当然のことをやっているだけよ。

　それはわかってる、とウェスは言った。でもわかってはいても、面白くはないね。

　彼の様子がちょっと変わった。私はその新しい様子の意味を知っていた。彼は舌の先で何度も唇を軽くなめた。親指をウエストバンドの下にいれてシャツを触っていた。そして椅子から立ち上がり、窓辺に行った。海と、もくもくと立ち上がりつつある雲を眺めた。彼は何かを考えるように顎を指でとんとんと叩いていた。そう、彼は考えていた。

　落ち着きなさいよ、ウェス、と私は言った。

　彼女は俺に落ち着けと言う、とウェスは言った。彼はそこにじっと立っていた。

　でもやがて彼はこっちにやってきて、私のとなりに腰を下ろした。脚を組んで、シャツのボタンをもそもそといじくりはじめた。私は彼の手を取った。私は話しはじめた。私はその夏の話をした。でも気がつくと、私はまるで過去の出来事を話すように話していた。何年も前のこととみたいに。少なくとももう前に終わってしまったことについて話すように。それから私は子供たちのことを話しはじめた。もう一度やりなおすことができたらなあ、ちゃんとまっとうにやりなおせたらなあ、と彼は言った。

あの子たちはあなたのことを愛してるわ、と私は言った。

いや、愛してなんかいない、と彼は言った。

いつかあの子たちにも、いろんなことがわかるようになるわよ。

あるいはな、とウェスは言った。でもそのときには、もうそんなことどうだってよくなってるさ。

先のことはわからないじゃない、と私は言った。

俺にも少しはわかっていることがある、とウェスは言った。そして私の顔を見た。君がここに来てくれたことは嬉しかった。それは間違いのないことだ。俺はそのことは決して忘れないよ、とウェスは言った。

私も嬉しいわよ、と私は言った。あなたがこの家をみつけてくれてとても嬉しいわ。

ウェスは鼻を鳴らした。それから笑った。私たちはふたりで笑った。あのシェフの奴、とウェスは言った。そして頭を振った。あの野郎、俺たちに向かってナックルボールを投げやがって。でも君が指輪をはめてくれて嬉しいよ。今回はこんな風にふたりでやれてよかったと思う、とウェスは言った。

それから私はちょっとしたことを言った。ねえ、こう考えてみたらどうかしら、何も起こらなかったんだって。これが最初なんだって考えたらどうかしら。そう思ってもべつに害はないでしょう？　つまり、これ以外のことは何ひとつ起こってはいないんだって。私の言うことわかる？　そう思ってみたらどうなの？　と私は言った。

ウェスはじっと私を見た。そうなると俺は、俺たちは俺たちじゃなくて別の人間だという風に思わなくちゃならないことになるよな。俺たち以外の誰かだと。でも俺にはもうそんな風に思える力が残ってないんだよ。俺たちは俺たちとして生まれてきたんだ。俺の言ってることわかってくれるかな？

私はそんな泣きごとを聞くために大事なものを放り捨てて、わざわざ六百マイルも旅してここまでやってきたわけじゃないのよ、と私は言った。

すまないと思う、と彼は言った。でも俺はやはり自分という人間としてしかしゃべれないんだ。俺は俺以外の何者でもないんだ。俺がもし別の誰かだとしたら、こんなところに来てやしないよ。もし俺が別の誰かだとしたら、それはもう俺じゃない。でも俺は俺なんだよ。わからないか？

わかったわ、ウェス、と私は言った。私は彼の手を私の頬にあてた。それから、どうしてだろう、私は十九の歳に彼がどんなだったかを思い出した。トラクターに乗った父親に向かって、畑を横切って駆けていった彼の姿を。父親は目の上に手をかざして、ウェスが自分の方に駆けてくるのをじっと見ていた。私たちはカリフォルニアから車でたどりついたばかりだった。私はシェリルとボビーと一緒に車を降りた。さあ、あれがおじいちゃんよ、と言った。でもふたりともまだほんの赤ん坊だった。

ウェスは私のとなりで顎をとんとんと叩いていた。つぎに何をしようかと知恵をしぼっているみたいに。ウェスの父親はもう亡くなってしまったし、子供たちも大きくなった。私はウェスの顔を見た。そしてシェフの台所をぐるりと見回して、シェフの持ち物を見た。そしてこう思った。私たちは何かしなくちゃいけない、それも今すぐに。

ねえあなた、と私は言った。ねえウェス、聞いて。

なんだい、いったい？　と彼は言った。でもそれしか言わなかった。彼はもう気持ちを決めたみたいだった。でも気持ちを決めたものの、急いではいなかった。彼はソファーに寄り掛かった。両手を膝の上にかさね、目を閉じていた。それ以外には何も言わなかった。何を言う必要もなかったのだ。

私は心の中で彼の名前をつぶやいた。それはつぶやきやすい名前だった。かつて長い年月、私は何度も何度もその名前をつぶやいたものだった。私はもう一度繰り返した。今度は口に出して言ってみた。ウェス、と私は言った。

彼は目を開けた。でもこちらを見ようとはしなかった。彼はそこにじっと座ったまま窓の方を見ていた。太っちょリンダ、と彼は言った。でも彼女のことが問題なんじゃないと私にはわかっていた。リンダのことなんかどうでもいいのだ。それはただの名前なのだ。ウェスは立ち上がって厚手のカーテンを引いた。海がさっと見えなくなってしまった。私は夕食の支度をしに台所に行った。冷蔵庫にはまだ魚が何匹か入っていた。そのほかにはたいしたものはなかった。今夜はあるものをたいらげてしまおう、と私は思う。それでもうおしまいなのだ。

保存されたもの

Preservation

サンディーの夫は三ヵ月前に仕事を解雇されてからというもの、ソファーの上から離れなくなってしまった。三ヵ月前のその日、夫は仕事の道具を詰めた道具箱を下げて、まっ青なおびえきった顔で帰宅した。「ハッピー・バレンタイン・デイ」と彼はサンディーに向かって言った。そしてキャンディーの入ったハート型の箱と、ジム・ビームの瓶を台所のテーブルの上に置いた。帽子を脱いで、それもテーブルの上に置いた。「俺、今日で仕事をクビになっちゃったんだ。俺たちこの先、いったいどうなるんだろうな?」

サンディーと夫はテーブルに向かい合って座り、ウィスキーを飲み、チョコレートを食べた。新築の家の屋根を葺く以外に彼にどんな仕事ができるだろうかとふたりは語り合った。でも何ひとつとして思いつけなかった。「そのうちに何か出てくるわよ」とサンディーは言った。彼女は夫を励ましてやりたかった。でも彼女だってやはり怖かったのだ。まあひと眠りしてみて考えるさ、と夫はようやく言った。そして彼は文字通りにそれを実行した。その夜、夫はソファーで寝られるように支度した。そして以来ずっと彼はそこで眠るようになった。

仕事をなくした翌日、失業手当ての手続きをする必要があった。彼はダウンタウンの州の役所に行って、書類に必要事項の書込みをし、新しい職を探した。でも彼の探しているような職種の求人はひとつもなかった。それどころか、どんな職種の求人もなかった。仕事を探している男や女で、そこはそれこそ芋の子を洗うみたいにごったがえしてたよ、と彼はサンディーに向かって説明しようとした。説明しているうちに、彼の顔には汗が吹き出してきた。その夜、夫はソファーの上に戻った。彼は一日の大部分の時間をそこで過ごすようになった。失業したからにはそうするのが当然だと思い込んでるみたい、と彼女は思った。時折夫は職探しのために誰かと会って話さなくてはならなかった。二週間に一度は失業保険を受け取るために、何かに署名しに出かけなくてはならなかった。しかしそれ以外の時間を、彼はべったりとソファーの上で過ごした。まるでそこに住みついてしまったみたいだった。居間が彼の住みかなのだ。彼はサンディーが買い物のついでに買ってかえってくる雑誌を時折ぱらぱらとめくった。大きなちゃんとした本を開いて見ているのを目にすることも再々あった。それは彼女がブック・クラブに入会したときにボーナスとしてもらったもので、『過去の謎』

とかなんとかいう題の本だった。彼は両手でその本を掲げ持ち、ページに向かって顔を前に傾けていた。まるでそこに書いてあることに引き寄せられているみたいに。でもよく見ていると、どうもひとつのところから前には進んでいないようなのだ。ずっと同じところを見ているみたいなのだ。二章のあたりかしら、と彼女は見当をつけた。サンディーは一度その本を手に取って、夫の読んでいたあたりを開いてみた。そこにはオランダの泥炭地で発見された人間のことが書いてあった。二千年間そこに埋もれていたのだ。あるページに男の写真が載っていた。その額には溝が刻みこまれていたが、顔には穏やかな表情が浮かんでいた。革の帽子をかぶって、横向きになっていた。両手と両足はしなびていたが、それを別にすればそんなにひどい姿でもなかった。彼女はもう少し先まで読んでから、本をもとの場所に戻した。夫はその本をすぐに手に取れるように、ソファーの前のコーヒー・テーブルの上に置いていた。まったくこのソファーにはうんざりさせられる、と彼女は思った。こんなソファーになんか二度と腰を下ろしたくない。自分たちがこのソファーの上に横になって睦みあった日々がかつてあったなんて、彼女にはもう想像もできなかった。

毎日、新聞が配達されてきた。彼は最初のページから最後のページまで読んだ。彼女は、夫がそこに載っている記事を隅から隅まで残らず読んでいることを知っていた。

死亡告知にいたるまで全部だ。各地主要都市の気温から、会社の合併やら金利やらについて書かれた経済記事まで読んでいたのだ。毎朝夫は彼女より早く起きて、バスルームを使った。それからテレビをつけて、コーヒーを作った。この時刻には夫は元気で活発そうに見えた。でも彼女が仕事に出かける頃には、彼はすでにソファーに座りこんでいた。テレビはつけっぱなしになっていた。午後に帰ってきたときにも、テレビはたいていそのままついていた。夫はジーンズにフランネルのシャツという、以前仕事に出ていたときと同じ格好で、そこに腰掛けるか、寝そべるかしていた。でも時折テレビが消えていることもあった。そんなとき、夫はソファーに座って本をじっと掲げ持っていた。

彼女が顔をのぞかせると「おかえり、元気?」と夫は言った。

「オーケーよ」と彼女は答えた。「あなたの方は?」

「オーケーだよ」

彼はいつも彼女のためにコーヒーポットをレンジで温めてくれていた。居間で、彼女は大きな椅子に腰掛け、彼はソファーに座った。そして彼女がその日に起こった話をした。ふたりは手にカップを持ち、コーヒーをすすった。まるで普通の家庭みたい、とサンディーは思った。

雲行きがなにやらあやしくなってきたとわかっていても、サンディーはまだ夫のことを愛していた。彼女は自分が仕事を持っていてよかったとつくづく思った。でも自分たちの身に何が起ころうとしているのか、世の中の他の人たちの身に何が起ころうとしているのか、彼女には皆目見当がつかなかった。サンディーには職場に女友達がひとりいた。彼女はあるときその友達に夫のことを打ち明けてみた。うちの人ったら一日じゅうソファーから離れないのよ、と。ところがその女友達は話を聞いても、それがとくに異常なことであるとは思わないようだった。それでサンディーはびっくりもしたし、落ち込みもした。女友達はテネシーにいる自分の叔父の話をした。四十になったとき、その叔父さんはベッドに入ったきり、二度と起き上がろうとしなかったのだ。彼はよく泣いた。少なくとも一日に一回は、おいおいと声をあげて泣いた。叔父さんはきっと年を取るのが怖かったのよね、とその友達は言った。心臓発作とか、そういうのが怖かったんじゃないのかしら。でも彼はいま六十三だけど、まだちゃんと生きてる、と彼女は言った。それを聞いて、サンディーは茫然としてしまった。この人の話が本当なら、その叔父さんは二十三年もベッドの中にいたことになるじゃない、と彼女は思った。サンディーの夫はまだ三十一なのだ。三十一プラス二十三は五十四だ。その頃には私だってもう五十代に入っている。そんなのってないわよ、残された人生の歳月をベッドの中やら、あるいはソファーの上やらで無意味にたらたらと過ごすなんて。もし夫が傷を負ったり、病気になったり、交通事故にあったりしたのであれば、話は別だ。それなら理解できる。もしそんなことになっても、自分は耐えてやっていけるはずだ。もし彼がソファーの上で生活しなくてはならないとしたら、私は食事をそこに運んであげるし、おそらくスプーンで一口ひとくち食べさせてあげるだろう。そこにはロマンスの香りさえ感じられる。でも彼女の夫ときたら、若くて、他の点ではまるっきり健康なのに、日がなソファーにしがみついて、便所に行くか、朝にテレビをつけるか、夜にテレビを消すか、それくらいしかそこを離れようとしないのだ。ひどい話だと思う。それは彼女に情けない思いをさせたし、友達に打ち明けたその一度を例外にして、他の誰にも夫の話はしなかった。叔父さんが二十三年前にベッドに入ったきり、どうやらまだいまだに起きてこないという友達にも、もう二度とこの話はもちだささなかった。

ある日の午後おそく、彼女は職場から家に戻り、車を停めて家に入った。台所に入るときに、居間でテレビが鳴っているのが聞こえた。レンジの上にはコーヒーポットが載って、細い火がついていた。彼女はハンドバッグを持ったまま台所に立って居間をのぞいてみた。そこからはソファーの背とテレビの画面が見えた。画面の上では映像が動いていた。ソファーの一方のはしっこから夫の裸足の足が突き出していた。もう一方のはしっこからは、アームに載せたクッションを枕にした夫の頭のてっぺんが見えた。彼はぴくりとも動かなかった。眠っているのかもしれないし、眠っていないのかもしれない。彼女が帰宅した音を聞いたのかもしれないし、聞かなかったのかもしれない。別にどっちだっていいわよ、と彼女は思った。彼女はハンドバッグをテーブルの上に置き、ヨーグルトを食べようと思って冷蔵庫の方に行った。でも扉を開けると、生温かいもわっとこもった空気が顔にかかった。中は目を覆いたくなるような惨状を呈していた。冷凍庫のアイスクリームはどろどろに溶けて、それが食べ残しのフィッシュ・スティックやコールスローの上にかかっていた。アイスクリームはスパニッシュ・ライスの中にも入っており、冷蔵庫の底に溜まっていた。何もかもがアイスクリームまみれだった。彼女は冷凍室の扉を開けてみた。ひどい臭いが吹きだしてきた。それは思わずげえっと吐きたくなるようなおぞましい臭いだった。アイスクリームが冷凍室の底に溜まって、ハンバーガーの三ポンドのパッケージをねっとりと包んでいた。肉のセロファンの包装に指をあてると、それは指の跡がつくほど柔らかくなっていた。ポークチョップも解凍されてしまっていた。何もかもが溶けていた。フィッシュ・スティックの残りも、ステーキ肉のパッケージも、シェフ・サミーの中華ディナーも。ホットドッグも、自家製のスパゲティー・ソースも、何から何まで全部。彼女はフリーザーの扉を閉め、冷蔵庫の中のヨーグルトのカートン・ボックスを手に取った。そしてヨーグルトの蓋を開けて、匂いをかいでみた。彼女が大声をあげて夫を呼んだのはそのときだった。

「何だよ？」と夫は言って身を起こし、ソファーの背中越しにこちらを見た。「おい、どうしたんだよ？」彼は手で何度か髪をなでた。彼が本当にそのあいだずっと寝ていたのかどうか、彼女には判断できなかった。

「冷蔵庫の電気が切れちゃってるのよ」とサンディーは言った。「ああ、まったくもう」

夫はソファーを立って、テレビの音量を落とした。それから彼はテレビのスイッチを切って台所にやってきた。「ちょっと見せてみなよ」と彼は言った。「わあ、こりゃひでえや」

「ひどいなんてものじゃないわよ。これじゃ何もかも駄目になっちゃうわ」と彼女は言った。

夫は冷蔵庫の中を覗きこんだ。そして深刻な表情を顔に浮かべた。それから彼はフリーザーをかきまわして、中のものがどういう状態になっているかを調べた。

「次から次へとろくでもないことが起こるよな」と彼は言った。

いろんな思いがひとかたまりになって頭の中に飛び込んできたが、彼女はじっと口を閉ざしていた。

「参るよなあ」と夫は言った。「まったくひとつうまくいかないとなると、何もかもが駄目になるんだ。なあ、こいつはまだ十年も経ってないはずだぞ。俺たちがこれ買ったときはまだ新品同様だったじゃないか。なあ、俺の家なんてひとつの冷蔵庫を二十五年も使ってたんだぞ。兄貴が結婚したときに、親はそれを祝いにくれてやったんだ。でもそいつは立派にちゃんと動いていた。まったくこんなのってあるもんか」

彼は冷蔵庫と壁の狭い隙間を覗きこんだ。「わからないな」と彼は言って首を振った。「ちゃんとコンセントは入ってるよ」それから彼は冷蔵庫を抱えるようにして前後に揺すった。肩をそれにあてて、押したりねじったりして機械を数インチ手前にずらせた。冷蔵庫の中で何かが棚から落ちて壊れた。「畜生め、まったく」と夫は言った。

サンディーは自分がまだヨーグルトを手に持っていることに気づいた。彼女はごみ箱のところに行って蓋を開け、カートン・ボックスをその中に放り込んだ。「今夜のうちに全部調理しちゃわなくちゃね」と彼女は言った。台所に立ってレンジやオーヴンを使って、肉に火をとおし、鍋を並べてあれやこれやと料理している自分の姿が目に浮かんだ。「新しい冷蔵庫を買わなくちゃね」とサンディーは言った。

夫は何も言わなかった。彼はもう一度冷凍室を覗きこみ、首をねじるようにしてあちこちと調べ回していた。

サンディーは夫の前にまわりこんで、棚から食品を取り出し始めた。取り出した食品はテーブルの上に置いた。夫もそれを手伝った。彼は冷凍室から肉を出して、そのパッケージをテーブルの上に置いた。それから他のものも冷凍室から出して、テーブルの別の場所に置いた。中にあったものを全部出してしまうと、ペーパー・タオルと雑巾を持ってきて、内側を綺麗に拭き始めた。

「これ、フロンがなくなったんだよ」と彼は言って、拭く手を休めた。「原因はそれだよ。匂いがするもの。フロン・ガスが抜けちまったんだ。何かあって、フロンが漏れちまったんだな。うん、そういえば俺の知り合いもひとり、これと同じような目にあったって言ってたな」彼はそれで落ち着いたようで、また冷蔵庫の壁を拭き始めた。

「フロンだ」と彼は言った。

彼女は作業の手を止めて夫の方を見た。「新しい冷蔵庫がいるわね」

「そりゃまあそのとおりだ。でもお前な、どうやって手に入れるつもりなんだよ？

冷蔵庫は木になっちゃいないぜ」

「だって冷蔵庫なしで暮らしてはいけないわよ」とサンディーは言った。「冷蔵庫は必要なのよ。あなた冷蔵庫なしで生活するつもりなの？　生鮮食品を窓枠の上にずらっと並べておくのかしら、木賃アパートに住んでる人がよくやってるみたいに？　それとも発泡スチロールの小さなアイスボックスを手に入れて、毎日氷を買ってきて取り替えるのかしら？」彼女はレタスとトマトを、テーブルの上の肉のとなりに置いた。それから食卓椅子に腰を下ろして、両手で顔をおおった。

「わかったよ、新しい冷蔵庫をひとつ手に入れようや」と夫は言った。「いいとも、必要なんだからさ。冷蔵庫なしじゃやっていけないさ。でもどこでどうやって手に入れるか、俺たちがどれくらい金を出せるか、そいつが問題だよな。新聞広告見れば、中古の冷蔵庫の売り物なんてそれこそごまんとあるはずだ。だからほら、ふたりでひとつ新聞を調べてみようじゃないか。うん、新聞広告に関しちゃ俺はちょっとした権威なんだから」と彼は言った。

　彼女は顔をおおっていた手をおろして、夫を見た。

「なあサンディー、俺たち新聞広告で程度の良い中古の冷蔵庫を捜せばいいんだよ」と彼は続けた。「だいたい冷蔵庫なんて一生使えるものなんだよ。それなのに俺たちの使ってたやつときたら、まったく何がどうなっちまったんだろうね。冷蔵庫がこんな風にいかれちまうなんて話は、俺は耳にしたのまだ二回めだぜ」彼はまた冷蔵庫の方に目をやった。「ついてないったらないや」

「新聞をここに持ってきてよ」と彼女は言った。「何か出物があるかどうか見てみましょう」

「大丈夫だよ、ちゃんとあるから」と彼は言った。彼はコーヒー・テーブルのところに行って、新聞の束を選りわけ、広告ページだけを抜いて持ってきた。彼女は食品を片方に寄せて、新聞を広げるスペースをこしらえた。夫は椅子をひとつ持ってきた。

彼女は新聞をちらっと見下ろし、それから解凍されてしまった食品に目をやった。「今夜のうちにポークチョップを炒めてしまわなくてはね」と彼女は言った。「このハンバーグ肉だって調理しなくちゃならないし、それからサンドイッチ用のステーキ肉も、フィッシュ・スティックも。テレビ・ディナーも忘れないようにしなきゃ」

「これというのもあのロクでもないフロンのせいだ」と彼は言った。「匂いがする、ちゃんと」

ふたりは広告に目を通していった。彼はひとつまたひとつと指で欄をたどっていった。求人欄はとばした。ふたつばかりわきにしるしがついているのが見えた。でもサンディーは彼がどんな仕事にしるしをつけたのかまでは見なかった。そんなことはどうでもいい。「アウトドア・キャンピング用品」という欄があった。それからふたりはやっと見つけた。「各種機器――新品・中古」

「ここよ」と彼女は言って、その部分に指先をあてた。

彼はその指をどかせた。「ちょっと見せてくれ」と彼は言った。

彼女は指をまたそこに戻した。「冷蔵庫、レンジ、洗濯機、乾燥機、その他」彼女は枠で囲まれた広告を読みあげた。「『納屋競売』、これいったい何かしら？　納屋競売って？」彼女はつづきを読んだ。「『新品及び中古の各種機器、その他、毎週木曜日の夜。競売は七時より』だって。今日じゃない。今日は木曜よ」と彼女は言った。「今日がその競売のある夜よ。場所もそんな遠くじゃないわよ。パイン・ストリートだって。ここなら百回くらい前を車で通ったことあるわ。あなたもよ。あなただってここの場所知ってるはずよ。バスキン＝ロビンズのすぐ近く」

夫は何も言わなかった。彼はその広告をしげしげと見ていた。手を上げて下唇を二本の指ではさんで引っぱった。「納屋競売ねえ」と彼は言った。

サンディーは夫をじっと睨んだ。「そこに行ってみましょうよ。ねえ、いいでしょう？　たまには外に出るのもいいわよ。それに、そこで冷蔵庫が見つかるかもしれないじゃない。そうなれば一石二鳥ってやつよ」

「俺は競売場に行ったことなんてこれまで一度もないんだ」と彼は言った。「今更行きたいとも思わないいな」

「いいじゃない、行きましょう」とサンディーは言った。「いったい何を気にしてるのよ？　きっと面白いわよ。私も子供のとき以来ずっと行ってないのよ。昔はよくお父さんに連れられて行ったわ」話しているうちに、彼女は突然この競売にものすごく行きたくなってきた。

「お前の親父さんか」と彼は言った。

「そう、私のお父さんよ」彼女は夫の顔を見て、相手が何かそれ以上のことを言うのを待った。ちらっとひとことでも、何か。でも彼は何も言わなかった。

「競売って面白いんだから」と彼女は言った。

「うん、それはまあ面白いんだろうけどさ、俺としてはどうもあんまり行きたくないんだよ」

「ベッド・ランプも必要なのよ」と彼女はつづけた。「ベッド・ランプだってきっとそこで見つかるわよ」

「俺たちには必要なものはいっぱいあるさ。でもなあ、いいかい、俺は今失業してるんだぜ、それわかってるの？」

「あなたが行こうと行くまいと、とにかく私はこの競売に行きますからね」と彼女は言った。「どうせなら一緒に来ればいいんじゃない。でもまあ来る来ないはあなたの自由よ。はっきり言って、私にとってはどっちだっていいのよ。とにかく私は行きますからね」

「行くよ、一緒に。誰が行かないって言ったよ？」彼は妻の顔を見て、それから目をそらせた。そして新聞を手に取り、もう一度その広告を読んだ。「俺は競売のことなんか何ひとつとして知らないんだ。でもまあいっぺんくらいは行ってみるか。やれやれ、競売で冷蔵庫を買うことになろうなんて思いもよらなかったな」

「よるわけないでしょう」とサンディーは言った。「でも、とにかく行くだけは行ってみましょうよ」

「いいよ」

「決まり」と彼女は言った。「でも本当に行ってもいいと思うのね？」

彼は肯いた。

彼女は言った。「じゃあ、そろそろ料理にかかった方がよさそうね。まずそのどうしようもないポークチョップを料理するから、それを食べちゃいましょう。その他のものはまだ少しはもっと思うから、調理はあとにまわすことにする。この競売から帰ってからにするわ。そろそろ支度にかかりましょう。新聞には競売は七時に始まるって書いてあったでしょう」

「七時」と彼は言った。彼はテーブルから立ち上がり、よたよたと居間の方に歩いていって、そこでしばらくベイ・ウィンドウの外を見ていた。外の通りを車が一台通りすぎていった。彼は唇に手をやった。サンディーが見ていると、彼はソファーに腰を下ろして本を手に取った。そしていつものところにくるまでページを繰った。でもほどなく彼は本を下に置いて、ソファーにごろんと横になった。アームの上のクッションに彼の頭が置かれるのが見えた。彼は頭の下のクッションの位置を調整し、両手を首のうしろに回した。それから静かにじっと横になっていた。そのうちに両腕がだらんと脇に落ちた。

彼女は新聞を畳んだ。そして立ち上がると、足音を忍ばせて居間に行って、ソファーの背中から身を乗り出してみた。夫の目は閉じられていた。見ていると、彼の胸はわずかに持ち上がってから、下にさがった。彼女は台所に戻って、フライパンをレンジに載せた。ガスの火をつけ、フライパンに油を注いだ。そしてポークチョップを中に入れた。昔、彼女はよく父親と一緒に競売に出かけたものだった。それはたいてい家畜を扱った競売だった。記憶の中では、彼女の父親はいつも子牛を売ろうとしているか、買おうとしているか、どちらかだった。時々、農器具や家庭用品が競売に出てくることもあったけれど、たいていは家畜だった。それから父と母が離婚して、彼女は母親と一緒に遠くに移った。父親は、お前と一緒に競売に行けなくて淋しいという手紙をよこした。最後の手紙を受けとったのは、彼女が成人して夫と一緒に暮らすようになってからのことだった。その手紙の中で、父親はとびきり素敵な車を競売でなんと二百ドルで買ったよと書いていた。もしお前が一緒にいたら、お前のためにもう一台買ってやったんだがな、と。三週間後、真夜中に電話がかかってきて、父親が亡くなったことを知らされた。買った車に一酸化炭素漏れがあり、それがフロアボードから車内に入ってきて、運転席にいた父親は意識を失ってしまった。彼は田舎で暮らしていた。エンジンはガソリンが残っているあいだずっとそのまま動きつづけていた。数日後誰かに発見されるまで、父親はその車の中にいた。

　フライパンが煙をあげはじめていた。彼女は油を足して、換気扇を開けた。彼女はもう二十年も競売に行っていなかった。そして今夜、二十年ぶりに行こうとしているのだ。でもその前にこのポークチョップを料理してしまわなくてはならない。冷蔵庫が壊れたのは不運だったが、でも彼女は自分がこれから競売に出かけることでうきうきしているのに気づいた。父親のことが懐かしく思い出された。今では母親さえ懐かしかった。今の夫と会って自分の所帯を持つようになるまで、サンディーと母親は年じゅう言い合いをしていたというのに。彼女はレンジの前に立って、肉をひっくりかえしながら、父親と母親のことを懐かしく思い出した。

そんなことをあれこれ考えながら、彼女は鍋つかみを取って、フライパンを火から下ろした。煙はレンジの頭上の換気扇にそのまま吸い込まれていった。彼女はフライパンを手に持ったまま、戸口に立って、居間をのぞきこんだ。鍋はまだ煙をあげており、彼女がそれを持っているそばから、油がしゅんしゅんと外にはじけた。部屋はすっかり暗くなっていた。夫の頭と裸足の足がようやく見わけられるくらいだ。「さあ、来てよ。御飯の用意できたから」と彼女は言った。

「ああ、行く」と彼は言った。

ソファーのはしっこから夫の頭が持ち上がるのが見えた。彼女はフライパンをレンジの上に置いて、食器棚に向かった。皿を二枚出して、それをカウンターの上に並べる。薄いへらを使ってポークチョップをひとつすくいあげ、皿に盛る。その肉は肉のようには見えない。古い肩甲骨の一部みたいに見える。あるいは穴を掘る道具みたいに見える。でももちろんそれはポークチョップである。もうひとつをフライパンから出し、それもやはり皿に盛った。

　やがて夫がキッチンにやってきた。彼は扉が開きっぱなしになった冷蔵庫をもう一度見た。それから彼の目はポークチョップの上に落ちた。彼はそれを見てぽかんと口を開けたが、でも何も言わなかった。サンディーは夫が何か言うのを、何でもいいから口にするのを待った。でもひとこともなかった。彼女は塩と胡椒をテーブルの上に置き、座ったらと夫に言った。

「座りなさいよ」と彼女は言って、ポークチョップの残骸が盛られた皿を夫の方に差し出した。「これをあなたに食べてほしいの」と彼女は言った。彼は皿を手に取った。でも彼は立ったままそれをじっと見ていた。それから彼女は振り向いて自分の皿を取った。

　サンディーは新聞を片づけて、食べ物をテーブルの端の方に押しやった。「座ったら」と彼女はもう一度繰り返した。夫は片手に持っていた皿をもう一方の手に移し替えた。でもまだじっとそこに立っていた。テーブルの上に水がたまっていることに彼女が気づいたのはそのときだった。水の音も聞こえた。水がテーブルの上からリノリウムの床にぽとぽととしたたり落ちる音だった。

　彼女は夫の裸足の足に目をやった。水たまりのわきにあるその両足を彼女はじっと見た。こんなわけのわからない光景を自分が目にすることはこの先もう二度とないだろう、と彼女は思った。でもそれに対していったい何をすればいいのか、わからなかった。口紅を塗って、コートを持って、さっさと競売に出かけてしまった方がいいのかもしれない。でも彼女は夫の両足から視線をそらせることができなかった。彼女はテーブルに皿を置き、じっとそれを見つめていた。やがてその裸足の両足は台所を離れ、また居間へと戻っていった。

コンパートメント

The Compartment

マイヤーズは一等列車に乗ってフランスを旅していた。ストラスブールにいる息子を訪ねる途中だった。息子はそこの大学の学生だった。彼はもう八年も息子に会っていない。息子の母親と別れて、息子が母親と一緒に生活するようになって以来、電話で話したこともなければ、葉書一枚やりとりしたこともなかった。この息子が夫婦二人のあいだの問題によけいな、そして悪意に満ちた口出しをしたせいで、決定的な離別が早められたのだ。マイヤーズはずっとそう思っていた。

マイヤーズが最後に息子に会ったとき、息子は彼に向かってつかみかかってきた。それは激しい口論の最中の出来事だった。マイヤーズの妻はサイドボードの脇に立って、陶器の皿を一枚また一枚と食堂の床に落としていた。それからカップに移った。「もういい加減にしろ」とマイヤーズが言ったとき、息子が飛びかかってきたのだ。マイヤーズは身をかわして息子の頭をがっしりと抱え、そのあいだ息子はおいおいと泣きながらマイヤーズの背中や腎臓のあたりをばたばたと叩いていた。マイヤーズは息子を抱え込み、とにかくその体勢をできる限り有効に利用した。彼は息子を壁にごんごんと叩きつけ、殺してやると言って脅した。本気でそう言ったのだ。「俺がお前に命を与えたんだぞ。返してもらったっていいんだからな」と怒鳴ったことを彼は覚えていた。

そういう恐ろしい光景を思い出して、マイヤーズは首を振った。それはまるで他人の身に起こったことを思い出すみたいに。実際の話、あれは今の自分とは全然違う自分だったのだ。今の自分はひとり静かに暮らしている。仕事以外のつきあいもほとんどない。夜になるとクラシック音楽を聴いて、水鳥のデコイについての本を読む。

彼は煙草に火をつけ、じっと窓の外を眺めていた。入口側の席に座って帽子を顔にかぶって眠っている男のことは無視していた。夜が明けたばかりで、窓の外を飛ぶように過ぎていく緑の野原には霧が低く垂れこめていた。時折、農家とその離れ家がマイヤーズの目についた。どの家もみんな回りを壁にぐるりと囲まれていた。こういう暮らしもいいかもしれないなと彼は思った。塀に囲まれた古い家の中で暮らすのも。

時刻は六時を回ったばかりだった。昨夜の十一時にミラノで列車に乗り込んで以来、マイヤーズは一睡もしていなかった。列車がミラノを発ったとき、コンパートメントには彼一人しかいなかった。これはツイてるな、と彼は思った。明かりをつけっぱなしにして、ガイドブックを読んだ。そして行く前にこれを読んでおくべきだったと悔やんだ。自分がそこで見るべきであったものや、するべきであったことが、本の中にしっかり書いてあった。彼はイタリアをあとにしながら（それは彼にとって最初の訪問であり、まず間違いなく最後の訪問になるはずだった）、その国について自分が今になっていろんなことを発見しつつあることを残念に感じた。

彼はガイドブックをスーツケースにしまい、頭上の網棚に載せた。毛布がわりにできるようにコートを脱いだ。それから明かりを消し、暗いコンパートメントに座って、早く眠りが訪れてくれることを願いながら目を閉じた。

そのまま長い時間が経ったように思えた。彼がようやく眠りに引き込まれようとしているところで、列車がスピードを落としはじめた。バーゼル郊外の小さな駅で、列車は停止した。そこでダーク・スーツを着て帽子をかぶった中年の男が、コンパートメントに入ってきた。男はマイヤーズに向かって何か言ったが、その言葉はまったく理解できなかった。それから男は革の鞄を網棚に載せた。彼は向かいの席に腰を下ろして、肩の姿勢を正した。そして帽子を目の上まで下ろした。列車が再び動きだす頃には、男はもう眠りこんですうすうと寝息をたてていた。うらやましい限りだ。まもなくスイスの係官がコンパートメントに入ってきて明かりをつけた。係官は英語で、それから何か他の言語で（たぶんドイツ語だろうとマイヤーズは思った）パスポートを見せてくれと言った。マイヤーズと同じコンパートメントにいた男は帽子を後ろにずらせて、眠そうに目をしばたたかせ、それからコートのポケットに手を伸ばした。係官はパスポートを点検し、男の顔を仔細に眺めてから、彼にその書類を返した。マイヤーズは自分のパスポートを渡した。係官は内容を読み、写真をじっと見て、マイヤーズの顔と照合してから、肯いてパスポートを返してくれた。出ていくときに係官は部屋の電灯を消していった。マイヤーズの向かいに座った男は帽子をまた目の上にずらせて、両脚を投げだした。どうせすぐに寝ちまうんだろうと思うと、マイヤーズはまたこの男がうらやましくなった。

そのあとで彼は目がさえてしまって、息子と会うときのことを考えはじめた。あと数時間先には会うことになっているのだ。駅で息子に会ったら、俺はいったいどう振る舞えばいいのだろう？　抱き締めるべきなのかな？　そんなこと考えただけで面映ゆい。あるいはただ微笑んで手を差し出せばいいのだろうか？　この八年間という歳月なんか存在しなかったんだという風ににっこりと笑って。そして子供の肩をぽんぽんと叩けばいいのだろうか？　たぶん息子は何か言うだろう。元気かいとか、よく来たねとか、なんとか。そしてこちらとしても何か言わなくちゃな。でもいったいなんて言えばいいんだ。彼には見当もつかなかった。

　フランス人の車掌がコンパートメントの外を通り過ぎていった。彼はマイヤーズと彼の向かいで眠っている男を見た。さっき二人の切符にはさみを入れたのと同じ車掌である。それでマイヤーズは向こうを向いて、窓の外の風景に目を戻した。家の数がだんだん増えてきた。でもそれらの家には石塀がなかった。さっきの家よりはもっと小さくて、お互いに接近していた。そろそろフランスの村が見えてくるんだろうなとマイヤーズは思った。靄《もや》はもう消え始めていた。列車は汽笛を鳴らして、遮断機の下りた踏切を越えた。髪を頭の上でまとめたセーター姿の若い女の姿が見えた。彼女は自転車を持って、列車が飛ぶように通りすぎていくのを見ていた。

　駅から歩いて出て少し歩くときに、お母さんは元気かい、と尋ねてもいいなと彼は思った。お母さんから何か便りはあったかい、と。彼女はもう死んでしまっているかもしれないという思いが、そのとき突然マイヤーズの頭に浮かんだ。でもそれからすぐに、そんなことがあるわけはないと思いなおした。もし死んだりしていたら、彼は知らせを受けているはずなのだ。何らかの形で知らせは当然もたらされるはずだ。やれやれ、こんなことをうだうだ考えていたら、気持ちがどんどん落ち込んでいきそうだ、と彼は思った。シャツの一番上のボタンをはめ、ネクタイをしめ直した。そしてコートを隣のシートの上に置いた。靴の紐を結び、立ち上がり、寝ている男の両脚をまたぐようにして、コンパートメントの外に出た。

マイヤーズは車両の端まで歩いて行くあいだ、通路沿いの窓に手をあてて体を支えなくてはならなかった。小さな便所に入ってドアを閉め、鍵をかけた。それから水を出して顔を洗った。列車は速度を緩めもせずにカーブに入ったので、彼はバランスを取るために洗面台にしがみついていなくてはならなかった。

息子の手紙は二ヵ月ばかり前に届いた。短い手紙だった。自分は今フランスに住んでいて、去年からストラスブールの大学に通っていると書いてあった。どうしてまたフランスなんかに行くことになったのかとか、そこに至るまでにどんなことをしていたのかとか、そういうことは一切書かれていない。母親についての言及——元気にしているか、何処で何をしているかといったような——がまったくなかったこともマイヤーズにはまあ当然のことに思えた。でも息子はあろうことか、手紙の末尾に「ラブ（お元気で）」と書いていた。マイヤーズはわけがわからなくて、そのことでずいぶん考えこんでしまった。結局彼は手紙の返事を出すことにした。熟考の末にこう書いた。私はいつかヨーロッパに小旅行してみたいと常々考えていた。ストラスブールの駅まで迎えに来てくれると嬉しいのだが、と。彼はその手紙の最後に「愛する父より（ラブ・ダッド)」と書いた。息子から返事が来て、彼は旅に出る支度をした。秘書と何人かの同僚を別にすれば、自分がしばらく留守にすることを知らせるべき相手がただの一人もいないことに思いあたって、彼は愕然としてしまった。彼は勤続年数からすれば、勤めているエンジニアリングの会社から六週間の休暇を取る権利があった。そしてそれを全部いっぺんに旅行にあてることにした。今では休暇の全部をヨーロッパで過ごすつもりはなくなっていたが、それでも彼はとにかく思い切って出てきてよかったと思った。

彼はまずローマに行った。しかし何時間か一人で街を歩いたあとで、団体旅行グループに入って来ればよかったなと悔やんだ。彼は孤独だった。それからベニスに行った。彼と妻はいつもそこを訪れたいと話していたものだった。でも彼はベニスの街にがっかりしてしまった。そこでは片腕の男が烏賊のフライを食べていた。いたるところにうすよごれて水のしみのついた建物が建っていた。それから彼は汽車でミラノに行って、四つ星のホテルに泊まり、一晩ずっとソニーのカラー・テレビでサッカーの試合を見ていた。放送が終わって画面が消えてしまうまでテレビを見ていた。翌朝起きると、列車の出発の時間まで街をぶらぶらと歩いた。彼はストラスブールでの滞在をヨーロッパ旅行のハイライトにするつもりでいた。一日か二日、あるいは三日くらいそこにいて——その辺はなりゆき次第だ——それからパリに行って、帰国するのだ。外国人相手に意を通じさせるべく悪戦苦闘するのにもいささか疲れた。早く故国に帰りたかった。

誰かが便所の戸をがたがたさせた。マイヤーズはシャツの裾をズボンにたくしこんだ。ベルトをしめ、それからドアの鍵をはずして、列車の揺れにあわせてよろめきながらコンパートメントに戻った。ドアを開けた瞬間、自分のコートの位置がずれていることにマイヤーズは気づいた。コートは彼が置いた場所とは違うところに置かれていた。彼は自分がいくぶん滑稽ではあるにせよ、ことによっては深刻になりそうな状況に直面していることを悟った。コートを手にしながら彼の胸はどきどきと震えていた。彼は内ポケットに手をつっこんでパスポートを取り出した。財布はズボンのポケットに入れて持ち歩いている。財布とパスポートはとにかく無事である。彼は他のポケットを調べてみた。なくなっていたのは、息子の土産としてローマで買った日本製の高価な腕時計だった。彼は盗まれるのを用心してそれをずっとコートの内側のポケットに入れていたのだ。でもその時計がなくなっている。

「すみません」と彼は脚を投げ出して帽子を目深にかぶり、座席に沈みこんでいる男に向かって言った。「すみません」男は帽子を後ろにずらせて、目を開いた。そして体を起こして、マイヤーズの顔を見た。びっくりしたような大きな目だった。夢でも見ていたのかもしれない。あるいはそんなもの見ていなかったのかもしれない。

「誰かここに入ってきた人はいませんでしたか？」とマイヤーズは尋ねた。

でもその男は明らかにマイヤーズの言っていることが理解できないみたいだった。さっぱりわけがわからんという顔つきで、男はじっとマイヤーズを見ていた。でもそう見せかけているだけかもしれないぞとマイヤーズは思った。人目を欺く狡猾な演技なのかもしれない。マイヤーズは男の注意を引きつけるようにコートをゆさゆさと揺すった。それからポケットに手を入れて中を探った。彼は袖をまくって自分の腕時計を示した。男はマイヤーズを見て、それからマイヤーズの腕時計を見た。男は狐につままれたような顔をしていた。マイヤーズは腕時計のガラスをとんとんと叩いた。それからもう一方の手をコートのポケットに入れて、その中を物色しているような振りをしてみせた。そしてもう一度時計を示して、指をぱたぱたと振った。この部屋から時計が飛んで出ていってしまったということが伝わればいいがと思いながら。

男は肩をすくめ、首を振った。

「こん畜生」とマイヤーズは吐き捨てるように言うと、コートを着て通路に出た。もうこんなコンパートメントにはほんの少しだっていたくない。自分が頭に来て相手を殴ってしまうのではないかと、彼にはそれが不安だった。泥棒の姿がひょっとして見つからないかと、通路を見渡してみた。でも通路には人影はなかった。あるいはあのコンパートメントの同室の男は時計を盗んではいないのかもしれない。便所のドアをひっぱった人物がコンパートメントの前を通りかかり、コートと眠っている男に目をつけて、さっとドアを開けてポケットを物色し、またドアを閉めて立ち去ったのかもしれない。

マイヤーズはゆっくりと車両の端まで歩いていって、他のコンパートメントを覗きこんでみた。一等車だったのでそれほど混んではいなかったけれど、どのコンパートメントにも一人か二人乗客がいた。たいていの客は眠っているか、あるいは眠っているように見えた。彼らは目を閉じて、頭をシートにもたせかけていた。あるコンパートメントではマイヤーズと同じくらいの年格好の男が窓際に座って外の田園風景を眺めていた。マイヤーズが足を止めてガラス窓からそちらを覗きこむと、男は振り返って、凶暴な目で彼を睨んだ。

マイヤーズは二等車の方に入っていった。こちらの方はぎっしりと混んでいた。ひとつのコンパートメントに五人から六人の人間が入っていた。そして人々が惨めな状態に置かれていることは一目でわかった。多くの人々は目覚めていたが、それは眠れるほど居心地が良くないからだった。通り過ぎるとき、みんなが彼のことをじっと見た。外国人たちだな、と彼は思った。もしあの同室の男が時計をとったのではないとしたら、盗んだのはこっちのコンパートメントから来た奴に違いないと彼は思った。でもだからといって、何ができる？　どうしようもないじゃないか。時計はなくなってしまった。今頃は誰かのポケットの中に入ってしまっているはずだ。おそらく俺は車掌に事情を説明することすらできないだろう。もし仮に説明できたとして、それでどうなる？　彼はよろけながら自分のコンパートメントに戻った。中を覗きこむと、男はまた脚を伸ばして、目の上に帽子をかぶせていた。

マイヤーズは男の脚をまたいで、窓際の自分の席に腰を下ろした。彼は怒りで頭がくらくらするほどだった。列車は街の郊外にさしかかっていた。農家や牧草地は工場地帯へと変わっていた。工場の正面の壁にはなんと発音すればいいのかわからない名前が書かれていた。列車は速度を落としはじめた。街の通りを車が走っているのが見えた。踏切の前に並んで列車が通り過ぎるのを待っている車もいた。彼は立ち上がって、網棚からスーツケースを降ろした。そしてスーツケースを膝の上に置いて、窓の外のこの気の滅入る土地を眺めた。

考えてみりゃ息子になんか会いたくもなかったんだ、と彼はふと思った。彼はその事実にショックを受けた。そして少しのあいだそんな自分の冷淡さにうちひしがれていた。彼は頭を振った。馬鹿げた行為をつみかさねてきた人生だったが、その中でもこの旅行こそがおそらく最大の愚行だった。しかし何はともあれ、息子に会いたいという思いはマイヤーズの中にまったく湧きあがってはこなかった。その子供のとった行為のせいで、マイヤーズの彼に対する情愛はずっと昔にすっぱりと断ち切られてしまっていたのだ。突然、マイヤーズの脳裏に、彼に向かって飛びかかってきたときの息子の顔がありありと浮かんだ。そして苦い思いがマイヤーズの心を浸した。この子供がマイヤーズの若き日々を貪り食い、彼が求愛し結婚した娘を、神経の歪んだアルコール中毒の女に変貌させてしまったのだ。そして子供は母親に対して、あるときは同情したりあるときは横暴に振る舞ったり、ころころと態度を変えていたのだ。好きでもない相手に会うために、なんではるばるこんなところまで来てしまったんだろう、とマイヤーズは思った。俺は息子の手だって握りたくないんだ。それは敵の手じゃないか。あいつの肩を叩いて、挨拶じみたことを口にするのも嫌だ。お母さんはどうしてるなんて尋ねなくちゃならないなんて、とてもじゃないが耐えられない。

列車が駅に入っていくあいだ、彼は座席の上で前かがみになっていた。頭上のスピーカーがフランス語で何かの案内をした。マイヤーズの向かいに座った男がもそもそと体を動かしはじめた。そのフランス語がまた何かを告げると、彼は体を起こして帽子をちゃんとかぶりなおした。放送の内容はマイヤーズにはさっぱり理解できなかった。列車が速度を緩めて停車に移るにつれて、彼はどうしようもなく気が昂ってきた。俺はこのコンパートメントを一歩も出るもんかと彼は心を決めた。列車が発車するまで、ここにこうしてじっと座っているんだ。発車したら、そのままパリに行ってしまうのだ。それですべては終わる。彼は用心深く窓の外に目をやった。ガラスの向こうに息子の顔が見えるのではないかとひやひやしながら。もしそんなことになったら、自分がいったい何をしでかすか、マイヤーズにもわからなかった。息子に向かって拳をふりあげてしまうんじゃないかと、それが心配だった。コートを着て、スカーフを巻いて、スーツケースを足下に置いて、列車の到着を待っている人の姿が何人かプラットフォームに見えた。スーツケースを持たずに、ポケットに両手を突っ込んでいるものも何人かいた。明らかに誰かを出迎えに来た人たちだ。その中には息子の姿は見当たらなかった。でももちろん、だからといって、彼がここに来ていないとは言えない。マイヤーズは膝の上からスーツケースを床に降ろして、ずるずると座席の中に沈んだ。

向かいの席の男はあくびをして、窓の外に目をやった。そしてマイヤーズの方に視線を向けた。彼は帽子を取って、手で髪を撫でつけた。それからまた帽子をかぶり、席を立って、網棚から鞄を降ろした。そしてコンパートメントのドアを開けた。でも出ていく前に男は振り返って駅の方を指し示した。

「ストラスブール」と男は言った。

マイヤーズは顔を背けた。

男はちょっと間をおいて、それから鞄と盗んだ腕時計を持って（こいつが間違いなく時計を盗んだんだとマイヤーズは思った）通路に出ていった。でも腕時計のことなど彼にはもうどうでもよくなっていた。マイヤーズは窓の外にもう一度目をやった。エプロンをつけた男が駅の戸口に立って、煙草を吹かせていた。赤ん坊を抱いた長いスカートの女に二人の駅員がなにごとか説明しているのを、その男は見物していた。女は話を聞き、肯き、また話を聞いた。片腕に抱いていた赤ん坊を反対の腕に移した。男たちはしゃべりつづけていた。彼女はそれをじっと聞いていた。男の一人が赤ん坊の顎の下をこちょこちょとくすぐった。女は下を向いてにっこり微笑んだ。彼女は赤ん坊をまた反対の手に移し、話に耳を傾けていた。彼の車両から少し離れたところで若いカップルが抱擁をかわしているのが見えた。やがて若い男が娘の体を放した。彼は娘に何か言い、旅行鞄を手に列車に向かった。娘は青年が去っていくのを見守っていた。彼女は手を自分の顔にやって、腕首の付けねのあたりで片方の目に触り、それからもう一方の目を押さえた。少しあとで娘がプラットフォームを歩いてくる姿を見掛けた。彼女はマイヤーズの乗った車両にじっと視線を注いでいた。まるで誰かの姿を追っているみたいに。彼は娘から目をそらせ、駅の待合室の上の方にかかった大きな時計に目をやった。そしてプラットフォームをひととおり見渡した。息子の姿はどこにも見えなかった。あるいは息子は寝過ごしたのかもしれない。それとも彼と同じように、会う気がなくなってしまったのだろうか。どちらにせよ、マイヤーズはほっとした。彼はもう一度時計を見た。それからさっきの娘が足早に彼の座っている窓の方にやってくるのを目にした。彼はさっと身を引いた。まるで娘が窓ガラスを叩き割ろうという素振りを見せたみたいに。

コンパートメントのドアが開いた。プラットフォームで見かけた若い男が中に入ってきてドアを閉めて「ボンジュール」と言った。男は返事も待たずに網棚に鞄を放りあげ、窓際にやってきた。「パルドネ・モワ」彼は窓を降ろして開けた。「マリー」と彼は言った。娘は微笑もうとしてそのまま泣き出した。青年は彼女の両手を取って、その指にキスしはじめた。

マイヤーズは目をそらせ、ぎゅっと歯を嚙みしめた。駅員が大声で列車の出発を知らせた。誰かが笛を吹いた。まもなく列車が駅を離れはじめた。青年はもう娘の手を放していたが、それでも彼はゆっくりと進行していく列車の窓から娘に向かって手を振っていた。

でも列車はほんのわずか進んで、屋根のない操車場に出ると、唐突にがたんと停まった。青年は窓を閉め、ドア側の席に行って座った。そしてコートのポケットから新聞を出して読み始めた。マイヤーズは立ち上がってドアを開け、通路の端まで行ってみた。列車の連結作業が行われているのがそこから見えた。どうして列車が停まったのか、マイヤーズにはわからなかった。何か故障があったのかもしれない。彼は窓に寄ってみた。でもそこから目にできるのは、見るからに入り組んだ線路の網目だけだった。そこで列車が編成されるのだ。車両が列車から切り離され、あるいは別の列車に繋げられる。彼は窓を離れた。隣の車両のドアには「プセ（押す）」と書いてあった。マイヤーズがその字を拳で叩くと、ドアが横に開いた。そして彼は再び二等車の中に足を踏み入れた。乗客で満員になったコンパートメントを、彼は次から次へと通り過ぎていった。乗客たちはこれから長旅に向かおうとしているみたいに、あれこれ身のまわりを整理していた。この列車がこれからどこに向かうのか、誰かに教えてもらう必要があった。切符を買った時点では、この列車はストラスブールからそのままパリに向かうと聞いていた。でもどこかのコンパートメントに頭をつっこんで「パリー？」とか、とにかくそんなふうな本場風の発音でものを尋ねるというのも、考えただけでうんざりした。それではまるで目的地に着いたかどうかを尋ねているみたいじゃないか。がちゃんという大きな音が聞こえた。そして列車は少し後ろに戻った。また駅が見えてきた。彼はもう一度息子のことを考えた。あるいは息子はそこに立っているかもしれない。息せききって駅に駆けつけて、父親がいったいどうなったのかと気をもんでいるかもしれない。マイヤーズは首を振った。

彼の乗った車両は軋んだ音を立て、足下で唸るような声を上げた。それから何かががかみあって、がっしりと固定されたようだった。マイヤーズは外の迷路のごとき線路に目をやり、列車がまた動き始めたことに気づいた。彼は車両の後尾に戻り、それから自分の席のある車両に移った。それから通路を自分のコンパートメントまで歩いて戻った。でも新聞を手にした若者は消えていた。そしてマイヤーズのスーツケースも消えていた。いや、それはだいたいマイヤーズのコンパートメントではなかった。彼ははっと気づいた。俺の乗っていた車両は操車場で切り離されて、かわりに別の二等車が取り付けられたんだ、と。彼が目の前にしているコンパートメントは浅黒い肌の小柄な人々でほぼ満員だった。彼らはマイヤーズがそれまで耳にしたこともない言葉で早口にしゃべっていた。一人の男がマイヤーズに向かって中に入れと合図した。マイヤーズはコンパートメントの中に入った。男たちは彼のために席を空けてくれた。そのコンパートメントの中には陽気な空気が満ちているように感じられた。マイヤーズに向かって入れと合図した男が笑って、自分の隣の席をとんとんと叩いた。マイヤーズは列車の進行方向とは逆向きに腰を下ろした。窓の外の田園風景はますます早く、飛ぶように過ぎていった。しばらくの間、風景が自分からどんどんこぼれ落ちて抜けていくようにマイヤーズには感じられた。俺は何処だか知らないところに運ばれていくんだ、と彼は思った。それが間違った方向であるかどうかは、そのうちに明らかになるだろう。

彼はシートに身をもたせかけて目を閉じた。男たちはしゃべりつづけ、笑いつづけていた。彼らの声はずっと遠くの方から聞こえてくるように感じられた。そのうちに彼らの声は列車の立てる音とひとつに混じりあっていった。やがてマイヤーズはうとうととまどろみ、やがてひきずりこまれるように眠りの中に落ちていた。

ささやかだけれど、役にたつこと

A Small, Good Thing

土曜日の午後に彼女は車で、ショッピング・センターにあるパン屋に行った。そしてルーズリーフ式のバインダーを繰って、ページに貼りつけられた様々なケーキの写真を眺めたあとで、結局チョコレート・ケーキにしようと決めた。それが子供のお気に入りなのだ。彼女の選んだケーキには宇宙船と発射台と、そしてきらめく星がデコレーションとしてついていた。反対側には赤い砂糖で作られた惑星がひとつ浮かんでいた。スコッティーという名前が、緑色の字で惑星の下に入ることになった。パン屋の主人は猪首の年配の男だった。来週の月曜日でスコッティーは八つになるんです、と母親が言っても、パン屋の主人は黙って聞いているだけだった。主人はスモックのようなかたちの白いエプロンをつけていた。エプロンの紐が両腕の脇から背中をぐるりと回って正面に出てきて、でっぷりとしたウエストの下で結ばれていた。彼は女の話を聞きながらエプロンで両手を拭いていた。そして見本帳の写真に目をやったまま、女にずっと喋らせておいた。パン屋は彼女にゆっくりと時間をかけてケーキを選ばせた。仕事は始まったばかりだったし、どうせ一晩そこでパンを焼くことになるのだ。何も急ぐことはない。

彼女はアン・ワイスという自分の名前と電話番号を教えた。ケーキは月曜日の朝にはできています。オーヴンから出したばかりの状態で。月曜の午後のパーティーまでにはたっぷり時間の余裕がありますよ。彼は愛想のいい人間ではなかった。冗談なんか言わない。手短に言葉を交わし、必要なことしか口にしない。パン屋は彼女を居心地悪い気分にさせたし、彼女としてはそれがあまり気に入らなかった。彼が鉛筆を手にカウンターにかがみこんでいるあいだ、彼女はその男の粗野な顔つきをじろじろと見ながら、この人はこれまでの人生で、パン屋以外の役を果たしたことがあるのだろうかと思った。彼女は三十三歳になる母親だった。そして世の中の人はみんな誰でも、とくにこのパン屋の主人のような歳の人なら（彼女の父親くらいの歳だ）、こういうバースデイ・ケーキや誕生パーティーといった特別な時期を通過してきた子供たちを持っているはずだと思っていた。私たちの間にはそういう共通項があるはずなのだと。なのにこの人はいかにもつっけんどんだ――無礼というのではないが、つっけんどんだ。この人とはとても仲良くなれそうもない。彼女はパン屋の奥の部屋に、長いどっしりとした木のテーブルがあるのを目にとめた。テーブルの端の方にはアルミニウム製のパイ焼き皿が積み重ねてある。テーブルの隣には、空の枠をいくつも詰めた金属の容器がひとつ置いてある。そして巨大なオーヴン。ラジオがカントリー・ミュージックを流していた。

パン屋は特別オーダーのカードに注文を書きつけ、バインダーを閉じた。そして彼女を見て「月曜の朝に」と言った。彼女はじゃあお願いしますねと言って家に帰った。

月曜日の朝、誕生日を迎える少年は歩いて学校に行った。彼には連れがいた。二人の少年はポテトチップの袋を回していた。誕生日を迎える少年はもう一人の少年がプレゼントに何をくれるつもりなのか何とか口を割らせようとしていた。交差点のところで、誕生日を迎える少年はろくに注意もせずに歩道から下りた。そしてその瞬間に車が彼をはね飛ばした。彼は横向きに倒れた。頭は溝の中につっこみ、両脚は路上にあった。目は閉じられていたが、脚は何かをよじのぼるような格好で前後に動いていた。連れの少年はポテトチップの袋を落として泣き出した。車は三十メートルくらい進んでから、道の真ん中で停まった。車を運転していた男は肩越しに後ろを振り返った。そして少年がよろよろと立ち上がるのを待っていた。少年は少しふらっとよろめいた。彼はぼんやりとした感じだったが、でも異常はないようだった。男はギヤを入れて走り去った。

誕生日を迎える少年は泣かなかった。しかし言葉というものをまったく発しなかった。もう一人の少年が、車にはねられるのってどんな感じだいと訊いても、返事もしなかった。彼は歩いて家に帰った。連れの少年はそのまま学校に行った。家に帰って誕生日を迎える少年は一部始終を母親に話した。彼女は息子と並んでソファーに座り、その手を取って膝の上に載せた。「ねえ、スコッティー、大丈夫？　何ともない？」彼女はいずれにせよ医者を呼ぶつもりだった。そうするうちに突然、子供はソファーの上でごろりと仰向けになって、目を閉じ、ぐにゃっとしてしまった。どうしても子供が目を覚まさないことがわかると、彼女は夫の会社に急いで電話をかけた。ハワードは彼女にいいかい落ち着くんだ、落ち着くんだよ、と言った。そして救急車を呼び、自分も病院に急いだ。

もちろん誕生パーティーは開かれなかった。少年は病院に運ばれた。軽い脳しんとうを起こし、事故のショックを受けていた。何度も嘔吐し、両肺に水が溜まっていて、午後のうちに取り除く必要があった。子供はただぐっすりと眠りこんでいるように見えた。しかしそれは昏睡ではない。両親の目のなかにもしやという不安の色を読み取って、昏睡ではありませんよとフランシス医師は強調した。その夜の十一時、レントゲン写真をいっぱい撮られたり、いろんな検査を受けたあとで、少年はとても気持ちよさそうにすやすやと眠っていた。あとは少年が目覚めて、起き上がるのを待つだけ、というときになって、ハワードは家に帰った。彼とアンはその昼からずっと二人で少年に付き添っていた。だから彼はいったん家に戻って風呂を浴び、服を着替えることにした。「一時間で戻るからね」と彼は言った。彼女は肯いた。「いいわよ」と彼女は言った。「一人で大丈夫」彼は妻の額に口づけし、二人は手を触れ合った。彼女は枕もとの椅子に座り、子供の顔を見ていた。そして子供が元気に目を覚ますのをじっと待ちつづけた。そうすれば彼女も一息つくことができる。

ハワードは車を運転して家に戻った。彼は雨に濡れた暗い通りを思い切り飛ばした。それからはっと気づいてスピードを緩めた。それまでの彼の人生は順調そのものであり、満足のいくものだった。大学を出て、結婚して、もうひとつ上の経営学の学位を取るためにもう一年大学に行って、投資会社の下位共同経営者になっていた。子供もいた。彼は幸福であり、そして今までのところは運にも恵まれていた。それは自分でもよくわかっていた。両親は健在だったし、兄弟姉妹はみんなきちんとした一家を構えていた。大学時代の友人たちは社会に出て、それぞれ立派にやっていた。彼の身にはこれまでのところ、とりたてて悪いことは何も起こらなかった。そういう暗い力から、彼はずっと身を遠ざけていた。いったん風向きが変われば、その暗い力は、人の身を損ない、運が落ちた人々の足をつかんで引きずりおろすことも可能なのだということを彼はよく承知していた。彼はアプローチに入って車を停めた。左足ががたがたと震えていた。そして座ったまま、ここはひとつ冷静に対処しなくちゃなと思った。スコッティーが車にはねられて入院している。でもまもなく回復するだろう。ハワードは目を閉じて手で顔を撫でた。それから車を下りて玄関まで歩いた。家の中で犬が吠えていた。彼が鍵でドアを開け、もそもそと壁のスイッチを探っているあいだずっと、電話のベルが鳴り続けていた。俺は家になんか帰ってくるべきじゃなかった。俺は病院にいるべきだったんだ。「畜生！」と彼は言った。彼は受話器を取って「今帰ってきたばかりだよ！」と言った。

「ケーキを取りに来ていただかないと」と電話の相手は言った。

「何のことでしょう？」とハワードは訊いた。

「ケーキですよ」と相手は言った。「十六ドルのケーキです」

ハワードは話の筋を理解しようと、受話器をぎゅっと耳に押しつけた。「ケーキがいったいどうしたんだ」と彼は言った。「おい、何の話をしているんだ？」

「そういう言い方はないぞ」と相手は言った。

ハワードはがちゃんと電話を切った。彼はキッチンに行って、ウィスキーを少しグラスに注いだ。そして病院に電話をかけてみたが、子供の容体は前と同じだった。子供は眠り続け、変わったことは何も起こっていなかった。風呂に湯をはっている間に、ハワードは髭を剃った。そしてバスタブの中で体を伸ばして目を閉じると、また電話のベルが鳴りはじめた。彼は立ち上がって風呂を出ると、タオルをつかみ、急いで部屋を抜けて電話のところにいった。「俺は馬鹿だった」と彼は言いつづけていた。病院を離れるべきではなかったのだ。まったく馬鹿だった。「もしもし！」と怒鳴った。電話の向こうには物音ひとつ聞こえなかった。それから相手は電話を切った。

真夜中少し過ぎに彼は病院に戻った。アンは相変わらず枕もとの椅子に腰かけていた。彼女はハワードを見上げ、それからまた子供に視線を戻した。子供の目は閉じられたままだ。頭はまだ包帯に包まれている。息づかいは静かで、規則的だった。ベッドの上の器具にはブドウ糖の瓶が吊るされ、そのチューブが少年の腕に繋がれていた。「具合はどうだい？」とハワードは訊いた。「これは何だい、いったい？」と彼はブドウ糖の瓶とチューブを指さした。

「フランシス先生の命令なの」と彼女は言った。「栄養補給が必要なんだって。体力を維持する必要があるの。ねえハワード、この子どうして眠りっぱなしなの？　何ともないのなら、どうして目を覚まさないのよ？」

　ハワードは妻の後頭部に手をあて、指で髪を撫でた。「きっと良くなるさ。すぐに目を覚ます。フランシス先生にまかせておけば大丈夫だよ」

　少し間があって彼は言った。「君もちょっと家に帰ってひとやすみしたらどうだい？　そのあいだ僕が付いているよ。しつこく家に電話をかけてくる変態野郎がいるけど、相手にしないように。切っちまえばいいのさ」

「誰が電話かけてくるの？」と彼女は訊いた。

「誰だか知らないよ。知らない家に電話をかけるくらいしか楽しみのない奴さ。さあ、家に帰りなさい」

　彼女は首を振った。「帰らない」と彼女は言った。「私は大丈夫よ」

「なあ、頼む。ちょっと家に帰って休んで、また戻ってきて、朝に僕と交代してくれ。それでいい。フランシス先生はなんて言った？　スコッティーは元気になるって言っただろう？　だから心配することなんかないんだよ。スコッティーはぐっすり眠ってるんだ。それだけのことだよ」

　看護婦がドアを押し開けた。そして二人に向かって会釈してから、枕もとに行った。彼女は布団の中から少年の左手を出して、腕首に指をあて、時計を見ながら脈を取った。そして少ししてから手をまた布団の中に戻し、ベッドの足下に行って、そこでベッドに備えつけてあるクリップボードに何か書きこんだ。

「具合はどうですか?」とアンが訊いた。ハワードの手は彼女の肩の上で重く感じられた。彼の手の指に力が入るのがわかった。

「安定してます」と看護婦は言った。それからこう言い添えた。「まもなく先生がお見えになります。先生は病院に戻ってられて、今巡回してらっしゃるんです」

「今話をしてたんですが、妻はできたら帰宅して休みをとりたいんです」とハワードは言った。「先生が見えたあとででも」

「どうぞそうなすって下さい」と看護婦は言った。「お二人とも気になさらずに、ご自由にお休みになってかまいません」看護婦は大柄な金髪のスカンジナビア系の女だった。彼女の喋り方には少し訛があった。

「先生のおっしゃることを聞きたいわ」とアンは言った。「先生とお話したいの。この子がこんな風に眠り続けるなんて何だか変よ。良くないしるしよ」彼女は片手を上げて目にあて、少しうつむいた。肩に置かれたハワードの手に力が入った。それからその手は首の方に上がってきた。指が首の筋肉をこねるように揉み始めた。

「フランシス先生はまもなくお見えになります」と看護婦は言って部屋を出ていった。

ハワードはしばらく息子の顔をじっと食い入るように見ていた。掛け布団の下で、その小さな胸が静かに上下していた。会社にアンから電話がかかってきたときに味わったあのおぞましい恐怖がまた初めて、四肢から湧きあがってくるのが感じられた。彼は何度も首を振った。スコッティーは大丈夫だ。でも彼が眠っているのは家のベッドではなく、病院のベッドだ。頭には包帯が巻かれ、腕にはチューブがささっている。でもそういう助けが今の彼には必要なのだ。

フランシス医師が部屋に入ってきた。さっき会ってからまだ数時間しか経っていなかったが、彼はハワードと握手をした。アンは椅子から立ち上がった。「先生?」

「やあ、アン」と彼は言って肯いた。「まず坊やの様子を見てみましょう」と医者は言った。彼はベッドの脇に行って、少年の脈を取った。片方の瞼を開け、もう片方もおなじように開けた。ハワードとアンは医者の隣に立ってそれを見ていた。それから医者は布団をめくり、聴診器を使って心臓と肺の音を聴いた。腹のあちこちに指をあてた。それが終わると、彼はベッドの足下に行って、チャートを調べた。時刻を書き留め、何やらチャートに記入した。それからハワードとアンの方を向いた。

「いかがですか、先生？」ハワードが尋ねた。「いったい息子はどうなっちゃってるんでしょう？」

「どうしてこんなに眠り続けてるんです？」とアンが言った。

　医者はハンサムで、肩が広く、顔は日焼けしていた。三つ揃いのブルーのスーツを着て、ストライプのネクタイをしめていた。そして象牙のカフスボタン。白い髪はぴたりと頭の両側になでつけられている。まるで今しがたコンサートから帰ってきたばかりのように見えた。「問題はありません」と医者は言った。「ただ進展もとくにありませんね。もっと良くなっていてもいいはずなのですが。でも心配なさることはないです。目さえ覚めてくれればいいんです。すぐにでも覚めるはずですよ」医者はまた少年の方を見た。「あと二時間ほどしたら、もっと詳しいことがわかります。検査の結果が出てきますから。でも御心配には及びません。信じて下さい。頭蓋骨にごく細いひびが入っている以外に悪いところはないんです。たしかにひびは入っていますが」

「そんな」とアンは言った。

「そして、以前にも申し上げたように、軽い脳しんとうを起こしています。それから、言うまでもなく、彼はショックを受けています」と医者は言った。「こういうショックを受けた患者が眠りこむ例はしばしばあるんです」

「でも大きな危険はないとおっしゃるんですね？」とハワードが言った。「これは昏睡じゃないっておっしゃいましたよね？　たしかに昏睡ではないんですね、先生？」ハワードは答えを待った。彼はじっと医者を見ていた。

「ええ、昏睡と呼びたくはありません」と医者は言って、またちらっと少年を見やった。「彼はとても深く熟睡しているのです。体は自らを回復しようとしており、眠りはその手段なのです。大きな危険はありません。それははっきりと言えます。いずれにせよ彼が目覚めて、検査の結果が出たら、より詳しいことが判明するでしょう」と医者は言った。

「これはなんと言おうと昏睡です」とアンは言った。

「これはまだ正確には昏睡とは呼べません」と医者は言った。「これを昏睡と呼びたくはありません。少なくとも今のところはね。彼はショックを受けているのです。ショックを受けた場合は、こういう反応が出るのはよくあることなんです。肉体的外傷に対する一時的な反応です。昏睡というのは長期にわたる深い無意識状態です。それは何日も、ときには何週間も続きます。私たちの見るかぎり、スコッティーはまだその領域には入り込んでおりません。朝になれば、回復の徴候が出てくるはずです。大丈夫、私が保証します。目が覚めたらもっと詳しいことがわかりますし、ほどなく目は覚めるはずです。いうまでもないことですが、御自由に行動なさって下さい。ここにいらしても結構ですし、お宅にお帰りになっても結構です。でももしちょっとのあいだ病院を離れておやすみになりたければ、遠慮はなさらないように。こうして付き添っているのがどれほど大変なことか私にはよくわかっています」医者は少年を検分するようにじっと見つめ、それからアンの方を向いた。「物事を悪い方に悪い方に考えてはいけません、お母さん。私たちを信じて下さい。できるだけの手は尽くしているのです。もう少しの辛抱と思って下さい」彼はアンに向かって肯き、ハワードとまた握手して部屋を出ていった。

アンは子供の額に手をあてた。「少なくとも熱はないようね」と彼女は言った。「でも神様、この子すごく冷たい。ねえ、ハワード、こういうのってちょっと変じゃない？　ちょっと触ってみて」

ハワードは子供のこめかみに手を触れた。彼自身の呼吸はもう落ち着いていた。「この状況ではとくにこれでおかしくないと僕は思うけどね」と彼は言った。「この子はショックを受けているんだよ。先生がそう言っただろう？　それに今検診したばかりじゃないか。スコッティーの様子がおかしいようなら何か言ってるさ」

アンは唇をじっと噛みしめながら、しばらくそこに立っていた。それから彼女は自分の椅子に戻って腰を下ろした。

ハワードはその隣の椅子に座った。でも彼自身怖かったのだ。二人は顔を見合わせた。もっと何か言って妻を安心させたかった。それは彼の気持ちを安らかにしてくれた。ハワードは妻の手を取って自分の膝の上に載せた。それは彼の気持ちを安らかにしてくれた。膝の上の妻の手。彼は彼女の手を取って、ぎゅっと握りしめた。それから力を抜いて、普通に握った。二人はしばらくそのまま座っていた。子供を見つめ、ひとことも口をきかずに。時々彼は妻の手を堅く握りしめた。やがて彼女は手を引いた。

「私、ずっとお祈りしてたの」と彼女は言った。

彼は肯いた。

彼女は言った。「お祈りのやりかたなんてもうほとんど忘れちゃったと思ってたんだけど、やってるうちに思い出してきたわ。目を閉じてこう言えばそれでいいのよ。『神様、私たちをお助け下さい。スコッティーをお助け下さい』って。あとは簡単だった。言葉がするする出てくるの。あなたもお祈りしたら？」と彼女は彼に言った。

「僕ももうお祈りした」と彼は言った。「今日の午後も祈った。いや昨日だな。つまり、君が電話をかけてきて、車で病院に来るまでの間にさ。僕はずっと祈っていたよ」、彼はそう言った。

「よかった」と彼女は言った。そこで初めて彼女は、自分たちは二人一緒にこれに、このトラブルに巻き込まれているのだと感じることができた。彼女はそもそもの初めから今の今までずっと、これは自分とスコッティーだけの身にふりかかった問題なんだと思い込んでいた。彼女はそれに気づいてはっとした。彼女はハワードを数に入れていなかったのだ。彼もずっとそこにいて、必要とされていたにもかかわらず。この人が夫で良かったとアンは思った。

前と同じ看護婦がやってきてまた少年の脈を取り、ベッドの上の溶液の流れ具合を点検した。

一時間ほどしてから、別の医者がやってきた。新しい医者の名前はパーソンズと言った。レントゲン科の医者だった。彼はもじゃもじゃとした口髭を生やしていた。ローファー・シューズにウエスタン・シャツ、ブルージーンズという格好だった。

「もう少し写真を撮りたいんで、この子ちょっと下に連れていきますね」と彼は二人に言った。「もっと写真を撮る必要があるんです。スキャンもやりたいし」

「なんですって？」とアンは言った。「スキャン？」彼女はその新しい医者とベッドの間に立ちはだかった。「レントゲン写真ならもうずいぶん撮ったじゃありませんか」

「もう少しだけ必要なんです」と彼は言った。「心配なさることありません。ただあと少し写真が欲しいだけです。それから坊やの脳のスキャンをやりたいんです」

「神様」とアンは言った。

「こういう場合、普通にやることなんです」と新しい医者は言った。「どうして坊やがまだ目覚めないのか、我々としても今一度確認しておきたいんです。手順としてはごく普通のものです。御心配なさることじゃありません。すぐに下に運びます」と医者は言った。

ほどなく二人の看護人が車輪付担架《ガーニー》を押してやってきた。どちらも黒髪で肌が浅黒く、白い制服を着ていた。彼らは外国語でふたことみこと言葉を交わしてから、子供の手に付けられたチューブを外し、子供をベッドから担架に移した。そして車を押して部屋の外に出た。ハワードとアンは同じエレベーターに乗った。アンは子供を見ていた。エレベーターが下降しはじめると、彼女は目を閉じた。看護人たちは何も言わずに担架の両端に立っていた。一度だけ片方が連れに向かって、彼らの国語で何かひとこと口にしただけだった。連れの男はそれに対してゆっくりと肯いた。

朝になって、太陽がレントゲン科の外の待合室の窓を明るく照らし始める頃、少年は病室に運ばれ、もとのベッドに戻された。ハワードとアンは行きと同じように子供と同じエレベーターに乗り、同じベッドの枕もとの椅子に戻った。

一日じゅう二人は待ち続けた。でも子供は目を覚まさなかった。時折、片方が部屋を出て階下に行き、カフェテリアでコーヒーを飲んだ。そして自分が何かやましいことをしているような気分になり、テーブルを立って、急いで病室に戻ってきた。フランシス医師はその日の午後にまたやってきて、もう一度少年を検診し、容体は良くなっている、今にも目覚めるでしょうと言って帰っていった。看護婦が（昨夜とは違う看護婦だ）時折やって来た。それから検査室の若い女性がノックして、部屋に入ってきた。彼女は白いブラウスに白いスラックスという格好で、いろんなものを載せた小さな盆を持っていた。彼女はそれをベッドの脇にあるスタンドの上に置いた。そして何も言わずに、少年の腕から採血していった。その女が子供の腕の適当な部分を探して、そこに針をつきたてている間、ハワードはじっと目を閉じていた。

「これはいったいどういうことなんですか？」とアンはその女に尋ねた。

「医師の指示です」とその若い女は言った。「言われたことをやってるだけです、私は。血を採ってこいって言われたら、血を採ってくるんです。この坊や、いったい何処がいけないのかしら？」と彼女は言った。「こんなに可愛いのに」

「車にはねられたんです」とハワードは言った。「轢き逃げです」

若い女は頭を振り、また子供の顔を見た。それから盆を持って部屋を出ていった。

「どうして目を覚まさないの?」とアンは言った。「私、病院のきちんとした答えをききたいの、ハワード」

ハワードは何も言わなかった。彼はまた椅子に腰を下ろし、脚を組んだ。そして両手でごしごしと顔をこすった。彼は子供の顔を見て、それからまた椅子に落ち着いた。目を閉じ、そして眠った。

アンは窓際に行って、外の駐車場を見ていた。もう夜になり、出入りする車はライトをつけていた。彼女は窓の前に立ち、両手で窓枠を摑んでいた。そして私たちは新しい局面に、それも困難な局面に立ちいたっているのだと直観的に思った。彼女は怖かった。歯ががたがたと音を立てたので、彼女はしっかりと顎を閉じなくてはならなかった。大きな車が一台病院の正面に停まって、そこにロング・コートを着たどこかの女が乗り込むのが見えた。私もあの人のようになれたらなあと彼女は思った。そして誰かが(誰でもいい)車でここから何処かへと連れさってくれるのだ。何処か、スコッティーが車から下りてくる自分を待ちうけていてくれる場所へと。「母さん」とスコッティーは言って飛んできて、彼女は息子を思いきり抱き締めるのだ。

ほどなくハワードが目を覚ました。彼はまた子供の顔を見た。そして椅子から立ち上がり、手足を伸ばし、窓際にやってきて彼女の隣に立った。二人は外の駐車場を眺めた。ひとことも口をきかなかった。でも二人は互いをしっかりと身の内に感じていた。あたかも心労が、きわめて自然に二人を透明にしてしまったみたいに。

ドアが開いてフランシス医師が入ってきた。彼は今回は違うスーツを着て、違うネクタイをしめていた。彼の白髪は頭の両側にぴたりと撫でつけられ、髭は剃ったばかりに見えた。彼はまっすぐベッドに行って、子供の具合を見た。「もう元気になってなきゃならないんだ。こんなことになるわけないんだがな」と彼は言った。「でも御心配なさらないように。それははっきりと申し上げることができます。この子は決して危険な状態じゃありませんから。目を覚ましさえしたら、あとはもう一息です。回復しない理由は何もないんです。まったく。もうちょっとの辛抱ですよ。そりゃあまあ、目が覚めたらかなりの頭痛は感じるでしょう。それは覚悟して下さい。でも悪い徴候は何ひとつとしてないんです。これ以上ノーマルにはなれないってくらいノーマルなんです」

「じゃあ、これは昏睡ですね？」とアンは言った。

医者はつるりとした頰を撫でた。「とりあえずそう呼びましょう。お子さんが目を覚ますまでのあいだね。でもあなたも体を壊してしまいますよ。これじゃ身が持ちません。きつすぎます。家に帰って、食事でもなすって下さい」と彼は言った。「その方がいいです。もし御心配なら、お帰りになっているあいだ、看護婦を付けておきますよ。帰って何か召し上がりなさい」

「何も食べられません」とアンは言った。

「お気持ちはよくわかりますが」と医者は言った。「いずれにせよ、私は悪い徴候はまったくないっていうことを申し上げたかったんです。検査の結果は正常でした。変わったことは何もありません。坊やは目を覚ましさえすれば、もう大丈夫なんです」

「有り難うございました」とハワードは言った。彼はまた医者と握手した。医者はハワードの肩をとんとんと叩いて帰っていった。

「どちらかが家に戻っていろんなことをチェックした方がよさそうだ」とハワードが言った。「たとえばスラッグにも餌をやらなくちゃならんし」

「近所の誰かに電話してよ」とアンは言った。「モーガンさんに頼んでよ。あなたが頼めば犬の餌くらい誰だってやってくれるわよ」

「わかった」とハワードは言った。それからややあって彼はこう言った。「ねえハニー、君がやったらどうだろう。君が家に帰っていろんな用事を済ませて、それからここに戻ってくればいいじゃないか？　そうした方がいいと思うんだ。僕が子供を見ている。しっかりとね」と彼は言った。「僕らがここで消耗しちゃったら元も子もないぜ。この子が目を覚ましてからも、僕らはしばらくここにいなくちゃならないんだから」

「あなたが帰ればいいでしょう」と彼女は言った。「あなたが自分でスラッグに餌をやって、自分も食事してくればいい」

「僕はもう帰った」と彼は言った。「正確に言って一時間と十五分、僕は家に帰った。君も一時間家に帰って、さっぱりとしてきたまえ。それから戻ってくればいい」

　彼女はそれについて考えようとした。でも考えるには彼女は疲れすぎていた。彼女は目を閉じて、もう一度それについて考えを巡らしてみようとした。しばらくしてから彼女はこう言った。「じゃあ少しだけ家に帰るわ。もし私がこうしてここでじっとこの子を見ているのをやめたら、この子は目を覚ますかもしれないものね。わかる？　私がいないほうが、この子、目を覚ますかもしれないわよね？　だから家に帰ってお風呂に入って、新しい服に着替える。スラッグに餌をやる。それからまた戻ってくるわ」

「僕はここにいるよ」と彼は言った。「家に帰りなさい、ハニー。変りがないか見守っている」彼の目はまるでずっと酒を飲み続けていたみたいに充血して小さくなっていた。服はしわだらけだった。髭もまた目立つようになっていた。彼女はその顔に手をやり、それから引っ込めた。夫がしばらく一人になりたがっていることが彼女にはわかった。彼は少しのあいだ誰とも話したくないし、誰とも心労をわかちあいたくないのだ。彼女はナイト・スタンドの上のハンドバッグを手に取った。彼は妻にコートを着せてやった。

「そんなに長くは帰ってないから」と彼女は言った。

「家に帰ったら座って、少し体を休めるんだよ」と彼は言った。「何か食べて、風呂に入りなさい。風呂から上がったら、座ってまたしばらくじっと休むんだ。それでずいぶん楽になるはずだから。それから戻っておいで」と彼は言った。「くよくよと気にするんじゃないよ。フランシス先生の言ったこと聞いただろう?」

彼女はコートを着たまましばらくそこに立って、医者が何と言ったか一言ひとことと正確に思い出してみようとした。口にした言葉そのものより、細かいニュアンスなり、仄めかしらしきものが裏に隠されていないかと思い巡らした。医者が身をかがめて子供の検診をしているときに、表情が変化を見せはしなかったかと懸命に考えてみた。子供の瞼をめくったり、呼吸に耳を澄ませているときの医者の顔つきを彼女は覚えていた。

　彼女はドアまで行って、そこで振り返った。子供を見て、それからその父親を見た。ハワードは肯いた。彼女は部屋を出て、ドアを閉めた。

　彼女は看護婦の詰め所の前を通り過ぎ、廊下の端まで行ってエレベーターを探した。廊下の端で彼女は右に曲がり、小さな待合室に入った。待合室の枝編みの椅子には黒人の一家が座っていた。カーキのシャツとズボンという格好で、野球帽を後ろにずらせてかぶった中年の男がいた。普段着にサンダルという格好の大柄の女が椅子の中にだらんと沈みこんでいた。ジーンズをはいて何ダースという数のおさげに髪を編んだ十代の娘が、椅子の上で体を伸ばして煙草を吹かしていた。彼女はくるぶしのところで脚を交差させていた。アンが中に入っていくと、一家全員が彼女にさっと視線を向けた。小さなテーブルの上は、ハンバーガーの包装紙や発泡スチロールのコップでいっぱいだった。

「フランクリンのことかい」と大柄な女が身を起こして言った。「フランクリンのことで何かあったのかい？」彼女の目は大きく見開かれていた。「さあ、言っとくれよ、ねえさん。ねえ、フランクリンのことなのかい？」彼女は椅子から立ち上がろうとした。でも男が彼女の腕を手で摑んだ。

「落ち着くんだ、イヴリン」と彼は言った。

「ごめんなさい」とアンは言った。「私、エレベーターを探してるんです。息子が入院してるんですが、エレベーターが見つからなくて」

「エレベーターならあっちだよ。左に曲がるんだ」と男は言って指さした。

娘は煙草の煙を吸い込み、アンのことをじっと見た。彼女の目は糸のように細まった。そしてその幅のある唇をゆっくりとはがすようにして、煙を吐き出した。黒人の女はだらりと首を横に倒し、アンから目を背けた。もう関心はないという風に。

「子供が車にはねられたんです」とアンは男に言った。言いわけをしなくてはならないような気がしたのだ。「脳しんとうを起こしていて、頭蓋骨に小さなひびが入っているんです。でも快方に向かっています。今はショック状態なんです。でもそれは昏睡の一種かもしれないんです。それでとても心配なの。その昏睡のことが。私、ちょっと家に戻ります。その間主人が子供に付き添ってくれているんです。私がいないあいだに子供は目を覚ましてくれるかもしれません」

「お気の毒に」と男は言って、椅子の中で姿勢を変えた。そして頭を振った。彼はテーブルの上に目をやり、それからまたアンを見た。彼女はまだそこに立っていた。彼は言った。「わしらのフランクリンは今手術台の上におるんです。誰かがあいつを切ったんだ。殺そうとしたんですよ。喧嘩に巻き込まれましてな。パーティーだったんです。あいつはただ見物してただけだってことです。誰の怨みを買うようなこともせんかった。でも当世、そんなこともう関係ないんですな。それで、あいつは今手術台の上におるんです。わしらただ希望を持って、お祈りするしかない。それ以外になんともしようがないのですわ」彼はじっと彼女に視線を注いでいた。

アンはまた娘の方に目をやった。娘はまだ彼女のことをじっと見ていた。それからアンは中年の女のほうを見た。頭は同じように傾けられていたが、今では目が閉じられていた。彼女の唇が音もなく動いて、何かの言葉を形作るのが見えた。彼女が何と言ったのか尋ねてみたいと、アンは激しく思った。彼女は自分と同じようにただじっと待ちつづけているこの一家と、もっと言葉を交わしたかった。彼女は怯えていたし、同じようにこの一家も怯えていた。彼らには共通点があった。彼女は事故についてもっと別のことを喋りたかった。スコッティーについてもっともっと話したかった。それがこともあろうに彼の誕生日である月曜日に起こったのだということも。そして彼はいまだに意識がないのだ。でもどのように話しはじめればいいのかがわからなかった。彼女はそれ以上何も言わず、じっと一家を眺め続けた。

彼女は男が教えてくれたとおりに廊下を進んで、エレベーターを見つけた。閉じたドアの前にしばらく立ったまま、これでいいのかしら、こんなことをしてていいのかしら、とずっと考えつづけていた。それから指をのばしてエレベーターのボタンを押した。

彼女は家のアプローチに入ると、車のエンジンを切った。そして目を閉じ、ハンドルにひとしきり頭をもたせかけていた。エンジンが冷えていくコチコチという音が聞こえた。それから車を降りた。家の中で犬が吠えていた。玄関のドアには鍵がかかっていなかった。彼女は家に入って電気をつけ、お茶を入れようと湯を沸かした。ドッグ・フードの缶を開け、裏のポーチでスラッグに与えた。犬はいかにも腹を減らしたように、ぺちゃぺちゃという小さな音を立てて食べた。そして何度もキッチンの中に走りこんできて、彼女がまた出ていくんじゃないかと探りを入れた。お茶を手にソファーに腰を下ろしたときに電話のベルが鳴った。

「はい！」と彼女は答えた。「もしもし！」

「ワイスさん」と男の声が言った。それは朝の五時だった。電話の背後で何か機械なり装置なりの音が聞こえたような気がした。

「はい、もしもし、何ですか？」と彼女は言った。「こちらはワイスです。ミセス・

ワイスです。何の御用でしょうか？」後ろで聞こえるのは何の音だろうと彼女は耳を澄ませた。「スコッティーのことでしょうか？　どうなんですか？」

「スコッティー」と男の声が言った。「そうだよ、スコッティーのことだよ。そうだよ、スコッティーのことが問題なんだよ。あんた、スコッティーのことを忘れちゃったのかい？」と男は言った。そしてそのまま電話を切った。

彼女は病院に電話をかけ、三階を呼び出した。彼女は電話にでた看護婦に子供の状態を尋ねた。それから夫を呼んでほしいと言った。緊急のことなんです、と彼女は言った。

彼女は電話のコードを指でくるくると巻きつけながら夫が出るのを待った。目を閉じると胸がむかむかした。でも何か無理にでも食べなくては。スラッグが裏のポーチからやってきて、足下に横になった。犬はぱたぱたと尻尾を振っていた。彼女が犬の耳を引っ張ると、犬はその指をぺろぺろと嘗めた。ハワードが電話に出た。

「誰かが今電話をかけてきたの」と彼女は言った。彼女は電話のコードをねじっていた。「スコッティーのことだってその人は言うのよ」と彼女は叫んだ。

「スコッティーなら大丈夫だよ」とハワードは言った。「まだ眠り続けてるってことだけどね。変化は何もない。君がいなくなってから看護婦が二回やってきた。看護婦か、あるいは医者がね。スコッティーは問題ない」

「その男は電話をかけてきたのよ。そしてスコッティーのことだって言ったの」と彼女は言った。

「ねえ、ハニー、君は休まなくちゃ。休むことが必要なんだ。そいつはたぶん僕が出たのと同じ電話のやつだろう。気にするな。一服したらここに戻っておいで。二人で朝飯だかなんだかを食べよう」

「朝御飯」と彼女は言った。「私、朝御飯なんて食べたくない」

「僕の言ってることわかるだろう?」と彼は言った。「ジュースとか、そういうのでいいんだ。何でもいい。よくわからないよ、僕には。ねえ、アン、僕だって腹なんて減ってないんだ。ここでは話せないよ、アン。僕はデスクの前に立ってるんだ。フランシス先生が八時にまたやってくる。そのとき何か我々に話があるそうだ。もっとはっきりとしたことが聞けるらしい。看護婦の一人がそう言っていた。彼女にもそれ以上のことはわからない。ねえアン、そのときにもう少し詳しいことがわかるだろう。八時だよ。八時前にこっちに戻っておいで。とにかく僕はここにいるし、スコッティーは問題ない。ずっと同じ容体だよ」と彼は付け加えた。

「お茶を飲んでいたら電話が鳴ったの」と彼女は言った。「そしてスコッティーのことだって言うの。後ろで何か音が聞こえるの。ねえ、あなたの電話のときも後ろで音が聞こえた？」

「覚えてないな」と彼は言った。「スコッティーをはねた車を運転していたやつかもしれない。あるいは何処かの変質者が何かの加減でスコッティーのことを聞きつけたのかもしれない。でも僕はずっとスコッティーに付き添っているよ。だから心配せず休みなさい。風呂に入って、七時頃までにこちらに戻ってくればいいんだ。そして先生が来たら、二人で説明を聞こうじゃないか。何もかもうまくいくさ、ハニー。僕はちゃんとここにいるし、看護婦も先生もすぐ近くにいる。みんな容体は安定してるって言ってる」

「私、怖くて怖くて仕方ないの」と彼女は言った。

彼女は風呂に湯を入れ、服を脱ぎ、バスタブに身を沈めた。体を洗い、手早くタオルで拭いた。時間がないので髪は洗わなかった。新しい下着を身につけ、ウールのスラックスをはき、セーターを着た。居間に行くと、犬が見上げて、尻尾を一度ぱたっと床に打ちつけた。外に出て車に向かう頃、空は白み始めていた。

彼女は病院の駐車場に車を入れ、玄関の近くに空いた場所をみつけた。彼女は子供の身に起こったことに対して自分に漠然とした責任があるような感じがした。彼女はふと黒人の一家のことを思った。フランクリンという名前と、ハンバーガーの包装紙のちらばったテーブルのことを思い出した。そして煙草の煙を吸い込みながらじっと自分を見ていた十代の娘のことを。「子供なんて持つもんじゃない」彼女は病院の玄関に入りながら、頭の中にある娘のイメージに向かってそう言った。「本当よ。持つもんじゃない」

彼女は今から勤務に就こうとする二人の看護婦と同じエレベーターに乗って、三階に上がった。水曜日の朝、時刻はあと数分で七時になろうとしていた。三階でエレベーターのドアが開いたとき、ドクター・マディソンの呼び出し放送があった。看護婦たちのあとから彼女はエレベーターを下りた。看護婦たちは彼女と違う方向に歩いていきながら、彼女が乗り込んできたことによって中断されていた会話の続きを始めた。彼女は廊下を歩いて、黒人の一家が待機していた小部屋の前に行った。一家の姿はもうなく、まるでほんのちょっと前にみんなが飛び上がって何処かに駆けていってしまったという風に、椅子が散乱していた。テーブルの上には同じようにコップと紙が散らばり、灰皿は吸殻でいっぱいだった。

彼女は看護婦詰め所に寄った。受付カウンターの後ろに立った看護婦は髪をとかしながらあくびをしていた。

「黒人の少年が昨夜手術を受けていたはずなんですが」とアンは言った。「名前はフランクリンです。御家族が待合室にいらっしゃってた方。手術はどうなりました？」

カウンターの後ろのデスクに座っていた看護婦は目の前のチャートから顔を上げた。電話のブザーが鳴って、彼女は受話器を取った。しかし彼女の目はじっとアンに注がれていた。

「亡くなりました」とカウンターの看護婦が言った。彼女はヘアブラシを持ったままじっとアンを見ていた。「あの御家族のお知り合いか何かなんですか？」

「昨夜、あの方たちに会ったんです」とアンは言った。「私の子供もここに入院しています。ショック状態にあるみたいなんです。何処がいけないのか、まだわからないんです。フランクリンのことが気がかりだったんです。それだけです。どうも有難う」彼女は廊下をそのまま歩いていった。壁と同じ色をしたエレベーターのドアがさっと横に開いて、白いズボンに白いキャンバス・シューズという格好のやせて禿げた看護人が、重そうなカートをひっぱって下ろした。そんなドアがあることに、昨夜、彼女は気がつかなかった。男はカートを押して廊下に出し、エレベーターからいちばん近い部屋の前に止めて、クリップボードを点検した。それから身をかがめてカートからトレイをひとつ取り出した。そしてこんこんと軽くドアを叩き、中に入っていった。カートの横を通り過ぎるとき、温かい食べ物の不快な匂いがした。彼女はすれちがう看護婦には見向きもせずに廊下を足早に歩き、子供の病室のドアを押した。

ハワードは手を後ろに組んで、窓の前に立っていた。彼女が部屋に入ると、彼は振り返った。

「具合はどう?」と彼女は訊いた。彼女はベッドに行った。ハンドバッグをナイト・スタンドのわきの床に落とした。ずいぶん長くここを離れていたような気がした。彼女は子供の顔に手を触れた。「ねえハワード?」

「ちょっと前にフランシス先生がここにみえたんだ」とハワードは言った。彼女は夫の顔をまじまじと見た。彼の肩がこわばって少し丸くなっているように感じられた。

「八時にならないとみえないっていう話だったじゃない?」と彼女はすかさず言った。

「もう一人別の医者も一緒だった。神経科医だ」

「神経科医」と彼女は言った。

ハワードは肯いた。彼の肩は丸まっている、と彼女はあらためて思った。「それで、何だって? ねえ、ちゃんと言って、それでどうだったの? なんですって?」

「また下に連れていって、もっと検査をするんだそうだ。手術することになりそうだって、ハニー、手術するんだそうだ。どうして目が覚めないのか、彼らにもわからないんだ。ショックとか脳しんとうとかいう以上に何かあるらしい。それがわかってきたんだ。頭蓋骨の関係とか、そのひびとか、そういうことらしいね。そういうことじゃないかって、彼らは言うんだ。だから手術をするんだ。君に電話をしてはみたんだが、もう出たあとらしかった」

「ああ神様」と彼女は言った。「ねえハワード、ねえ、どうしよう?」彼女はそう言って、夫の腕を取った。

「おい!」とハワードは言った。「スコッティー! ねえ、ほら見てごらん、アン!」彼はベッドの方を向いていた。

少年は目を開け、そしてまた閉じた。そして彼はまた目を開けていた。その目はしばらくの間じっとまっすぐ前方を見ていたが、視線はやがてぐるりと回ってハワードとアンの上に留まり、そしてまたゆっくりと離れていった。

「スコッティー」と母親は言って、ベッドに行った。

「おい、スコット」と父親は言った。「おい、どうした?」

二人はベッドの上にかがみこんだ。ハワードは子供の手を取って、ぽんぽん叩いたり握ったりしはじめた。アンは子供の上に身をかがめ、おでこに何度も何度もキスした。彼女はその両頬に手を当てた。「ねえスコッティー、お母さんとお父さんよ」と彼女は言った。「ねえスコッティー」

少年は二人を見た。でもよくわかっていないようだった。それから口が開いた。目はぎゅっと思い切り閉じられた。そして肺の中のあらんかぎりの息を吐き出すように長い唸り声をあげた。それで力が抜けたように、顔がほっとゆるんだ。末期の息が喉から吐かれたとき、彼の唇が開かれた。堅く嚙みしめられた歯のすきまからその息は安らかに脱け出ていった。

医師たちはそれを不可視閉塞と呼んだ。百万に一つの症例なのだと彼らは言った。それが何とかわかっていたら、そしてその場ですぐ外科手術を行っていたなら、あるいは命を救うこともできたかもしれません。でもそれもおそらく難しかったでしょう。とにかく私たちには知りようもなかったんです。検査でも、レントゲン撮影でも、不審な点はひとつも見当らなかったんです。

フランシス医師はがっくりしていた。「本当にお気の毒です。申し訳なく思っています。申し上げる言葉もありません」彼はそう言って、医師用のラウンジに二人を連れていった。そこでは医者が一人、椅子に腰掛けて前の椅子の背もたれに足をかけ、早朝のテレビ番組を見ていた。彼は分娩室用の服を着ていた。ぶかっとしたグリーンのズボンにグリーンの上着、髪を包むグリーンのキャップ。彼はハワードとアンを見て、それからフランシス医師を見た。彼は椅子から立ち上がってテレビのスイッチを切り、部屋を出ていった。フランシス医師はアンをソファーに座らせ、その隣に座った。そして低い、慰めるような声で話し始めた。途中で身を乗り出して、彼女の体を抱いた。彼女は医者の胸が自分の肩の上で規則的に上下するのを感じることができた。彼女は目をあけたまま、彼に抱かれるままになっていた。ハワードは部屋のドアを開けっ放しにして洗面所に行った。激しい発作に襲われたようにひとしきり涙を流したあと、水道をひねって顔を洗った。それから電話が置かれた小さなテーブルの前に腰を下ろした。さてこれからどうすればいいものかと考えるように、彼はじっと電話を見た。そして何本か電話をかけた。フランシス医師も少しあとで同じ電話を使った。

「何か私にお役に立てることはありますでしょうか？」と彼は二人に尋ねた。

ハワードは首を振った。アンはじっと医者を見た。この人の言っていることはまったく理解できないといった目で。

医者は二人を病院の玄関まで送った。人々は病院に入ったり、病院から出ていったりしていた。午前十一時だった。アンは自分が嫌々といってもいいくらいゆっくりと歩を運んでいることに思いあたった。フランシス医師は私たちが残っていなくてはならないときに、私たちを帰らせようとしているんだ、彼女にはそう思えた。そう、私たちはあそこに残っているべきなのに。彼女は駐車場に目をやり、それから後ろを振り向いて、病院の玄関を見やった。彼女は頭を振りはじめた。

「駄目。駄目よ」と彼女は言った。「駄目よ。あの子をここに一人置いてはいけない」彼女は自分がそう言う声を聞いた。そしてなんてひどいことだろう、と彼女は思った。唯一口から出てくる言葉が、こんなテレビ・ドラマみたいな言葉だなんて。ドラマの中では、人々はみんな殺されたり急死した誰かの前で、茫然としてこういう陳腐な台詞を口ばしるのだ。彼女は自分自身の言葉が欲しかった。「駄目」と彼女は言った。そしてわけもなくあの黒人の女の記憶が蘇ってきた。頭をだらりと横に倒していたあの女。「駄目」と彼女は繰り返した。

「また後ほどゆっくりお話しします」と医師はハワードに言った。「まだやるべきことが残っているのです。納得がいくように、きちんと調べあげたいのです。どうしてこうなったか、その理由を解明する必要があるんです」

「検死解剖ですか？」とハワードは訊いた。

フランシス医師は肯いた。

「結構です」とハワードは言った。それから言いなおした。「いや、先生、それはできない。そんなこと私には承服できませんよ。そんなの駄目です。絶対に嫌だ」

フランシス医師は彼の肩に手を回した。「お気の毒です。本当に、お気の毒です」彼はハワードの肩から手を離し、それをさしだした。ハワードは相手の手を見て、それを握った。フランシス医師はまたアンの体に手を回した。この男はアンには理解することのできない善意に満ちているように思えた。彼女はなされるがままに医者の肩に頭をもたせかけていたが、それでも目だけは見開いていた。彼女は病院を見ていた。車に乗って駐車場を出ていくときも、彼女は振り返って病院を見ていた。

家に戻ると、彼女はコートのポケットに両手を入れたままソファーに座った。ハワードは子供部屋のドアを閉めた。彼はコーヒーメーカーのスイッチを入れ、それから空っぽの箱をみつけた。居間に散らばった子供のものを集めてそこに詰めるつもりだったが、でも思い直して、妻の隣に腰を下ろした。箱を脇に押しやり、身を前にかがめ、膝の間に両腕をはさんだ。彼は泣き始めた。彼女は夫の頭を膝の上に抱き、肩をやさしく叩いた。「あの子は死んだのよ」と彼女は言った。そして夫の肩を叩き続けていた。彼のすすり泣きにかぶさるように、キッチンのコーヒーメーカーが立てるしゅううっという音が聞こえた。「ねえ、ほら、ハワード」と彼女は優しく言った。「あの子は死んじゃったのよ、もう。私たちそれに慣れなくちゃならないのよ。私たち、私たちだけなのよ」

少したってから、ハワードは立ち上がって、箱を手にあてもなく部屋の中を歩きまわった。箱に何を入れるでもないが、それでもいくつかの品物を集めて、ソファーの脇の床の上にまとめて置いた。彼女は相変わらずコートのポケットに手をつっこんだままソファーに座っていた。ハワードは箱を下に置き、コーヒーを運んできた。そのあとでアンは親戚に電話をかけた。それぞれの電話の回線が繋がり、相手が出てくると、アンはいつも何かもそもそと口にして、そしてほんの少しのあいだ泣いた。それから彼女は抑制された声で一部始終を話し、これからの段取りについて語った。ハワードは箱を持ってガレージに行った。そこには子供の自転車があった。彼は箱を下に落とし、自転車のわきの歩道に腰を下ろした。彼は自転車をぎこちなく摑み、それは彼の胸に倒れかかった。彼はそれを支えた。ゴムのペダルが彼の胸に突きたてられた。彼は車輪をくるくると回した。

姉と話したあとで、彼女は受話器を置いた。次の電話番号を探しているときに電話のベルが鳴った。最初のベルで彼女は受話器を取った。

「もしもし」と彼女は言った。電話の向こうで何かの音が聞こえた。ぶううんという物音だった。「もしもし！」と彼女は言った。「ねえ、いったい何なの？　お願い。何が望みなの？　お願い。何が望みなの？　あなた誰なんです？」

「あんたのスコッティー。あんたのためにあの子を用意してある」と男の声が言った。「あの子のこと忘れたのかい？」

「悪魔！」と彼女は叫んだ。「この悪魔！　どうしてこんな酷いことするの？」

「スコッティー」と男は言った。「あんたスコッティーのこと忘れたのかい？」そして男はがちゃんと電話を切った。

ハワードが叫び声を聞いて戻ってきた。そして妻がテーブルにつっぷして、腕の中に顔を埋めているのを見た。彼は受話器を取ってみたが、聞こえるのは信号音だけだった。

その日も遅くなって、いろんな雑用を済ませた後に、また電話のベルが鳴った。真夜中近くだった。

「あなた出てよ、ハワード」と彼女は言った。「あいつよ。私にはわかるの」二人はコーヒーカップを前にキッチンのテーブルに座っていた。ハワードはカップの隣にウィスキーを入れた小さなグラスを置いていた。彼は三回めのベルで受話器を取った。

「もしもし」と彼は言った。「どなた？　もしもし！　もしもし！」電話が切れた。

「切れたよ」とハワードは言った。「誰だか知らんが」

「あいつよ」と彼女は言った。「あの悪党。殺してやりたい」と彼女は言った。「銃で撃って、のたうちまわるところを見たい」と彼女は言った。

「よすんだ、アン」と彼は言った。

「何か聞こえなかった？」と彼女は訊いた。「後ろの方で？　騒音とか、機械音とか、そういうもの。ぶうんというような音」

「いや、聞こえなかったと思うな。そういうのは聞こえなかったみたいだ」と彼は言った。「時間も短かったしね。ラジオの音楽が聞こえたような気がするけれど。うん、そうだ、ラジオが鳴っていた。思い出せるのはそれくらいだよ。まったく、いったい全体何がどうなってるんだい？」と彼は言った。

彼女は首を振った。「そいつを捕まえることさえできたら」そのとき、彼女ははっと思いあたった。それが誰なのか、彼女にはわかった。スコッティー、ケーキ、電話番号も教えた。彼女はさっと椅子を引いて立ち上がった。「車でショッピング・センターに連れていって」と彼女は言った。「ねえハワード」

「何を言ってるんだい？」
「ショッピング・センターよ。電話をかけてる相手がわかったわ。誰だか知ってるの。パン屋よ、あいつがかけてるのよ。スコッティーのバースデイ・ケーキを注文したパン屋。そいつが電話をかけてきてるんだわ。電話番号を知ってて、それでしつこく電話をかけてきてるのよ。ケーキのことで、私たちにいやがらせしてるのよ。あのパン屋、あのろくでなし」

二人は車でショッピング・センターに行った。空はくっきりと晴れて、星が出ていた。寒かったので、車のヒーターを入れた。二人はパン屋の前で車を停めた。ショッピング・センターの店はみんな閉まっていた。しかし映画館の前の駐車場の隅には何台か車が停めてあった。パン屋のウィンドウは暗かったが、じっとガラスの中を覗き込むと奥の部屋に明かりが灯っているのが見えた。エプロン姿の大柄な男が白いのっぺりとした光の中を出たり入ったりしているのも見えた。ガラスの向こうに、彼女はディスプレイ・ケースや、いくつかの小さなテーブルと椅子を見ることができた。彼女はドアを引っぱってみた。ウィンドウのガラスをこんこんこんと叩いた。しかし、もしその音がパン屋の耳に届いたとしても、彼はそんなそぶりは見せなかった。こちらを向きもしなかった。

二人はパン屋の裏手に回って車を下りた。明かりの灯った窓は高すぎて、その中を覗くことはできなかった。裏口のわきには「パントリー・ベイカリー、特別注文に応じます」という看板が出ていた。中からラジオの音が微かに聞こえた。何かがぎいっと軋む音も聞こえた。オーヴンの扉を開ける音なのだろうか？　彼女はドアをノックして、待った。それからもう一度、もっと強くどんどんとノックした。ラジオの音量が下がり、何かをこするような音が聞こえた。間違いなく何かが（たとえば引き出しが）開けられ、そして閉められる音だった。

鍵が外され、ドアが開いた。光の中にパン屋の主人が立って、顔をつきだすようにして二人を凝視した。「店は閉まったよ」と彼は言った。「こんな時間に何の御用かな？　真夜中だよ。酔っぱらってるんじゃないのかい？」

彼女は開いたドアからこぼれる光の中に足を踏み入れた。パン屋は彼女が誰かを知って、もったりとしたまつげをしばたたかせた。「あんたか」と彼は言った。

「私よ」と彼女は言った。「スコッティーの母です。こちらはスコッティーの父親。入っていいかしら？」

パン屋は言った。「あたしは忙しいんだよ。仕事があるんだ」

彼女は構わず中に入った。ハワードはその後から入ってきた。パン屋はあとずさりした。「パン屋の匂いがするわ。ねえハワード、パン屋の匂いがすると思わない?」「何の用だね、いったい?」とパン屋は言った。「注文したケーキが欲しいのかね。ならいいさ、やっとケーキを引き取る気になったんだね。なにしろ自分で注文したケーキだものな」

「あなた頭がいいわね。パン屋にしとくのは惜しいわ」と彼女は言った。「ねえハワード、こちらがずっと電話をかけてきた方」彼女はこぶしをぎゅっと握りしめた。そしてぎらぎらとした目で男を睨んだ。彼女の体の中で何かが燃えていた。怒りが彼女の体を実際以上に大きく見せていた。彼女は二人の男より大きく見えた。

「ちょっと待ちなよ」とパン屋は言った。「あんたの注文した三日前のケーキを持っていくかい? それでいいのかい? あんたと口論したくないんだよ、奥さん。まだケーキはそこに置いてあるよ。腐りかけてるけどな。正価の半分の値段であんたに譲ろう。いや、金はいらん。ただで持ってってていいさ。あたしが持ってても仕方ないものな。誰が持ってたって今更仕方ないけどね。言っとくが、そのケーキ作るのには時間もかかったし、金もかかった。でも欲しければ持っていきなよ。いらないんなら置いていきゃいい。どっちでも構わん。とにかくあたしは仕事に戻るよ」彼は二人を見て、歯の奥で舌を丸めた。

「もっとケーキを焼いてちょうだい」彼女は言った。彼女は自分が抑制されていることがわかっていた。自分の中にわきあがってくるものを、彼女は抑制することができた。彼女は冷静だった。

「なあ奥さん、あたしは生活のために一日十六時間ここで働いてるんだよ」とパン屋は言った。両手をエプロンで拭いた。「ここで昼といわず夜といわず働いている。日々の銭を稼ぐためにね」アンの顔をある表情がさっとよぎった。パン屋はそれを見て後ずさりし、こう言った。「面倒は御免だぜ」彼はカウンターに行って、のし棒を右手に摑み、もう一方の手のひらをぱんぱんと叩いた。「ケーキが欲しいの、欲しくないの？　あたしは仕事をしなきゃならないんだよ。パン屋は夜中に働くんだ」と彼は繰り返して言った。彼の目は小さく、狡そうな光を放っていた。目は今にも頬のまわりの、毛の生えた肉の中に沈みこんでしまいそうだ、と彼女は思った。彼の首は脂肪でむくんでいた。

「パン屋が夜中に働くことは知ってるわ」とアンは言った。「そして夜中に電話もかけるのよ。このろくでなし」と彼女は言った。

　パン屋はのし棒をぴしゃぴしゃと叩き続けていた。彼はちらっとハワードの方を見た。「変な真似はするなよ」と彼はハワードに向かって言った。

「子供は死にました」と彼女は冷たい平板な声でしめくくるように言った。「月曜の朝に車にはねられたんです。死ぬまで、私たち二人はずっと子供に付き添っていました。でももちろん、あなたにはそんなことわかりっこないわね。パン屋にはなにもかもがわかるってわけもないし。そうよね、パン屋さん？　でもあの子は死んだの。死んだのよ、このひとでなし！」それがわきあがってきたときと同じように、その怒りは突然すうっと消えていって、何かもっと別のものに姿を変えてしまった。くらくらとするむかつきのようなものに。彼女は小麦粉の散った木のテーブルに寄り掛かり、両手で顔を覆った。そして泣き始めた。肩が大きく前後に揺れた。「あんまりよ」と彼女は言った。「こんなのって、あんまりだわ」

ハワードは妻の背中のくびれに手を置いた。そしてパン屋を見た。「恥を知れ」とハワードはパン屋に向かって言った。「恥を知れ」

パン屋はのし棒をカウンターに戻した。そしてエプロンを取り、カウンターの上に投げた。彼は二人を見て、それからゆっくりと首を振った。彼はカード・テーブルの椅子を引いた。テーブルの上には書類や領収書や計算機や電話帳なんかが載っていた。「お座りなさい」と彼は言った。「今椅子を持ってきます」と彼はハワードに向かって言った。「どうぞ、座って」と彼はハワードに言った。「どうか座って下さい」パン屋は店頭に行って、小さな錬鉄製の椅子を二つ持って戻ってきた。「どうか、腰かけて下さい」

アンは涙を拭き、パン屋を見た。「あなたを殺してやりたかった」と彼女は言った。「死なせてやりたかった」

パン屋は二人のためにテーブルの上をかたづけた。計算機を隅の方に押しやり、メモ用紙や領収書の束の脇に並べた。電話帳は床の上に払い落とした。それはどさっという音を立てて落ちた。ハワードとアンは腰を下ろし、椅子を前に引いた。パン屋も座った。

「本当にお気の毒です」とパン屋は言った。彼はテーブルの上に両肘をついた。「なんとも言いようがないほど、お気の毒に思っております。聞いて下さい。あたしはただのつまらんパン屋です。それ以上の何者でもない。昔は、何年も前のことになりますが、たぶんあたしもこんなじゃなかった。でも昔のことが思い出せないんです。いずれにせよ、私は今とは違う人間でした。今のあたしはただのパン屋に過ぎません。でももちろんそれで、あたしのやったことが許してもらえるとは思っちゃいません。でも心から済まなく思っています。あんたのお子さんのことはお気の毒だった。そしてあたしのやったことはまったくひどいことだった」とパン屋は言った。彼は両手をテーブルの上で広げ、それからひっくり返して手のひらを見せた。「あたしには子供がおりません。だからお気持ちはただ想像するしかない。申し訳ないという以外に何とも言いようがない。もし許してもらえるものなら、許して下さい」とパン屋は言った。「あたしは邪悪な人間じゃありません。そう思っとります。あたしは奥さんが電話で言われたような邪悪な人間じゃありません。つまるところ、あたしは人間としてのまっとうな生き方というのがわからなくなっちまったんです。そのことをわかって下さい。お願いです」とパン屋は言った。「聞かせて下さい。奥さんにあたしを許して下さるお心持ちがあるかどうか？」

パン屋の店内は温かかった。ハワードは立ち上がってコートを脱いだ。そしてアンのコートも脱がせた。パン屋は二人をちょっと見て、それから肯いて席を立った。オーヴンのところに行っていくつかのスイッチを切った。カップをみつけて、電気コーヒーメーカーからコーヒーを注いだ。クリームのカートン箱と砂糖壺をテーブルに置いた。

「何か召し上がらなくちゃいけませんよ」とパン屋は言った。「よかったら、あたしが焼いた温かいロールパンを食べて下さい。ちゃんと食べて、頑張って生きていかなきゃならんのだから。こんなときには、ものを食べることです。それはささやかなことですが、助けになります」と彼は言った。

彼はオーヴンから出したばかりの、まだ砂糖が固まっていない温かいシナモン・ロールを出した。バターとバター・ナイフをテーブルの上に置いた。パン屋は二人と一緒にテーブルについた。彼は待った。二人がそれぞれに大皿からひとつずつパンを取って口に運ぶのを彼は待った。「何かを食べるって、いいことなんです」と二人を見ながら言った。「もっと沢山あります。いくらでも食べて下さい。世界じゅうのロールパンを集めたくらい、ここにはいっぱいあるんです」

二人はロールパンを食べ、コーヒーを飲んだ。アンは突然空腹を感じた。ロールパンは温かく、甘かった。彼女は三個食べた。パン屋はそれを見て喜んだ。それから彼は話し始めた。彼らは注意深く耳を傾けた。疲れきって、深い苦悩の中にいたが、それでもパン屋がずっと胸の底にかかえこんでいた言葉に二人はじっと耳を傾けた。パン屋が孤独について、中年期に彼を襲った疑いの念と無力感について語り始めたとき、二人は肯きながらその話を聞いた。この歳までずっと子供も持たずに生きてくるというのがどれほど寂しいものか、彼は二人に語った。オーヴンをいっぱいにしてオーヴンを空っぽにしてという、ただそれだけを日々繰り返すことが、どういうものかということを。パーティーの食事やらお祝いのケーキやらを作り続けるのがどういうものかということを。指のつけねまでどっぷりと漬かるアイシング。ケーキについた小さな飾りの新郎新婦。そういうのが何百と続くのだ。いや、今ではもう何千という数になるだろう。誕生日。それだけのキャンドルが一斉に燃えあがる様を想像してみて下さい。あたしは世の中の役にたつ仕事をしているんです。あたしはパン屋です。花屋にならなくてよかったと思っています。花を売るよりは、人に何かを食べてもらう方がずっといいです。匂いだって、花よりは食べ物の方がずっといい。

「匂いをかいでみて下さい」とダーク・ローフを二つに割りながらパン屋は言った。「こいつは重みのある、リッチなパンです」二人はそのパンの匂いをかぎ、パン屋にすすめられて、一くち食べてみた。糖蜜とあら挽き麦の味がした。二人は彼の話に耳を傾けた。二人は食べられる限りパンを食べた。彼らは黒パンを嚙んで飲み込んだ。煌々とした蛍光灯の光の下にいると、まるで日の光の中にいるように感じられた。彼らは夜明けまで語り続けた。太陽の白っぽい光が窓の高みに射した。でも二人は席を立とうとは思わなかった。

ビタミン

Vitamins

僕は仕事を持っていたが、パティーの方は無職だった。夜中に二、三時間病院で働くというのが僕の仕事である。たいした仕事じゃない。適当に片づけて、八時間分の就業カードにサインし、それから看護婦たちと外に酒を飲みにいくのだ。でもそのうちに、自分も職を持ちたいとパティーが言いだした。自らに誇りを持つためにも、仕事が必要なのだと彼女は言った。そして複合ビタミン剤の戸別訪問販売をはじめた。

しばらくのあいだ、彼女は知らない町のあちらこちらを歩きまわって一軒一軒ドアをノックするひらのセールス・ガールをやっていた。しかしやがて仕事のコツを身につけた。彼女は頭の回転が速く、学校の成績も良かった。人間的な魅力もあった。時を経ず、会社は彼女を昇進させた。あまり成績のぱっとしない女の子たちが何人か彼女の下にまわされて働くようになった。そのうちに自分のチームを組んでビルの中に小さなオフィスを持つまでになった。しかしチームのメンバーの女の子はしょっちゅう入れかわっていた。二日やって辞めてしまう女の子もいたし、二時間で辞めてしまう例だってあった。でも中には働きの良い子もいた。彼女たちはちゃんとビタミンを売ることができた。そういう子たちはパティーになついて、チームの核《コア》を形成した。しかし中にはどうやってもビタミンを売ることができない子もいた。

うまくやれない子は、あっさりと辞めてしまった。要するに仕事に出てこないのだ。電話を持っている子は、受話器をはずしっぱなしにしていた。自宅まで行ってドアをノックしても、中で息をひそめて出てこなかった。パティーは彼女たちを失ったことに対して、まるで道を踏みはずした改宗者に対するみたいに、心を痛めた。彼女はそのことで自分を責めたが、結局は立ちなおった。そういう例があまりにも多すぎて、いつまでも落ち込んでいるわけにはいかないのだ。

ときおり体がこわばってしまってどうしてもドアの呼び鈴を押せなくなる女の子がいた。あるいはドアの前に立つと声の具合がおかしくなってしまうという子もいた。あるいは混乱して最初のあいさつのときに、もっとあとで切り出すはずの台詞を口にしたりすることもある。こういう娘はサンプル・ケースをかかえてあたふたとそこを逃げだし、車に戻ってパティーや他の同僚が仕事を終えるまでただ時間をつぶしていた。みんなが揃うとミーティングのようなものがあり、それから車で一緒にオフィスに戻った。そして元気づけるようなことをお互いに言いあった。「辛いときこそ、実のことだ。

力発揮」だとか、「正しいことをやっていれば、正しい結果が出る」だとか、その手

ときおり仕事中の女の子がサンプル・ケースごと姿を消してしまうこともあった。通りがかりの車に乗せてもらって町に戻り、そのまま姿をくらましてしまうのだ。しかしその穴はすぐに別の女の子が埋めた。女の子たちはしょっちゅう出たり入ったりしていた。パティーは一冊、名簿を持っていて、何週間かに一回、求人誌に小さな広告を出した。すると新しい女の子たちがやってきて、その訓練がおこなわれた。女の子は限りなくいた。

グループの核《コア》のメンバーはパティーとドナとシーラだった。パティーがいちばん器量がよかった。ドナとシーラはまずまずというところだった。ある夜、このシーラがパティーに向かって、この世の中の誰より何よりあなたのことが好きだと言った。一字一句そのとおりに言ったのよ、とパティーは僕に教えてくれた。パティーがシーラを家まで送りとどけて、家の前で二人は少しおしゃべりをしたのだ。パティーもシーラに、私だってあなたのこと好きよと言った。うちの女の子たちのことみんな好き、とパティーは言った。しかしシーラの言わんとするところはそれとは少し違っていた。シーラはパティーの胸に手を触れた。パティー自身の話によると、彼女はシーラの手

を取って握り、自分にはそういう好みはないのだと言った。シーラは顔色ひとつ変えなかったわ、と彼女は言った。肯いて、パティーの手を握りしめて、それに口づけし、車を下りただけだった。

クリスマスの頃の出来事だ。ビタミン商売は当時いささか落ちこみ気味で、みんなの気分を盛り上げるためにパーティーを開こうということになった。そのときはそれはなかなか良い思いつきに思えた。最初に酔いつぶれたのはシーラだった。彼女は酔いつぶれてばたんと倒れ、そのまま何時間も意識を失っていた。彼女はリビング・ルームの真ん中に立っていると思ったら、ふっと瞼が下りて脚がぐらぐらとよろめき、グラスを手にしたまま床に崩れ落ちてしまったのだ。グラスを持った手が、倒れるときに音を立ててコーヒー・テーブルにぶつかったが、それ以外には何の音も立てなかった。酒が敷物の上にこぼれた。パティーと僕とあと一人誰かとで、彼女を裏のポーチまでひきずっていって簡易ベッドに寝かせ、そのまま放ったらかしにしても問題がないようにしておいた。

誰もが酔払って、すでにひきあげてしまっていた。パティーも眠っていた。僕はまだ飲みたりなくて、酒のグラスを手に夜が明けるまでテーブルの前に座っていた。やがてシーラがポーチから戻ってきて、ぶつぶつ文句を言いだした。ものすごく頭が痛くて、まるで脳味噌を誰かに針金でつつかれているみたいだ、と彼女は言った。こんなに頭が痛いと一生やぶにらみになってしまうんじゃないかしら。それにこの小指ぜったい折れちまってるわ、と彼女は言って、僕に指を見せた。指は紫色にはれていた。そしてコンタクト・レンズを入れたまま一晩寝かせられたことに対してさんざん文句を言った。少しは気をつかってくれるような人はいないのかしら？　と彼女は言った。彼女は指を顔の前にあげてまじまじと眺め、頭を振った。それから今度は思いきり遠くに指を離して、またしばらく眺めた。今夜自分がそんな目にあったなんてとても信じられないといった風だった。顔はむくんで、髪はくしゃくしゃに乱れている。彼女は水道の水で指を冷やした。「ああ、まったく嫌になっちゃう」と言って流しにかがみこみ、わあわあと泣いた。しかし相手はパティーに向かって真剣に愛の告白をするというとんでもないことをした女だから、僕としては同情心なんてこれっぽっちも湧いてこなかった。

僕はスコッチ・アンド・ミルクに平べったい氷を浮かべてちびちびと飲んでいた。シーラは水切り台によりかかっていた。彼女は目を細めてこちらを見た。僕は酒を一くち飲んで、知らん顔をきめこんでいた。彼女は、ものすごく痛いのよ、とまた言いだした。お医者にみてもらわなくっちゃ、と彼女は言った。私、ちょっとパティーを起こしてくるわ。私この仕事辞めるつもりなの。辞めてこの州を出てポートランドに行くの。だからまずパティーにお別れのあいさつをしなくちゃ。彼女はべらべらしゃべりつづけた。それでもって、パティーに病院まで車で送ってもらって指と目をみてもらうわ。

「僕が送ってってやるよ」と僕は言った。送りたくなんかないけど、仕方ない。

「パティーに送ってもらいたいの」とシーラは言った。

彼女はまともな方の手で傷ついた方の手首を握っていた。小指はポケットサイズの懐中電灯くらいの大きさにはれあがっていた。「それに二人で話がしたいのよ。ポートランドに行っちゃうんだもの、さよならくらい言わなくちゃ」

「悪いけど、あとで僕の方から言っとくよ。もう寝ちゃってるからさ」と僕は言った。

シーラはむくれた。「私たちおともだちなのよ」と彼女は言った。「彼女と話すわ。自分の口からじかに話したいの」

僕は首を振った。「パティーは寝てるって言っただろ」

「私たちおともだちで、好きあってるのよ。彼女にちゃんとさよならを言う必要があるのよ」とシーラは言った。

シーラはキッチンを出ていこうとした。

僕は腰を上げかけた。「僕がつれてってやるって言っただろう」と僕は言った。

「あんた酔払ってるじゃない！　一睡もしてないんでしょ」彼女はもう一度指に目をやった。「まったく、なんでこんなひどいことになっちまったのかしら」

「病院まで運転してけないほど飲んじゃいないぜ」と僕は言った。

「あんたとひとつの車になんて乗りたくないよ！」とシーラはどなった。

「なんなりとお好きに。でもパティーは起こさせないぜ、このレズ女《あま》」

「糞ったれ野郎」と彼女は言った。

彼女はそう言い捨てると、キッチンを出て、バスルームにも行かず、顔さえも洗わずに、玄関からひょいと出ていった。僕は腰を上げて窓の外を見た。彼女はユークリッド通りの方へどんどん歩いていった。通りには他に人影はなかった。夜もまだ明けたばかりなのだ。

僕は酒を飲み干して、もう一杯飲もうかどうしようかと思案した。

結局飲むことにした。

それ以来、誰もシーラの姿を見ていない。少なくとも我々ビタミン関係者の誰も、ということだ。彼女はユークリッド通りに向けて歩いていって、そのままふっつりと姿を消してしまったのだ。

「シーラはいったいどうしちゃったのかしら？」とあとになってパティーが訊いた。

「ポートランドに行った」と僕は言った。


僕はグループのもう一人の中心メンバーであるドナにちょっと気があった。僕とドナはその夜のパーティーでデューク・エリントンのレコードにあわせて踊った。僕はけっこうしっかりと彼女を抱きしめ、髪に鼻をつけ、手を背中のずっと下の方にまわして、敷物の上をいったりきたりした。彼女と踊るのは御機嫌だった。そのパーティーは僕一人をのぞけばあとの七人はぜんぶ女で、彼女たちのうちの六人は女同士で踊った。うちのリビング・ルームはまったくたいした眺めだった。

僕がキッチンにいると、ドナが空っぽのグラスを手に入ってきた。少しのあいだ二人きりになったので、僕は彼女を軽く抱いた。彼女の方も僕の体に手をまわした。僕らはそこにつっ立ったまま抱きあった。

やがて彼女は「いけないわ。今は駄目」と言った。

「今は」という台詞を聞いて、僕は彼女の体にまわしていた手をほどいた。これはもう銀行に金をあずけてあるようなものだと思った。

シーラが指をはれあがらせて部屋に入ってきたとき、僕はテーブルの前に座って、このドナとの抱擁のことを思いかえしていたところだった。

　僕はそれからまた少しドナのことを思い出しながら酒を飲み干した。そして電話の受話器をはずしてから、ベッドルームに行った。僕は服を脱いで、パティーのとなりにもぐりこみ、しばらくそのまま横になって、神経をやすめた。それから僕はことを始めたが、彼女はぜんぜん目を覚まさなかった。やり終えてから、僕は目を閉じた。

　目が覚めたのは午後だった。ベッドの中にパティーの姿はなく、雨まじりの風が窓に吹きつけていた。パティーの枕の上にはシュガー・ドーナツがひとつ、ナイト・スタンドの上にはぬるくなった水のグラスが置いてあった。まだ酔いが残っていて、頭がうまく働かない。今日はもうすぐクリスマスという日曜日だ。わかるのはそれくらい。僕はドーナツを食べ、水をごくごくと飲んだ。それからまたうとうととしたが、今度はパティーが電気掃除機をかけている音で目が覚めた。彼女はベッドルームに入ってきて、シーラのことを僕に訊ねた。ポートランドに行った、と僕が教えたのはそのときだ。

　年が明けて一週間ほどたった頃、パティーと僕は二人で酒を飲んでいた。彼女は仕事からちょうど帰ってきたところで、時刻はそれほど遅くはなかったが、外はまっ暗で雨が降っていた。僕はあと二時間ほどで仕事にでかけることになっていたが、しかしその前に我々はスコッチをひっかけて、話をした。パティーは疲れていて、ふさぎの虫にとりつかれるままに三杯めのスコッチにとりかかっているところだった。ビタミンはまるで売れず、彼女のところに残っている女の子はドナとパムだけで、パムというのは入ってまだ日も浅いちょろまかしの常習犯だった。我々はうんざりする気候や、駐車違反呼び出しカードはどれくらいたまるまで放っておいていいものかについて話しあった。そして、アリゾナとかどこかそのあたりに引越ししたらどうだろうということになった。

僕は二人分の酒のおかわりを作った。そして窓の外に目をやった。アリゾナというのも悪くないいな。

「ふん、ビタミンだってさ」とパティーは言った。彼女はグラスを手にとって、中の氷をぐるぐるとまわした。「考えただけでゲエッよ！」と彼女は言った。「なんでこんな阿呆らしいことやってるのかしら。一軒一軒家をまわってビタミンを売って歩くなんてね。まさかこんな仕事をする羽目になるなんて、思ってもみなかったわ。情けなくって涙が出ちゃう」

「僕だってそんなこと思ってもみなかったよ」と僕は言った。

「ふんふん」と彼女は言った。「よく偉そうなこと言えるわね」

「おいおい《ハニー》」

「よしてよ、おいおい《ハニー》なんてさ」と彼女は言った。「世間はきびしいのよ、お兄さん《ブラザー》。どんな風にやったって、生きてくってのは生半可じゃないわよ」

彼女はちょっと考えこんでいるみたいだった。頭を振り、酒を飲み干した。「寝てるときだってビタミンの夢を見るのよ。心の休まる暇もないわ。そんなものひとっ切れもないのよ！　少なくともあんたは仕事場を離れたら仕事のことなんてさっぱりと忘れちゃえるからいいでしょうけどね。あんた仕事の夢を見たことなんて一度もないんでしょ？　床にワックスかけるとかなんだとか、あんたが病院でやってる仕事の夢を見ることとなんてないでしょ？　いったんそこを出て家に帰ってきたら、もう夢なんて見ないわよねえ？」と彼女はどなった。

「夢ってどうも思い出せないんだ」と僕は言った。「夢を見ないんだよ、たぶん。目が覚めてもなんにも覚えてないからさ」僕は肩をすくめた。眠っているあいだに自分の頭が何を考えているのかなんて、いちいち気にしてはいられない。そんなことべつにどうだっていい。

「夢を見ないわけないでしょ！」とパティーは言った。「あんたがそれを覚えてないだけの話。誰だって夢は見るの。もし夢を見なくなったら、気が狂ってしまうの。本で読んだんだけど、夢というのは発散なのよ。人は眠っているときには夢を見るものだし、夢を見なくなったら発狂するしかないのよ。でも私の見る夢といったら、ビタミンの夢ばかり。私の言ってることわかる？」彼女はしっかりと僕を睨んでいた。

「わかるようなわからないような」と僕は言った。

簡単に答えられるような質問ではないのだ。

「ビタミン剤を売り歩いている夢を見るのよ」と彼女は言った。「寝ても起きてもビタミンを売ってまわってるのよ。やれやれ、なんて人生かしら」

彼女はぐいと酒を飲み干した。

「パムはどんな具合？」と僕は訊ねてみた。「まだちょこちょこものをくすねてるのかい？」僕としてはなんとか話題を変えたかったのだけれど、思いつける話題といってもそれくらいしかなかった。

「ああ、もう」とパティーは言った。そして僕になんか何もわかるもんかといった風に首を振った。我々は二人で雨音を聴いていた。

「誰もビタミンなんか売ってないわよ」と彼女は言ってグラスを手にとったが、それはもうからっぽだった。「誰もビタミンなんて買ってくれないのよ。私はそのことをさっきからずっと話してるんでしょ。あんたちゃんと聴いてるの？」

　僕は立ち上がってまたふたつ酒のおかわりを作った。「ドナはうまくやってる？」と僕は言った。そしてボトルのラベルを読みながら返事を待った。

「あの子は二日前にちょっと売ったけど、それだけ。それが私たち全員にとっての唯一の今週の売上げってわけ。あの子が仕事辞めるって言いだしても、まあ無理ないと思うわ。これじゃどうしようもないもの」とパティーは言った。「もし私があの子の立場だったら、辞めるわね。でももしあの子が辞めちゃったら、どうなると思う？私はまた振り出しに戻るのよ。また一からやり直し。この冬のさなか、この州のいたるところで人々は病気にかかって死にかけているってのに、ビタミンが必要だとは誰も思わないんだから。私の方が寝こんじゃいそうだわ」

「おいおい《ハニー》、いったいどうしたんだよ？」僕はおかわりのグラスをテーブルに置いて、腰を下ろした。彼女は僕の発言なんてはなから無視していた。たしかに発言というほどのものでもないのだが。

「私自身が唯一の私のお客なのよ」と彼女は言った。「ビタミンばかり飲んでいるせいで、肌がおかしくなってきたみたい。私の肌の具合どう？　ビタミンの飲みすぎ《オーバードース》なんであると思う？　このごろ人並みにうんこだって出やしないのよ、私」

「おいおい《ハニー》」と僕は言った。

パティーは言った。「私がビタミン飲もうが何飲もうが、あんたどうだっていいんでしょ？　それが問題なのよ。あんたは何がどうなったってかまわないんだから。今日の昼間、雨の中で車のワイパーが止まっちゃって、あやうく事故起こすところだったのよ。ほんと危ないところだったんだから」

我々は僕の出勤時間が来るまで飲みながら話しつづけた。もし起きていられたら、お風呂に入るわ、とパティーは言った。「ビタミン。明けても暮れてもビタミン」彼女は言った。「もう半分寝ちゃってるみたいだけど」彼女はキッチンをぐるりと見まわし、それから空になった自分のグラスに目をやった。彼女は酔払っていた。それでも彼女は僕にキスさせてくれた。そして僕は仕事にでかけた。


仕事が終わったあとで、僕が立ち寄る店があった。音楽を聴く目的もあったが、閉店時間後も酒が飲めるというのもそこに寄るひとつの理由だった。店の名前は〈オフ・ブロードウェイ〉、黒人《スペード》地区にある黒人《スペード》の集まる店で、経営者はカーキという名の黒人《スペード》である。他の店が看板になってしまうと、客はここに流れてくる。みんなハウス・スペシャルを注文する。ハウス・スペシャルというのはRCコーラにウィスキーをシングルぶん混ぜたものなのだが、コートの下に自前の酒をしのばせて持ってきてRCを注文し、めいめい好きに飲み物を調合することもできる。ミュージシャンがジャムをやりに集まり、酒を飲み足りない連中が飲みにきて音楽を聴くわけだ。ダンスが始まることもあるが、たいていはみんな腰を据えて酒を飲み、音楽を聴く。

ときどき黒人がべつの黒人の頭を瓶で殴ったりする。誰かが誰かを追いかけて便所まで行き、両手を下にやって小便している相手の喉をかき切ったという話もあった。でも僕自身はそういうカーキの手に負えないような大きな騒動は一度も見たことがない。カーキは頭のはげた大男の黒人で、蛍光灯の灯で頭がてかてかと不気味に光っている。彼はアロハ・シャツの裾をズボンの外に出している。ベルトに何かはさんでいるんだろうと僕は目ぼしをつけている。少なくともブラックジャックくらいはしのばせているに違いない。誰かの頭がちょっと熱くなりはじめると、カーキはその現場に行き、大きな手を相手の肩にどんと置き、ふたことみこと話をする。それで騒ぎは収まってしまう。僕は何ヵ月かそこにちょくちょくと通っていた。彼はときどき僕に「よう、元気かい、親友《フレンド》」とか「親友《フレンド》、久しぶりじゃねえか」とか声をかけてくれて、それも嬉しかった。

僕がドナをデートにつれていったのが、その〈オフ・ブロードウェイ〉で、結局それが我々二人の最初にして最後のデートとなった。

夜の十二時を少しまわった頃に、僕は病院を出た。空にはもう雲ひとつなく、星が光っていた。パティーと二人で飲んだスコッチの酔いがまだ頭に残っていた。でも僕は家に帰る前に〈ニュー・ジミーズ〉に寄って軽く一杯ひっかけていこうと思った。ドナの車が僕の車のとなりに駐まって、中に彼女の姿があった。僕はキッチンでの彼女との抱擁を思いだした。「今は駄目」と彼女はそのとき言ったのだ。

彼女はガラス窓を下ろして、煙草の灰を地面に落とした。

「眠れないのよ」と彼女は言った。「頭になんかがひっかかっていて、それで眠れなくて」

「よう、ドナ。君に会えるなんて嬉しいねえ」と僕は言った。

「いったいぜんたい、私どうしちゃったのかしら？」と彼女は言った。

「どこかに一杯やりにいかない？」と僕は言った。

「パティーと私はお友だちなのよ」と彼女は言った。

「パティーと僕だって友だちだぜ」と僕は言った。「行こうよ」

「それでいいのね」と彼女は言った。

「知ってる店があるんだ。黒人の集まる店なんだけどさ」と僕は言った。「音楽やってるんだ。酒が飲めて、ちょっとした音楽も聴けるんだ」

「あなた運転してくれる？」と彼女は言った。

「さあ、そっちに移りな！」と僕は言った。

彼女はすぐにビタミンについて話しはじめた。ビタミン商売は今や凋落の一途で、売上げはきりもみ的に落ちこんでいた。今や誰もビタミンになんか見向きもしない。

「こんなことしてパティーに申し訳ないわ」とドナは言った。「パティーは私のいちばんのお友だちだし、彼女、私たちのためにそれはいろいろと骨折ってくれてるのよ。でも私、実はこの仕事を辞めなくちゃならなくなるかもしれないの。このことはここだけの話よ、絶対に！　私だって食べていかなくちゃいけないし、家賃も払わなきゃならないし、新しい靴やコートだってほしい。でもこのビタミンのセールスじゃやってけないの」とドナは言った。「もうビタミン商売は盛りかえせないと私は思うの。まだパティーには何も言ってないんだけどね。今も言ったように、ちょっと考えてみてるだけ」

ドナは僕の脚の横に手を置いていた。僕は手をのばして、彼女の指を握った。彼女はギュッとそれを握りかえし、それから手を離して、車のライターを押した。煙草に火をつけると、彼女はまた僕の指を握った。「パティーをがっかりさせちゃうかと思うと、私ほんとうに滅入っちゃうの。わかるでしょ？　私たちチームだったんだもの」彼女は僕に煙草を勧めた。「あなたのとはブランドが違うと思うけど、ちょっとためしてみたら」

僕は〈オフ・ブロードウェイ〉の近くの駐車場に車を入れた。三人の黒人がフロント・グラスにひびの入った古いクライスラーにもたれかかっていた。彼らは何をするともなくたむろして、紙袋に入った酒瓶をまわし飲みしていた。そして我々の方を見た。僕は車を下りて反対側にぐるりとまわり、ドナのためにドアを開けた。そしてドアがロックされていることを確認してから彼女の腕をとり、通りに出た。黒人たちはそのあいだずっと我々のことをじろじろと見た。

「ポートランドにいくつもりじゃないよな？」と僕は訊ねてみた。

歩道を歩きながら、彼女の腰に腕をまわした。

「なんでまたポートランドなんていう地名がでてくるの？　私、ポートランドのことなんて一度も考えたことないわよ」

〈オフ・ブロードウェイ〉の手前半分は普通のカフェ・アンド・バーになっている。

何人かの黒人がバーにたむろし、何人かのこれまた黒人が赤いオイル・クロスを敷いたテーブルについて食事をとっていた。我々はカフェを抜けて、奥の広いホールに入った。背中の壁に酒瓶がずらりと並んだ長いカウンターがあり、その向こうにミュージシャンが演奏をするための舞台があった。舞台の前にはいちおうダンス・フロアと呼べそうなものがある。他のバーやナイトクラブはみんなまだ営業している時間なので、客の数はたいしたものではなかった。僕は彼女のうしろにまわってコートを脱がせた。そして適当なボックス席に腰を据えて、煙草をテーブルの上に置いた。ハナというう名の黒人のウェイトレスがやってきた。僕とハナは目であいさつをした。ハナはドナを見た。僕はRCスペシャルをふたつ注文し、ゆっくりたのしもうと腹をきめた。

酒が運ばれてくると僕はそのぶんの勘定を払い、二人で一くちずつ飲んでから、いちゃつきはじめた。我々はひとしきり抱きあったり、体を軽く叩いたり、お互いの顔にキスしあったりした。ときたまドナはさっと身を引いて僕の体を押しやり、僕の手首をつかみ、そして目をじっとのぞきこんだ。やがて彼女がそっと目を閉じると、我々はまた唇をかさねた。ほどなく店は客で埋まりはじめた。キスをするのはやめたが、僕は腕を彼女の腰にまわし、彼女は僕の脚に手を置いていた。黒人のホーン・プレイヤーが二人と白人のドラマーが、ぼちぼちと演奏の真似事のようなものを始めていた。僕はドナと二人でもういっぱいずつおかわりを飲んで音楽を聴き、それからここを出て彼女の家に行き、しかるべきことを済ませるつもりだった。

僕がハナにおかわりを二人分注文するとまもなく、ベニーという名の黒人がもう一人の黒人——ばっちりとドレスアップした大柄な黒人——と二人でやってきた。大柄な黒人は赤い小さな目をしていて、ピン・ストライプの三ツ揃いを着こんでいた。ローズ色のシャツにタイをしめ、トップコートを着て、フェドラ帽をかぶっていた。たいしたものだ。

「よう、御機嫌どう?」とベニーは言った。

ベニーは手を差しだし、我々はブラザー式の握手をした。ベニーと僕は以前に話をしたことがある。彼は僕が音楽好きだということを知っていて、ここで顔をあわせると必ず僕のところにやってきて話をする。彼はジョニー・ホッジスのバックでサックスを吹いたことがあって、よくその話をする。「メイソン・シティーで俺とジョニーが一緒にギグやったときのことだけどさ」とかなんとか。

「よう、ベニー」と僕は言った。

「ねえ、これネルソンっていうんだ」とベニーは言った。「今日ヴェトナムから帰ってきたとこなんだ。今朝さ。そいで御機嫌なサウンドを聴きにここに来たんだ。ちゃんとダンス・シューズまで履いてきてるんだぜ」とベニーは言ってネルソンを見て、肯いた。「こちらネルソン」

　僕はネルソンのぴかぴかの靴を眺めてから、顔を見た。彼は僕のことを思い出そうとしているみたいな目つきで、じろじろと僕の顔を見ていた。それから歯を見せて、大きくニカッと笑った。

「こちらドナ」と僕は言った。「ドナ、こちらベニー、こちらネルソン。ネルソン、こちらドナ」

「ヘロー、ねえさん」とネルソンは言った。「こんちは、ネルソン。ヘロー、ベニー」とドナもあいさつをかえした。

「できたらちょっと席つめてもらって、お邪魔させてもらっていいかね?」とベニーが言った。「いいでしょ?」

「いいともさ」と僕は言った。

　でも僕は二人がどこかべつの席に行ってくれればいいのになと心の中で思った。

「俺たちそんなに長くいないよ」と僕は言った。「これを飲んじまったら、そろそろ引きあげようかと思ってたんだ」

「わかってるわかってる、大将」とベニーは言った。そしてネルソンのあとからボックス席について、僕と向かいあわせになった。「世の中まあいろいろあらあな」とベニーは言って、ウィンクした。

ネルソンはテーブルごしにじっとドナを見ていた。それから帽子をとった。彼はつばの上のある何かを探しているみたいに、大きな手の中で帽子をくるくるとまわした。そしてテーブルの上のものをどかして、そこに帽子を置いた。彼は目をあげてドナを見た。彼はニヤッと笑って、肩をこわばらせた。彼は何分かごとに肩をこわばらせなくてはならないようだった。まるで肩を持ちはこんでいることに疲れ果てたといわんばかりに。

「あんたこの人とすごく仲いいんだな」とネルソンはドナに言った。

「仲の良い友だちよ」とドナは言った。

ハナがやってきた。ベニーはRCを注文した。ハナが行ってしまうと、ネルソンはトップコートからウィスキーのパイント瓶をとりだした。

「仲良し」とネルソンは言った。「大の仲良し」そしてウィスキーの瓶のふたをくるくるとまわした。

「よせよ、ネルソン」とベニーは言った。「そいつは人目につかないようにしとけ。なにせネルソンはナムから帰ってきて、飛行機を降りたばかりなんだ」とベニーは言った。

ネルソンはボトルを上にあげて、ウィスキーをくいくいと飲んだ。それから瓶のふたをしめて、テーブルの上に置き、その上に帽子をかぶせた。「大の仲良し」と彼は言った。

ベニーは僕の方を向いて大げさに目くばせした。でも彼もやはり酔払っていた。「ひとつ勢いをつけなくちゃな」と彼は僕に言った。彼は両方のグラスのRCをぐいぐいと飲み干し、空のグラスをテーブルの下に隠してウィスキーを注いだ。そしてボトルをコートのポケットに入れた。「ねえ、大将、俺はもう一ヵ月もサックス吹いてなくてさ、こりゃ景気づけさ」

我々四人はひとつボックスに座り、前には四つグラスが並び、テーブルの上にはネルソンの帽子が置かれていた。「あんた」とネルソンが言った。「あんた女房持ちだろが、え？ そいでもってこのべっぴんさんはあんたのかあちゃんじゃないときてるね。でもあんた、このねえさんと大の仲良しと。そんなとこだろ？」

僕はグラスに口をつけたが、ウィスキーの味なんてしなかった。まるで何の味もしない。「テレビでやってるああいうのって、ヴェトナムでほんとに起こってるのかい？」と僕は言った。

ネルソンは赤い目でじっと僕を見ていた。「ちょいと聞きてえんだけどさ、おたくのかあちゃんが今何やってるか知ってるかい？　きっと今頃はどっかの野郎としけこんで、相手のおっぱいつまんだり、ちんぽこ引っぱったりして遊んでんだぜ。あんたがこうしてお友だちとしっぽりとよろしくやってるあいだにさ。かあちゃんにだってきっと良いお友だちがいるんだぜ、きっと」

「おいネルソン」とベニーが言った。

「うるせえ」とネルソンが言った。

「なあネルソン、この人たちのことは放っときなって。他の席行こう。俺の話してた連中があっちにいるからさ。なんせ、ネルソンは今朝飛行機で帰ってきたばかりなんでね」とベニーは言った。

「あんたの今考えてること俺っちわかってるぜ」とネルソンは言った。「こう思ってんだろ？『図体のでかい酔払いニガーが寄って来やがって、どうしたもんだろう。尻《ケツ》を鞭でひっぱたいてやらにゃならんだろうな』どう、図星だろう？」

僕は店内を見まわした。カーキは舞台のそばに立っていた。ミュージシャンたちがそのうしろで演奏し、何人かの客はフロアで踊っていた。カーキは僕の方をじっと見たような気がしたが、もしほんとうに見たとしても、またすぐに向こうを向いてしまった。

「おたくの話す番じゃねえかな」とネルソンは言った。「俺はあんたをなぶってんだよ。誰かをなぶったのはナム以来さ。あそこじゃヴェト公をずいぶんなぶってやった」彼は厚い唇をめくるようにして、またにたっと笑った。それから笑いが消えて、彼はじっと僕の顔を見た。

「あの耳を見せてあげなよ」とベニーが言った。そしてグラスをテーブルに置いた。「ネルソンはあのちび公どもの耳をひとつ切りとってきて、それを持ち歩いてんだ。見せてあげなよ、ネルソン」

　ネルソンはじっとしていたが、やがてトップコートのポケットの中をさぐりはじめた。彼はひとつのポケットからいろんなものをとりだしてきた。鍵が何本かと、咳止めドロップの箱がでてきた。

「耳なんて見たくないわよ。よしてよ、ほんとによして。ひどい」とドナは言った。そして僕の顔を見た。

「俺たちもう行くよ」と僕は言った。

　ネルソンはまだポケットの中を探りつづけていた。彼は背広の上着のポケットから札入れを引っぱりだしてテーブルの上に置き、ぽんぽんとそれを叩いた。「ここにでかいのが五枚はいってる。いいか」と彼はドナに向かって言った。「札を二枚あんたにやる。わかるかね？ でかいの二枚をあんたにやる。それで俺のモノをしゃぶるんだよ。こいつのかあちゃんが、どっかべつのでかい野郎にしてやってるみてえにさ。わかるだろ、え？ こいつのかあちゃん、今頃ちょうど誰かのでかいのくわえこんでんだぜ。こいつがあんたのスカートに手をつっこんでもそもそやってるあいだにさ。世間は公平にできてんだぜ。ほら」と彼は札入れから百ドル紙幣のかどを引っぱりだして見せた。「ほら、あんたの仲良しのお友だちにもあと百やるよ。それでこいつも仲間はずれにされなくて済むだろ？ こいつは何もやんなくていいんだぜ。あんたの方は何もやんなくていいんだ」とネルソンは僕に向かって言った。「あんたはそこにじっと座って、酒飲んで音楽聴いてりゃいいのさ。良い音楽《グッド・ミュージック》をな。俺とこの女は仲良く二人でちょいと出かけてくる。帰ってくるのは女一人だ。長くかかりゃしねえし、ちゃんと帰すぜ」

「ようネルソン」とベニーは言った。「そういう口のききかたってねえだろう」

ネルソンはにやっと笑った。「とにかく話は終わったぜ、もう」と彼は言った。

彼は探しつづけていたものをやっと探りあてた。それは銀のシガレット・ケースだった。彼がそれを開けると、中に耳が見えた。それは綿の上に載っていた。まるで乾燥させたマッシュルームみたいに見えた。でも本物の耳だった。耳には鎖つきのキー・ホルダーがついていた。

「気分悪いから、よしてよ」とドナが言った。

「どう、凄えだろ？」とネルソンは言って、じっとドナを見た。

「よしてって言ったでしょ、糞ったれ！」とドナが言った。

「おいねえさん」とネルソンが言った。

「ネルソン」と僕は言った。するとネルソンは赤い目でじっと僕を睨んだ。彼は帽子と札入れとシガレット・ケースをわきにどかせた。

「あんた何がほしいね？」とネルソンは言った。「なんでもあんたがほしいものをやるよ」


カーキがやってきて僕の肩に片手を載せ、もう一方をベニーの方に載せた。彼がテーブルにかがみこむと、頭が電灯にてかてかと光った。「どうみんな、ちゃんと楽しんでくれてるかな？」

「ばっちり上等だよ、カーキ」とベニーは言った。「みんなオーケー。こちらの二人は今お帰りになるところなんだ。俺とネルソンはここでたっぷり音楽聴いてくよ」

「そりゃなにより」とカーキは言った。「みんなハッピーてのがあたしのモットーでね」

　彼はボックス席を見まわした。そしてネルソンの札入れと、その札入れのとなりの、ふたのあいたシガレット・ケースに目をやった。彼は耳を見た。

「それ本物の耳かね?」とカーキは言った。

「そうとも」とベニーは言った。「その耳見せてやんなよ、ネルソン。ネルソンはこの耳持ってナムから飛んできたばかりなんだよ。この耳は地球を半分ぐるっとまわって、今このテーブルの上にたどりついたってわけさ。ネルソン、ほら、見せてやんなって」

　ネルソンはケースを手にとって、カーキにわたした。

　カーキは耳を検分した。彼は鎖を手にとって、顔の前に耳をぶらさげた。そしてそれをじっと眺め、ゆらゆらと前後に揺らせた。「こういう乾燥させた耳やらチンポコやらの話は聞いたことあるな」

「ヴェト公から取ってやったさ」とネルソンは言った。「そいつはどうせ何も聞こえねえようになってたし、ちょいと記念品がほしかったのさ」

　カーキは鎖を持ってくるくると耳をまわした。

ドナと僕はボックスから出ようとした。

「ねえさん、行くなよ」とネルソンが言った。

「ネルソン」とベニーが言った。

カーキはネルソンを見ていた。僕はドナのコートを手に、ボックスのわきに立っていた。足ががくがくと震えていた。

ネルソンの声が大きくなった。「あんたこのマザファッカーとこれからどっか行って、あそこに顔つっこませんだろうけど、俺をおいていこうたって、そうはいかねえぞ」

我々はボックス席を離れた。みんながこちらを見ていた。

「ネルソンは今朝飛行機でナムから着いたばかりなんだ」とベニーが言っているのが聞こえた。「で、二人で一日《いちんち》飲んでたんだ。こんなに長え一日は初めてだよ。でもさ、こいつと俺ちゃんと行儀よくしてっからさ、なあカーキ」

ネルソンは音楽を圧するような大声で叫んでいた。「そんなことしたってどうにもならねえぞ！　何したところで、うまくいきっこねえんだ！」彼がそう叫ぶのが聞こえたが、そのあとはもう聞きとれなかった。音楽が終わり、それからまた次の曲が始まった。我々はあとを振り返らずに歩きつづけ、おもてに出た。

僕は車のドアを開けて、彼女を中に入れた。そして病院に向けて車を走らせた。ドナは自分の席に座ったままじっと動かなかった。彼女はライターで煙草に火をつけたが、ひとことも口をきこうとはしなかった。

僕は何か言った方が良いような気がした。「ようドナ、元気だしなよ。あんな具合になって悪かったよ」と僕は言った。

「あのお金ほしかったわ」とドナが言った。「あそこで私、ずっとそう思ってたの」

僕は運転をつづけ、彼女の顔は見なかった。

「ほんとよ」とドナは言った。「あのお金ほしかった」彼女は頭を振った。「ほんとうにもう」と彼女は言った。そして顔を伏せて泣いた。

「泣くのよしなよ」と僕は言った。

「もう仕事に行かないわ。今日だか明日だか知らないけど、行くもんですか」と彼女は言った。「仕事には行かない。町を出てくわ。あそこで起こったことはひとつのしるしなのよ」彼女は車のライターを押しこみ、それが飛びだしてくるのを待っていた。

僕は自分の車のわきに車を停め、エンジンを切った。ネルソンをのせた旧式のクライスラーがあとから駐車場に入ってくるんじゃないかと半ばおびえながら、バックミラーをのぞいた。しばらくのあいだハンドルの上に両手を置いていたが、やがて膝の上に落とした。ドナに手を触れたいという気持ちはもう消え失せていた。あの夜にうちのキッチンで抱きあったことや、〈オフ・ブロードウェイ〉でキスしたことは、なんだか大昔のことのように思えた。

「これからどうするんだい？」と僕は彼女にたずねた。でもそんなのはどうでもいいことだった。今この瞬間に彼女が心臓麻痺で息をひきとったってべつに知ったことじゃない。

「ポートランドに行くことになるかもね」と彼女は言った。「ポートランドに行けばきっと何かあるわ。最近はみんな何かといえばポートランド。ポートランドが大人気ね。ポートランドがどうしたポートランドがこうした。ポートランドだってどこだってかまやしないわ。どこだってみんな同じよ」

「ねえドナ」と僕は言った。「僕はそろそろ行くよ」

僕は車の外に出ようとした。ドアを開けると天井灯がついた。

「よしてよ、早く明かりを消してよ！」

僕は急いで外に出た。「じゃあね、ドナ」と僕は言った。

別れるときドナはじっとダッシュボードを見つめていた。僕は自分の自動車のエンジンを入れ、ライトをつけた。ギアを入れ、ガソリンを送りこむ。

スコッチをグラスに注ぎ、少し飲んでから、グラスを持ってバスルームに行った。そして歯を磨き、引き出しを開けた。ベッドルームの方からパティーが何かどなった。彼女はバスルームのドアを開けた。彼女はまだ服を着たままだった。服を着たまま眠ってしまったのだろう。

「今何時なの？」と彼女はわめいた。「寝過ごしちゃったわ。まったく、もう。あんたのおかげで寝過ごしちゃったのよ。どうしてくれんのよ！」

彼女はかんかんに怒って、服を着たまま戸口に立っていた。仕事に出る用意をしていたということも考えられる。でもサンプル・ケースもなく、ビタミンもなかった。要するに、嫌な夢を見ていただけなのだ。彼女は頭を左右に振り始めた。

僕としては今夜はもうこれ以上のごたごたは御免だった。「さあ、いいからまた寝ちゃいな。ちょっと探しものしてんだ」と僕は言った。僕は薬品棚からいろんなものをばらばらと下に落とした。それらは流しの中を転がった。「アスピリンどこだよ？」と僕は言った。僕はまたいくつか下に払い落とした。なんだってかまうもんか。いろんなものが下に転げ落ちていった。

注意深く

Careful

さんざん話し合いを重ねた末に――彼の妻のアイネズはそれを「査定」と呼んだ――ロイドは家を出て、ひとり暮らしできるところに移った。三階建ての家の最上階の、バスルームつきの二間だった。部屋の中は屋根がきつく傾斜していて、歩き回るときには、ひょいひょいと頭を下げなくてはならなかった。窓から下を見下ろそうとすれば、身を屈めなくてはならないし、ベッドの出入りにも注意が必要だった。鍵はふたつあった。ひとつは家に入るための鍵だ。そして家の中の階段を何段か上がって、踊り場に達する。それからまたもうひとつ階段を上がって自分の部屋の前に立ち、今度は部屋用の鍵を使うのだ。

一度、アンドレのシャンパンを三本とランチョン・ミートを幾つか買って、その袋を抱えて午後に帰宅したとき、彼は踊り場のところで歩を止めて、家主の婆さんの部屋をのぞきこんだことがあった。その婆さんはカーペットの上にごろんと仰向けに寝転んでいた。どうやら眠っているようだった。ひょっとしたら死んでいるのかもしれない、彼の頭にふとそんな考えが浮かんだ。でもテレビがつけっぱなしだったし、やはり眠っていると考えていいのだろうか。いったいどうすればいいのか、彼にはわからなかった。彼は持っていた紙袋を反対の手に移しかえた。すると女がこほこほと小さな咳をした。手を体の脇にやって、そしてまた静かに動かなくなってしまった。ロイドはもうひとつ階段を上がって、自分の部屋の鍵を開けた。その日の夕方近くに、彼が台所の窓から下をのぞくと、その婆さんが庭にいるのが見えた。彼女は麦わら帽子をかぶり、片手を腰にあてていた。そしてじょうろを使ってパンジーに水をやっていた。

台所には冷蔵庫とレンジを組み合わせたものが備えつけられていた。それはこぢんまりしたもので、流しと壁の間の隙間に埋めこまれていた。冷蔵庫から何かを取り出すためには、彼は身を屈めねばならなかった。身を屈めるというよりは、ひざまずくという方が近いかもしれない。でも冷蔵庫にそれほど多くのものを入れるわけではなかったから、それは彼にとってはとくに問題にはならなかった。冷蔵庫に入れるものといえばせいぜい、フルーツ・ジュースとランチョン・ミートとシャンパンくらいのものなのだ。レンジには火ぐちがふたつついていた。ときどき彼は鍋で湯を沸かして、インスタント・コーヒーを作った。でもまったくコーヒーを口にしないという日もあった。飲むのを忘れるか、それともコーヒーを飲む気が起きないか、そのどちらかだった。ある朝目が覚めて、彼はただちにクラム・ドーナッツを食べ、シャンパンを飲んだ。何年か前なら朝食にそんなものを食べるなんてお笑いだと思ったことだろう。そういうまともな時代もあったのだ。でも今の彼には、それが朝食としてとりたてて異常なものだとは思えなかった。実際のところ、彼はベッドに横になって今日一日に起こったことを思い出そうとして、朝目を覚ましてまず何をしたっけと記憶をたぐってみるまで、その朝食についてとくに感慨らしきものは抱かなかったのだ。最初のうち、それは何の変哲もない一日みたいに思えた。それから彼はふと、自分が朝食にドーナッツを食べ、シャンパンを飲んだことを思い出した。昔の自分ならこう思ったはずだ、これはいささか常軌を逸しているぞ、これは友達に話して聞かせなくちゃならん類のことだ、と。でも今は考えれば考えるほど、そんなことどうだっていいじゃないかという思いが強くなる。俺は朝食にドーナッツを食べ、シャンパンを飲んだ。それが何だ？

彼の借りた家具つきの部屋には、食堂用の簡単なテーブル・セットと小さなソファーと、古い安楽椅子とテレビがついていた。テレビはコーヒー・テーブルの上に置いてあった。ここでは電気代が取られなかった。テレビだって彼のものではなかったのだ。だから彼はときどき昼夜を問わずテレビをずっとつけっぱなしにしておいた。でも自分が見たい番組のないときには、ヴォリュームを低くした。電話はなかったが、電話なんかなくてかまわない。必要ないものだ。ベッドルームにはダブルベッドがあった。ナイト・スタンドがあり、整理ダンスがあり、それからバスルームがあった。

一度アイネズが訪ねてきたことがあった。それは朝の十一時だった。そこに移って二週間たっていた。その二週間のあいだ、妻はいつかここを訪ねてくるのだろうかと彼はずっと考えていた。でも彼としても自分の飲酒について何か手を打たねばと思っていたし、それにはひとりきりでいた方がありがたかった。そのことははっきり言っておいた――俺はひとりになる必要があるんだ、と。妻がやってきたとき、彼はパジャマ姿でソファーに寝転んでいた。そして拳で自分の頭の右側をゴンゴンと叩いていた。もう一度自分を叩こうとしていたときに、階下の踊り場で声が聞こえた。妻の声だ。それはまるで遠くの人々のものそそとしたざわめきのように響いたが、彼にはそれがアイネズの声だと聞き分けられたし、妻が来たのは何か大事な用件があるからだと本能的に悟った。彼は拳でもう一回自分を叩いてから、立ち上がった。

その日の朝起きると、彼の耳に耳垢が詰まっていた。音がすっきりと聞こえなかったし、そのせいでバランスの感覚もなんだか変で、平衡感覚が失われてしまったようにも感じられた。妻が来る前の一時間ばかり、彼はソファーに横になって、いらいらしながら耳をいじくって、ときどき拳で頭を強く殴りつけていた。何回か耳の下の方の軟骨の部分をマッサージしてみた。あるいは耳たぶをぎゅっと引っぱってみたりもした。それから小指で耳の穴を激しくほじくり、口を開けてあくびの真似事をしてみた。とにかく思いつくかぎりのことは全部試してみたし、これ以上は何をしていいかわからないというところまできていた。階下のぼそぼそ声が途切れた。彼は頭をごつんと思いきり叩いて、グラスの中のシャンパンを飲み干した。それからテレビのスイッチを切り、グラスを流しに持っていった。水切り台の上の栓を抜いたシャンパンの瓶を持ってバスルームに行き、便座の後ろに隠した。それからドアを開けに行った。

「こんちは、ロイド」とアイネズは言った。彼女はにこりともしなかった。彼女は鮮やかな色合いの春服を着て、戸口に立っていた。そんな服を見たのは初めてだ。そして両面にひまわりの縫いとりのはいったキャンバス地のハンドバッグを持っていた。そんなハンドバッグを見るのも初めてだ。

「私の声が聞こえたと思わなかったわ」と彼女は言った。「あなたはたぶん何処かに出ていって、いないんじゃないかと思ってたのよ。でも階下《した》のあの女の人が――なんて名前だっけ、マシューズさん？――あなたは部屋にいるはずだって教えてくれたの」

「君の声は聞こえたよ」とロイドは言った。「すごくぼんやりとだけど」彼はパジャマを引っぱって、手で髪を撫でつけた。「実は俺、今すごい調子悪いんだよ。中に入れよ」

「もう十一時よ」と彼女は言った。中に入ってドアを閉めた。彼の言ったことは耳にも入らなかったみたいだった。たぶん何も聞いてなかったんだろう。

「今何時かくらいわかってる」と彼は言った。「目を覚ましたのはずいぶん前だ。八時からずっと起きてる。『トゥデイ』だってちょっと見た。でも今俺は頭がおかしくなりそうなんだ。耳垢が詰まっちゃったんだ。昔同じようなことがあったけど、覚えてるかい？　ほら、テイクアウト専門の中華料理屋の近くに住んでいたときのことだよ。子供たちが鎖をひきずっていたブルドッグを見つけたとこだよ。医者に行って洗浄してもらわなくちゃならなかった。覚えてるだろう？　お前が車で医者に連れていってくれて、ずいぶんそこで待たされた。今、あれと同じなんだよ。あのときと同じくらいひどい。でも今回は医者にも行けなかった。だいたい何処の医者に行けばいいのかもわからん。俺、頭がおかしくなりそうだよ、アイネズ。もう頭をすっぽりと切り取ってしまいたいような気分なんだ」

彼はソファーの端っこに腰かけた。彼女はもう一方の端に腰を下ろした。でもそれは小さなソファーだったので、二人のあいだにはそれほどの距離はなかった。手をのばせば、妻の膝に触れられるくらいだった。しかし彼はそうはしなかった。彼女は部屋の中をちらちらっと見回し、それからまた彼の方をじっと見た。考えてみればまだ髭も剃っていないし、髪の毛だってぼさぼさのままだ。でもなんといっても相手は自分の女房ではないか。今さら格好をつけて、それでどうなるというものでもない。

「何かやってみた？」と彼女は言った。彼女はハンドバッグの中をのぞいて、煙草を一本取り出した。「あなた、何か手は打ってみたの？」

「え、何だって？」彼は自分の頭の左側を彼女に向けた。「なあアイネズ、俺はおおげさに言ってるんじゃないんだ。本当に気が狂いそうなんだよ。こうして話していてもまるで樽の中で話しているような気がする。頭はぐらぐらするし、耳だってよく聞こえない。お前の声だってパイプの先から聞こえてくるような感じなんだ」

「あなた綿棒は持ってないの？　それともサラダ・オイルとか？」とアイネズは言った。

「ふざけたことは言わんでくれ、ハニー」と彼は言った。「綿棒も持っていないし、オイルだって持ってない。そんなもの俺がここに持っているわけないだろうが」

「サラダ・オイルがあれば、それを温めて、あなたの耳に入れることができるんだけれど。うちのお母さんはよくそうしていたわ」と彼女は言った。「そうすると詰まっているものが柔らかくなるのよ」

彼は首を振った。頭の中に何かがたっぷりと充満しているような気がした。液状のものでいっぱいになったような感じなのだ。昔、市営プールで泳いでいたときに、底の方まで潜って、上がってきたら耳に水が入っていたことがあったが、それと具合が似ていた。でもそのときは簡単に水を抜くことができた。肺に思いきり空気を吸い込み、口を閉じ、鼻をぎゅっとつまむ。それからぷうっと頰を膨らませて、頭に空気を送り込むようにすればいいのだ。すると耳がぽんと音を立てて、水が頭から流れ出て肩にぽたぽた落ちていく心地の良い感触が感じられた。それから彼はプールを出た。

アイネズは煙草を吸ってしまうと、それを消した。「ねえ、あなたと話し合わなくちゃならないことがいろいろあるのよ。でもまあひとつずつ順番に片づけていった方がいいわね。椅子に座ってちょうだい。その椅子じゃない。台所の椅子よ。その方が明るいから」

彼は頭をもう一度ばしんと叩いた。それから台所セットの椅子に座った。彼女がその後ろに回った。そして彼の髪に手を触れた。髪をかきわけるようにして耳を出した。

彼はその手を摑もうとしたが、妻は手をひっこめた。

「どっちの耳って言ったたっけ？」と彼女が尋ねた。

「右だよ」と彼は言った。「右の耳」

「ねえ、言っときますけど」と彼女は言った。「そこにじっと座って動かないでよね。ヘアピンとティッシュ・ペーパーを見つけて、それでなんとか掃除してみるから。たぶんうまくいくと思うんだけど」

　彼は妻がヘアピンを自分の耳に挿入するところを想像してどきっとした。そしてそのようなことを口にした。

「何ですって？」と彼女は言った。「まあどうしよう、私もあなたが言ってること聞こえないわ。これ伝染性のものじゃないでしょうね」

「俺が子供の頃、学校にさ、保健の先生がいた」とロイドは言った。「看護婦みたいなのも兼ねていた。彼女が言ったんだ。みなさん、耳には肘より小さな物を入れてはいけませんって」壁にかけられた巨大な耳の図解のことを彼はぼんやりと思い出した。それからその複雑に込み入った管や通路や壁の仕組みなんかも。

「でもその看護婦さんはこういう状況には直面しなかったのよ」とアイネズは言った。「とにかく何か試してみなくちゃ。まずそれでやってみましょう。それでうまくいかなかったら、また別の手を考えるわよ。人生とはそういうものでしょう、ね？」

「それはあてつけか何かか？」とロイドは言った。

「何もあてつけてなんかないわよ。どう取ろうとそれはあなたの御自由ですけどね。だってここは自由の国ですもの」と彼女は言った。「さあ私は役に立ちそうなものを探してみるから、あなたはそこにじっとしてて」

彼女はハンドバッグの中を探したが、目当てのものは見つからなかった。とうとう彼女はバッグの中身をあらいざらいソファーの上に出した。「ヘアピンがない」と彼女は言った。「まったく、もう」でも彼女のその声は隣の部屋から聞こえてくるみたいに響いた。彼には自分が頭の中で、彼女の台詞を勝手に想像しているようにも感じられた。ずっと昔のことだけれど、二人は自分たちが互いの考えていることに対してESP能力を抱いていると思っていたことがあった。彼らは相手が言いかけたセンテンスを途中で引き継いで言い終えることができた。

彼女は爪きりのようなものを手に取って、しばらくそれをいじくっていた。やがて彼女の指の中でそれが分かれるのが見えた。ぴょんと跳ねるようにして、爪きりはふたつに分かれた。やすりの部分が、爪きりの部分から突き出していた。妻の手の中で、それはまるで小さな短剣のように見えた。

「そいつを俺の耳につっこむつもりなのか?」と彼は訊いた。

「他に何かいい考えでもあるのかしら?」と彼女は言った。「あったらひとつ教えてちょうだいよ。鉛筆なら持ってるでしょう。鉛筆を使ってやってほしい? それともドライバーがいいかしら?」彼女はそう言って笑った。「心配しなくていいわよ。ねえロイド、私はあなたのことを傷つけたりはしないわよ。注意深くやるって言ったでしょう。先のところをティッシュ・ペーパーでくるんでね。だから大丈夫よ。ちゃんと用心してやるから。そこにじっと座ってなさい。ティッシュ・ペーパーを持ってくるから。綿棒みたいにしつらえるのよ」

彼女はバスルームに行った。そしてしばらく出てこなかった。彼は台所椅子に腰を下ろしたままじっとしていた。彼は言い訳の準備をした。シャンパンしか飲まないようにしているんだ。シャンパン以外には何も飲まない。そのシャンパンだって少しずつ量を減らしている、妻にそう言いたかった。あとは時間の問題だよ。でも妻が戻ってきたとき、彼には何も言えなかった。どう切り出せばいいのかわからない。でもいずれにせよ、彼女は彼には見向きもしなかった。ソファーのクッションの上にあけたハンドバッグの中身の山をかきまわして煙草を見つけると、それに自分のライターで火をつけて、通りを見下ろす窓辺に立った。そして何か言った。彼はその言葉を聞き取ることができなかった。でも妻に向かって今なんて言ったんだとは尋ねなかった。何と言ったにせよ、彼としては妻にもう一度その言葉を口にしてもらいたいとは思わなかった。彼女は煙草を消した。でもまだ前屈みになって、窓辺に立っていた。屋根の傾斜がその頭のほんの数インチ先にあった。

「なあアイネズ」と彼は言った。

彼女は振り向いて、彼のところにやってきた。やすりの先にティッシュ・ペーパーが巻かれているのが見えた。

「頭を横に傾けて、そのままじっとしていてね」と彼女は言った。「そう、それでいい。じっとしたまま動かないでよね。動いちゃ駄目よ」と彼女は繰り返して言った。

「頼むから気をつけてやってくれよな」と彼は言った。

妻はそれには返事しなかった。

「なあ頼むよ、頼むよ」と彼は言った。それからもうその先は何も言わなかった。彼はとても怖かった。その爪やすりが耳の内側に入り込んできて、中をもそもそと探りはじめるのを感じると、彼は目を閉じて息をとめた。心臓さえもがその鼓動を停止してしまいそうだった。それから彼女はその金属片をもう少し奥に入れて、返すようにしながら前後に動かし、中に詰まっているものをつっついていた。耳の奥の方でキイッという音が聞こえた。

「痛え！」と彼は言った。

「ごめん、痛かった？」彼女は爪やすりを耳から出して、一歩後ろに下がった。「どう、何か変わったっていう感じする？」

彼は手をあげて両方の耳を触り、頭を下げた。

「何も変わってない」と彼は言った。

彼女はロイドを見て、唇を噛んだ。

「ちょっと便所に行かせてくれ」と彼は言った。「この先何をするにせよ、その前に便所に行きたいんだ」

「行ってらっしゃいな」とアイネズは言った。「私は下に行って、家主さんがサラダ・オイルか何かを持ってるかどうか訊いてみるわ。綿棒だってひょっとしたら持っているかもしれないし。なんでそのことをもっと前に思いつかなかったのかしらね。ちょっと訊いてみればよかったのに」

「たしかにそうだな」と彼は言った。「俺はちょっと便所に行ってくる」

妻は戸口で立ちどまって彼を見た。それからドアを開けて出ていった。彼は居間を抜けて寝室に入り、バスルームのドアを開けた。そして便座の後ろに手をのばしてシャンパンの瓶を拾い上げた。それをごくごくと飲んだ。生ぬるくなってはいたが、まだちゃんと飲める。またもう少し飲んだ。シャンパンに限っていれば酒を飲みつづけても問題はないだろうと、最初のうちは本気で考えていた。でも気がついたときには、それを一日に三本か四本空けていた。これは早いうちに手を打たなくてはな、と彼は思った。でも今はとにかく聴力を取り戻すのが先決問題だ。ひとつずつ順番に片づけよう、さっき女房が言ったように。彼は残っていたシャンパンを全部飲んでしまうと、空になった瓶を便座の後ろの隙間に隠した。それから水道の蛇口を回して、歯を磨いた。顔を拭いてから、バスルームを出た。

アイネズはもう戻っていて、小さな鍋の中の何かをレンジで温めていた。彼女は彼の方をちらっと見たが、別に何も言わなかった。彼は妻の肩越しに窓の外を見た。鳥が一羽、木から木へと飛び移って、羽繕いをしていた。でももしその鳥が何か音を立てていたとしても、彼にはそれを聴き取ることができなかった。

彼女は何か言ったが、それも聴き取れなかった。

「何だって？」

妻は首を振って、レンジの方に向きなおった。でもやがてまた後ろを振り向いて、彼にも聴き取れるように大きな声でゆっくりと話した。「バスルームで、あなたの隠していたものを見つけたわよ」

「俺、量を減らそうとしてるんだ」と彼は言った。

彼女がまた何か言った。「何だって？」と彼は聞き返した。「今なんて言った？」彼は本当に聞こえなかったのだ。

「後で話しましょう」と彼女は言った。「話し合って決めなくちゃならないことがいろいろとあるのよ、ロイド。まずお金のこと。でもそれだけじゃない。他にもいろいろあるの。でもその前にこの耳詰まりを片づけてしまわなくてはね」彼女は鍋の中に指を突っ込み、それから鍋を火から下ろした。「ちょっとこれ冷ますわね」と彼女は言った。「これじゃいくらなんでも熱すぎるから。そこに座って、このタオルを肩に巻いて」

彼は言われたとおりにした。椅子に座って、首と肩のまわりにタオルを巻いた。そして拳でこめかみをごつんと叩いた。

「こん畜生」と彼は言った。

彼女は目も上げなかった。もう一度鍋の中に指を突っ込み、温度を測った。それから中の液体をプラスティックのコップに注いだ。そのコップを持って、彼の方にやってきた。

「おびえなくてもいいのよ」と彼女は言った。「これは家主さんの持ってたベビー・オイルなんだから。ただのベビー・オイルよ。症状を説明したら、これで大丈夫だろうって言われたの。治るという保証はないけれど」とアイネズは言った。「でもこれで中の物が緩むかもしれないでしょう。同じようなことが家主さんの御主人にもよく起こったんだって。一度なんか耳垢がぼろっとひとつ取れたのを見たことあるって。まるで何かの栓みたいな代物だったって。それがなにしろ耳垢だったのよ。だからこれを試してみなさいって。綿棒は持ってなかったのよ。私としては耳垢云々の話よりは、綿棒がないっていう方にむしろ驚いちゃうけどね」

「オーケー、わかったよ」と彼は言った。「何とでも好きなようにしてくれ。こんなままで生きていくんなら死んでしまった方がましだ。なあ、これ本当だよ。冗談で言ってるんじゃないぞ」

「頭をずっと真横になるまで傾けて」と彼女は言った。「動いちゃ駄目よ。耳がいっぱいになるまでこれを入れて、それからこの布巾で栓をするの。そしてあなたはそこで、そうね、十分くらいじっとしているの。それでどうなるか様子を見てみましょう。もしそれが効かなかったらちょっとお手上げね。それからどうすればいいのかは、私にもわかんない」

「まあうまくいくだろう」と彼は言った。「もしそれでもうまくいかなかったら、俺はどっかから銃を持ってきて自殺してやる。真剣に言ってるんだぞ。なにしろ、本当にそういう気持ちになってるんだから」

彼は首を横にねじって、宙に浮かせた。そしてその新しい視点から部屋の隅々を眺めてみた。でも、何もかも横向きになっているということを別にすれば、前に見ていたものと変わったところは何もなかった。

「もっとよ」と彼女は言った。彼は椅子にしっかりとつかまって、バランスを保ちながら頭をぐっと傾けた。彼の視野の中のあらゆる事物が、彼の人生の中のあらゆる事物が、部屋の向こう端にあった。そんな気がした。温かい液体が耳の中に入ってくるのが感じられた。それから妻が布巾でそこを押さえた。そして少し間をおいてから指で耳のまわりをマッサージしはじめた。彼の頭蓋骨と顎のあいだの皮膚の柔らかな部分を彼女は押さえた。そして耳の上の方に指をずらし、指先を前後に動かし始めた。しばらくすると、彼には自分がどれくらいここに座っているのかわからなくなってしまった。もう十分くらいこうしていたかな。いや、もっと長いかもしれない。彼はずっと椅子にしがみついていた。ときおり、妻の指が側頭部を押さえると、彼女がそこに注ぎこんだ温かいオイルが彼の耳の中の管を行ったり来たりするのが感じられた。

彼女がある種の押さえ方をすると、頭の中で柔らかなしゅうっという水音が聞こえたような気がした。

「起きあがっていいわよ」とアイネズが言った。彼は体をまっすぐにして、耳から温かい液体が流れ出てくるあいだ、手のつけねの部分で頭を押さえていた。彼女はそれをタオルで受けた。それから耳の外側を拭いた。

アイネズは鼻で息をしていた。彼女の息が出たり入ったりする音がロイドには聞こえた。家の前の道路を車が行き来する音が聞こえた。家の裏手の、台所の窓の下からは植木鋏を使うちょきんちょきんという音もはっきり聞こえてきた。

「どう?」とアイネズが訊いた。彼女は両手を腰にあてて、難しい顔をしていた。

「ちゃんと声が聞こえる」と彼は言った。「治ったよ。言ってることがきれいに聴き取れる。海の底でしゃべっているような感じがなくなった。大丈夫だ。問題ない。あやれやれ、もう本当に気が狂うんじゃないかと思ったよ。でももうすっきりしてる。何から何までしっかり聞こえる。なあハニー、今コーヒー作るよ。ジュースだってあるんだ」

「私もう行かなくっちゃ」と彼女は言った。「もう時間に遅れかけてるのよ。でもまた来るわよ。いつか一緒に外で昼御飯でも食べましょうよ。話し合わなくちゃならないことだってあるし」

「俺は頭のこっちの側を下にして寝ちゃいけないんだ。原因はそれなんだ」と彼は続けた。彼は妻を居間まで追いかけていった。彼女は煙草に火をつけた。「要するにそういうことなんだよ。俺は一晩頭のこっちの側を下にして寝てたんだ。それでこっちの耳が詰まっちまったんだな。これから頭のこっちの側を下にして寝ないように気をつけていれば問題ないはずだ。ちゃんと用心していればな。俺の言ってることわかるか？　仰向けになって寝るか、あるいは左側を下にして寝るようにしてりゃいいんだ」

　彼女はロイドの方を見ていなかった。

「もちろん永遠にっていうわけじゃない。そりゃそうだ。そんなことできっこない。死ぬまでずっとそんなこと続けられないもんな。でもしばらくは気をつけていられるよ。寝るときは左側を下にするか、あるいは仰向けになるか」

　でもそう言うそばから、来るべき夜がだんだん怖くなってきた。自分が寝支度を始める瞬間を、そしてそのあとにやってくるかもしれないもののことを思うと、彼は恐怖に襲われた。夜が来るのはまだ何時間も先のことだった。でもそれを予想しただけで怖かった。もし夜中に、何かの加減で右が下になるように寝返りを打ってしまって、そして枕に頭の重みが押しつけられ、そのおかげで耳の暗い通路に再び耳垢の栓が詰まってしまったらどうしよう？　もし目が覚めて、耳は聞こえないわ、天井は頭の数インチ先に迫っているわなんてことになったら、いったいどうすればいいんだ？

「ひどい話だ」と彼は言った。「こんなのもうたまらないよ、アイネズ。こいつはまさに悪夢だった。なあアイネズ、お前がこれから行かなきゃいけないところっていったい何処なんだよ？」

「さっき言ったでしょうが」と彼女は言った。持ち物をハンドバッグの中に戻して、帰り支度をした。腕時計を見た。「もう時間に遅れてるのよ」彼女はドアのところに行った。でも戸口で彼女は後ろを振り返って、何かを言った。でも彼は聞いていなかった。何も聞きたくなかった。妻の唇が動いて、言うべきことを言ってしまうのを彼は見ていた。それを言い終えると、彼女は「さよなら」と言った。それから外に出て、ドアを閉めた。

彼は着替えをするために寝室に行った。でもすぐにズボンだけという格好で部屋から飛び出してきて、ドアのところに行った。彼はドアを開けて、そこに立ち、耳を傾けた。下の踊り場のところでアイネズが家主のミセス・マシューズにオイルの礼を言っているのが聞こえた。年取った女が「どういたしまして」と言うのが聞こえた。それから彼女が自分の死んだ夫とロイドの共通性について述べるのが聞こえた。そしてこう言った。「あなたの電話番号を教えてくださいな。何かあったら連絡しますから。何があるかわかりませんものねえ」

「そういうことがないように願いたいですわね」とアイネズが言った。「でも念のために番号をおいていきます。何か書くものお持ちですか？」

ミセス・マシューズが引き出しを開けて、中をごそごそとかきまわす音が聞こえた。それから彼女の年老いた声がこう言った。「はい、どうぞ」

アイネズは彼女に自宅の電話番号を教えた。「どうもすみません」と彼女は言った。

「お会いできてなにより」とミセス・マシューズが言った。

アイネズがもうひとつの階段を下りて、玄関のドアを開ける音が聞こえた。そのあとにドアが閉まる音が聞こえた。妻が車をスタートさせ、走り去る音が聞こえるまで彼は待った。それからドアを閉めてベッドルームに戻り、着替えをすませた。

靴をはいて紐を結んでから、彼はベッドに横になり、布団を首のところまで引っぱりあげた。両腕を布団の中に入れて体の両脇に置いた。それから目を閉じて、今はもう夜なんだと思い込もうとした。今から自分は眠りに就こうとしているのだと。彼は両腕を持ち上げて胸の上で組み合わせ、そういう姿勢が自分に馴染むかどうか試してみた。じっと目を閉じて、試験してみた。これでいい、と彼は思った。オーケーだ。もしまた耳を詰まらせたくなかったら、俺はこうやって仰向けに寝なくてはならない。仕方ないじゃないか。でもやろうと思えばやれるんだ。俺はたとえ眠りの中にあっても、このことを忘れてはならない。間違った側に寝転んではならない。俺は一日に四時間か五時間寝れば十分なんだから、それくらいなんとかやれるはずだ。人の身にはもっとずっとひどいことだって起こりうるのだ。ある意味ではこれは挑戦なのだ。やれるとも。やれないわけがあるもんか。少しして彼はいきおいよく布団をはねのけて立ち上がった。

一日はまだたっぷり残っている。彼は台所に行って、小さな冷蔵庫の前にしゃがみ、新しいシャンパンの瓶を取り出した。できる限りそっとプラスティックの栓を抜いたが、それでもやはりシャンパン特有の祝祭的なポンっという音がした。コップに残ったベビー・オイルを洗って、そこにシャンパンをなみなみと注いだ。彼はそのコップを持ってソファーに腰を下ろし、コーヒー・テーブルの上に置いた。そして足をコーヒー・テーブルの上のシャンパンの隣に載せた。彼は体を後ろにそらせた。でもそうこうするうちに、これからやってくるであろう夜のことで、彼はまただんだん心配になってきた。どれだけ努力したところで、耳垢が今度は違う方の耳を塞ごうと決めたら、いったいどうすりゃいいんだ？　彼は目を閉じて、頭を振った。彼は立ち上がって寝室に行った。服を脱いで、またパジャマを着た。それから居間に戻ってきた。もう一度ソファーに座って、もう一度テーブルに両足を載せた。体を伸ばしてテレビのスイッチを入れた。ヴォリュームを調整した。自分が寝ている間に起こるかもしれないことについて、あれこれと思い煩い続けた。他のことが考えられなかった。俺はこれから先、ずっとこういうのに慣れていかなくちゃならないんだ。この騒動が彼にふとドーナッツとシャンパンのことを思い出させた。考えてみれば、全然たいしたことじゃないじゃないか。彼はシャンパンを一口飲んだ。妙な味がした。彼は舌で唇をなめ、それから袖で口を拭った。見てみると、シャンパンの表面に油膜が浮いていた。

　彼は立ち上がってコップを流しに持って行き、中身を捨てた。そしてシャンパンの瓶を持って居間に行き、ソファーに腰を据えた。瓶の首の部分を持って、じかに飲んだ。瓶からじかに飲むということはそれまでやったことがなかったのだが、やってみると、とくに異様なこととも思えなかった。真っ昼間にソファーに座ったままの姿勢で眠りこんでしまったとしても、一度に何時間も仰向けの姿勢を保ったまま眠るのと、奇妙さにおいてはそんな変わりはないじゃないかと思った。彼は頭を屈めて窓の外をのぞいた。光線の角度と部屋に入ってくる影の具合から、だいたい三時くらいだろうと彼は見当をつけた。

ぼくが電話をかけている場所

Where I'm Calling From

僕とＪＰは、フランク・マーティン・アルコール中毒療養所のフロント・ポーチにいる。ここに入っている他の連中と同様、彼もまたとびっきりの飲んだくれだ。でもいちおう煙突清掃を商売にしている。ここに入るのは初めてなので、怯えている。僕の方は前にも一度入っていたことがある。なんて言えばいいのかな？　御帰還というわけだ。ＪＰの本名はジョー・ペニー、でも本人はＪＰって呼んでくれよと言う。歳は三十前後だ。僕より若い。それほどではないが、僕よりはいくぶん若い。彼は自分が煙突清掃人になったいきさつを僕に話している。両手でふりをつけて話そうとするのだが、手は震えている。ぴたっと止まらないということだ。「これまでこんなのなかったんだけどな」と彼は言う。震えのことだ。わかるよ、と僕は言う。でも震えは治るもんだからさ。それは嘘じゃない。ただそれまでに時間がかかるだけだ。

　我々がここに来てからまだ二日しかたっていない。ということはつまり、我々はまだあの深い森の中にいるわけだ。ＪＰは手が震えるし、僕の方はしばしば神経が——

ほんとは神経じゃないかもしれない、でもそんな何かだ——肩先でぴくぴくとひきつり始めていた。時々それが首のわきに移る。これが始まると、口がからからに干上がってしまう。ものを飲みこむのもひと苦労だ。いよいよ何かが始まろうとしているのだ。僕にはそれがわかる。なんとかしてそれをすっぽかしたいと僕は思っている。できることならどこかに逃げ込んでかくれてしまいたい。そして目を閉じてそれをやりすごし、べつの誰かに取り憑いてもらうのだ。JPはまだそこまではいっていない。

昨日の朝、発作を目撃した。タイニーと呼ばれている男、サンタ・ローザから来た太った大柄の電気工だ。ここに入ってもう二週間近くになるし、すでに峠は越した、とみんなは言っていた。一日か二日のうちに帰宅し、大晦日の夜は夫婦水入らずでテレビでも見ているはずだった。なんたってホット・チョコレートを飲んでクッキーを食べるんだと、タイニーは大晦日を心待ちにしていた。昨日の朝、食事に下りてきた時だってしごく元気そうに見えた。彼はがあがあという声を出して、鴨をおびきよせる方法を誰かに説明していた。これでばっちり頭の上に止まるんだぜ、と。それからばんばんと言ってタイニーはつがいを撃ち落とした。タイニーの髪は濡れていて、頭の両側にぴったりとなでつけられていた。彼はシャワーから出たばかりだった。顎には剃刀の傷もついていた。しかしそんなのはたいしたことじゃない。フランク・マーティンの療養所ではたいていの人間は顔に傷をつけている。これはもう名物みたいなものだ。タイニーはテーブルの上手に割りこんで、例によって自分が飲み歩いていた時に起こったことをしゃべりはじめた。テーブルのみんなは卵をすくいながら笑ったり頭を振ったりしていた。タイニーはひと区切りしゃべり終えると、きまってにやっと笑ってあたりを見まわし、一座の反応をたしかめた。誰だって同じような気違いじみたひどいことをやってきたわけで、みんな笑わないわけにはいかなかった。タイニーは皿にスクランブルド・エッグと丸パンをいくつかと、蜂蜜をとっていた。僕はテーブルにはついていたものの、食欲はなかったので、コーヒーだけを飲んでいた。次の瞬間タイニーの姿が視界から消えた。がたんという大きな音をたてて椅子ごとひっくりかえってしまったのだ。タイニーは床の上で仰向けになって目を閉じ、足でばたばたとリノリウムを叩いていた。みんなは大声でフランク・マーティンを呼んだ。しかし呼ばれるまでもなく彼はその場にいた。二人の男がタイニーの両脇にしゃがみこんだ。一人はタイニーの口に指をつっこんで舌を引っぱり出そうとした。「みんな下がって！」とフランク・マーティンがどなった。気がつくと我々はタイニーの上にのしかかるようにして身をのりだし、彼の姿をじっと見つめていた。そこから目をそらすことができなかったのだ。「場所をあけるんだ」とフランク・マーティンは言った。

そしてオフィスに駆けこみ、電話で救急車を呼んだ。

今日、タイニーは戻ってきた。揺り戻しというやつだ。朝フランク・マーティンがステーション・ワゴンに乗って病院に彼をひきとりに行った。朝食の時間はとっくに過ぎていたので卵料理はもう無理だったが、彼はコーヒーをもらって食堂に行き、何はともあれテーブルについた。台所にいた誰かがトーストを焼いてやったが、タイニーは手をつけなかった。テーブルの椅子に座って、コーヒーカップの中をじっとのぞきこんでいた。目の前に置いたカップを、時々前にやったり後ろにやったりしていた。

あれが始まる直前に前ぶれみたいなものがあったかどうか、僕は彼に訊ねてみたかった。心臓が一瞬止まらなかったか？　それとも急に鼓動が速くならなかったか？　瞼がちくちくしなかったか？　でもそんなこと、実際に口には出せない。それにタイニーの方もそれについて話したがっているようにも見えない。それでもその出来事、タイニーの身に起こった出来事を、僕は忘れることはできないだろう。床に転がって足をばたばたさせているあのタイニーの姿だ。だから僕はどこかであの羽ばたきが始まるたびに、ぐっと息をつめて覚悟をきめる。そして気がついたときには仰向けにひっくりかえって宙をにらんでいる僕の口に誰かが指をつっこんでいる――そういう事態を待ち受けるのだ。

ＪＰはフロント・ポーチの椅子に座り、膝の上にじっと両手を置いている。僕はおんぼろ石炭バケツを灰皿がわりに煙草を吸っている。ＪＰはとりとめもなく話しつづけ、僕はそれに耳を傾けている。時刻は午前十一時、昼食までにはまだ一時間半ある。僕もＪＰもべつに腹が減っているわけではない。それでも二人とも中に入って食卓につくことを心待ちにしている。それまでにはたぶん食欲も出るだろう。

ところでＪＰはいったい何の話をしてるんだろう？　彼は十二の歳に井戸に落ちた話をしている。井戸は彼が育った農場の近所にある。幸運なことに井戸は涸井戸だった。「あるいは不運なことにね」あたりを見まわして首を振り、そう彼は言う。親父が俺を見つけてロープで引っぱり上げてくれたのは、もう夕方も近くだったね。まったく小便までちびっちゃったよ。その井戸の底で彼はありとあらゆる種類の恐怖を味わった。大声で助けを求め、救助を待ち、そしてまた叫んだ。おかげで助け出されるまでに、すっかり声が嗄れてしまった。でもね、と彼は言う、井戸に落っこちたおかげで、俺の頭の中にはあるひとつの情景が今でもくっきりと焼きついているんだよ。彼は井戸の底に座ってずっと井戸の口を見上げていた。てっぺんには丸く切りとられた青い空が見えた。時おり白い雲が通り過ぎていった。鳥の群れも横切っていった。

鳥たちの羽ばたきはなんだか妙に騒々しかった。他にもいろんな音が聞こえた。上の方でさわさわという小さな物音がした。頭の上に何かが落ちてくるんじゃないかと不安だった。虫なんかのことだ。井戸の口で風が鳴っていた。そしてその音も彼の心にしっかりと刻みこまれた。要するにこれまで彼が気にもとめずにやりすごしてきたすべてのものごとが、井戸の底にあってはがらりと様相を変えて見えたのだ。しかし結局のところ何も落ちてはこなかったし、何かがその小さな青い円をふさいだりもしなかった。やがて父親がロープを持ってやってきて、JPはまもなく住みなれたもとの世界に戻った。

「続けなよ、JP、それでどうなったんだい?」と僕は言う。

十八か十九でハイスクールを卒業したが、これといってやりたい仕事も思いつかなかった。そんなある日、彼は町の反対側に住んでいる友人を訪れた。友人の家には暖炉があった。JPと友人はビールを飲みながら気楽なおしゃべりをした。レコードも何枚か聴いた。そのうちに玄関のベルが鳴る。友人がドアを開けると、そこには若い女が煙突掃除の道具を持って立っている。彼女はトップハットをかぶっていたので、JPはすっかり仰天してしまった。「暖炉掃除の予約をいただいたんですけど」と彼女はJPの友人に言う。友人は彼女を中に入れ、丁重におじぎをする。若い女は彼のことなんかぜんぜん相手にもしない。炉床に毛布を広げ、その上に道具を広げる。彼女は黒いズボンに黒いシャツ、黒い靴に黒い靴下といういでたちだった。もちろんその時にはもうトップハットはとっていた。もう見てるだけで頭がくらくらしちゃったなあ、とJPは言う。彼女が煙突掃除をやっているあいだ、JPと友人はビールを飲んだりレコードを聴いたりする。しかしそうしながらも二人は彼女と彼女の仕事ぶりにずっと目を奪われている。時おりJPと友人は顔を見合わせてニヤリとしたり、ウィンクしあったりする。娘の上半身が煙突に隠れてしまうと、二人は眉をあげて「凄いなあ」という顔をする。ちょっとした美人だったしね、とJPは言った。

仕事を終えると彼女は道具を毛布にくるくると巻いた。そして友人の両親が用意しておいた小切手を受けとった。それから友人に向かって「お望みならキスしてもいいわよ」と言った。「幸運のおまじないってことになってるの」これでJPはもうすっかり参ってしまう。友人の方は大きく目をむいて、またちょっとおどけた。それからたぶん顔を赤らめて彼女の頰にキスした。この時JPはちょっとした決心をした。ビールをテーブルに置き、ソファーから立ち上がる。そしてもう帰ろうとする娘のところに行った。

「俺もいいかな？」とJPは彼女に訊ねた。

娘は彼を一瞥した。心臓がドキドキドキしちゃったよ、と彼は言う。娘はロキシーという名前だった。

「ええ、かまわないわよ」とロキシーは言う。「ちゃんとおまけのぶんのキスも持ちあわせてるから」そして彼の唇にきちんとキスすると、背中を向けて歩きだした。

ＪＰは素早くそのあとを追ってポーチに駆けつけた。そして彼女のためにスクリーンドアを開けてやった。それから彼女と一緒にポーチの階段を下り、彼女のパネル・トラックが停めてある車寄せまで歩いた。なにがなんだかよくわからないうちにそうしちゃったんだとＪＰは言う。彼女の他にはもう何ひとつ目に入らなかったな。なにしろ体がゾクゾクするような女の子にやっと巡りあえたわけだからね。彼女のキスの感触が唇の上にまだ熱く残っていたよ……云々。彼にはうまく気持ちを整理することができなかった。気持ちがひどく昂っていて、体がばらばらになってしまいそうだった。

彼はパネル・トラックの後部ドアを開けて、彼女が道具をしまうのを手伝った。「ありがとう」と彼女は言った。それから彼は、もう一度君に会いたいな、と切りだした。そのうちに一緒に映画に行かない？　そしてその時、彼は自分がやりたかった仕事にやっと巡りあえたことに気づいた。彼は彼女と同じ仕事——煙突掃除がやりたいのだ。しかしそのことについては彼は口に出さずに心に留めておくことにした。

彼女は腰に手をやってＪＰを検分した。それからフロント・シートにあった名刺を持ってきて彼に渡した。「今晩の十時過ぎにここに電話してちょうだい。その時話しましょう。もう行かなくちゃ」彼女はトップハットをかぶり、それをとり、もう一度ＪＰを眺めた。にやっと笑ったところをみると、彼女はその眺めがけっこう気に入っているようだった。口のわきにすすがついてるよ、と彼は教えてやった。それから彼女はトラックに乗りこみ、警笛を鳴らして去っていった。

「それからどうなったんだい」と僕は言う。「先を話してくれよ、ＪＰ」

僕はその話に興味を引かれていた。しかしもしそれがある日馬蹄投げをやることにきめたといったような話であったとしても、僕は熱心に聞いていたんじゃないかと思う。

昨夜は雨だった。谷の向こう側の丘の上には雲がたなびいていた。ＪＰは咳払いをして、丘と雲を眺めていた。顎を手で引っぱった。それから話のつづきを始めた。

ロキシーと彼は何度かデートをした。それにつれて少しずつ彼は、自分も彼女の仕事に加わりたいことを打ち明けていった。しかしロキシーは父親や兄弟と組んで仕事していたし、人手は間に合っていた。これ以上人を増やす必要もない。それにいったいJPって何者なんだ？　JP……姓はなんていうんだ？　とにかくそんな奴に気をゆるすんじゃないぞ、と彼らは言った。

彼女とJPは何度か一緒に映画に行った。時おり踊りに行くこともあった。しかし彼らの恋人時代は主として、二人で煙突掃除をすることで過ぎ去っていった。どちらから言いだすともなく、二人は一緒になることについて話し合っていた、とJPは言う。そしてやがて二人はめでたく結婚する。JPの新しい義父は彼を共同経営者として受け入れてくれる。一年ばかりあとでロキシーは子供を出産する。彼女は煙突清掃の仕事をやめた。少くとも実際に労働することはやめた。ほどなく彼女に二人めの子供が生まれた。JPはそのころには二十代の半ばになっていた。家も買おうとしていた。人生は幸福だったよ、と彼は言う。「いろんなことがとてもうまく運んでいたからね」と彼は言う。「ほしいものはみんな手に入れた。可愛い妻も子供もいるし、仕事だって望みどおりのものだった」しかしどういうわけか――我々が何をするか、なぜそうするかなんて、いったい誰にわかるだろう――酒量は増えていった。長いあいだ彼はビールばかり飲んでいた。どんなビールでも、ビールでさえあればよかった。ビールだったら一日二十四時間だって飲んでいられたよ、と彼は言う。夜になるといつもテレビの前に座ってビールを飲んだ。まあほんの時たまもっと強い酒を飲むこともあったけれど、それは町に出た時や、客のある時に限られていたし、彼らはあまり町に出る方ではなかった。しかしある時点から、どうしてそうなったのか本人にもよくわからないのだけれど、彼はビールをやめて、ジン・トニックを飲むようになった。そして彼は夕食後にもテレビの前に座ってジン・トニックを飲んだ。彼の手には常にジン・トニックのグラスがあった。ジン・トニックの味がすごく気に入っちゃったんだよ、と彼は言う。仕事が終わると、家に帰る前にちょっと寄り道して何杯かひっかけ、家に帰ってまた何杯か飲むようになった。そのうちにちょくちょく夕食をすっぽかすようになった。ぜんぜん帰ってこないか、帰ってきても料理には手もつけなかった。バーのつまみで腹がいっぱいなのだ。時々彼は家に帰ってくるとべつにたいした理由もなしに玄関から弁当箱を居間に向かって放り投げた。ロキシーが怒ってどなると、彼はくるりと背中を向けてまた外に出ていった。酒を飲み出す時間が昼下がりになった。それはまだ仕事をしているはずの時間だった。朝、仕事に出る前にも何杯か飲んだんだね、と彼は言う。歯を磨く前に一杯やるのさ。それからコーヒーを飲む。弁当を入れるボックスの中に、魔法瓶につめたウォッカを忍ばせるようになった。

ＪＰは話すのをやめ、しばし黙り込んだ。おい、どうしたんだい？　僕はちゃんと話を聴いてるんだぜ。ひとつには、彼の話が僕をリラックスさせてくれるからだ。彼の話に耳を傾けている限り、僕は自分の置かれた状況についてあれこれ考えずに済むわけだ。「どうしたんだい？　先を話せよ」少しあとで僕はそう言う。彼は顎を引っぱっている。しかしまもなくまたしゃべり始める。

ＪＰとロキシーは何度か本物の喧嘩をした。なぐりあいのことだよ。ＪＰは言う。一度なんか彼女は俺をこぶしでなぐって鼻を折っちゃったんだ。「ほら見てみなよ」と彼は言う。「ここだよ」彼は僕に鼻筋を横切っている線を見せてくれる。「鼻が折れてんだ」彼もお返しをした。一度は彼女の肩を脱臼させた。別の時には彼女の唇を切った。二人は子供たちの前でなぐりあった。事態はもう収拾のつかないところまで来ていた。それでも彼は飲みつづけた。やめることはできなかった。何をもってしても彼が酒を飲むのをやめさせることはできなかった。ロキシーの父親と兄たちにぶんなぐってやると脅されてもだめだった。彼らはロキシーに、子供たちをつれてあんな奴とはわかれちまえ、と言った。しかしロキシーはこれは私の問題よ、と答えた。こういうことになったのも自分のせいなのだから、自分で解決しますと。

ＪＰはまた本格的に黙り込んでしまった。彼は肩を落とし、椅子に沈み込んでいる。そして丘と療養所のあいだの道路を走る車を眺めている。

僕が口を開く。「つづきが聞きたいよ、JP。話し続けた方がいい」

「どうだろうな」と彼は言う。そして肩をすくめる。

「大丈夫だよ」と僕は言う。話しちゃった方がいいよという意味だ。「さあ話しなよ、JP」

彼女が試したひとつの解決策は、とJPは言う、ボーイフレンドを見つけることだった。家の仕事やら子供の世話をしながら、よくそんな時間があったものだよな。

僕は彼の顔を見た。そしてちょっと驚いてしまう。彼はこれでちゃんとした大人なのだ。「もし本気で何かをしたいと思えば」と僕は言う。「時間くらい見つけられるものさ。時間は作り出すんだよ」

JPは頭を振った。「うん、そうだね」と彼は言う。

とにかく彼はそれに——ロキシーがボーイフレンドを作ったことに——気づき、怒り狂った。彼はむりやりロキシーの指から結婚指輪をむしりとり、ワイヤ・カッターでずたずたに切ってしまう。ああ、気分良かったねえ。この時すでに二人の喧嘩は第三ラウンドあたりに達していた。翌朝、仕事に行く途中、彼は飲酒運転で逮捕される。免許証を取り上げられる。車を運転して仕事に行くことができなくなる。でもまあいいさ、と彼は言う。その一週間前に酔払って屋根から落っこちて親指を折ってたんだ。

まあ首を折るのも時間の問題ってとこだったな。

彼は禁酒し、人生をもとの軌道に戻すてだてを考えるために、このフランク・マーティンの療養所にやってきた。しかし誰かに強制されてここにいたわけではない。僕だってそうだ。我々は監禁されてはいないのだ。もし出ていきたいと思えば、いつだって出ていくことはできた。ただ最低一週間の滞在は要望されていたし、彼らの表現を借りるなら二週間か一ヵ月の滞在が「強く推奨」されていた。

前にも言ったように、僕はフランク・マーティンの療養所に入るのは二度めだ。僕が一週間分の前払いの小切手にサインしようとして苦労しているのを見て、フランク・マーティンが言った。「クリスマスの前後というのは常に危いんだ。君はもう少し長くここにいるべきなんじゃないかな？　二週間というのはどうかね。二週間滞在してみるってのは無理かい？　考えておいてくれたまえ。なにも今ここで決めなくてもいいから」彼が小切手を親指で押さえてくれたので、僕はやっとサインすることができた。それから僕はガールフレンドを玄関まで送り、さよならを言った。「さよなら」と彼女は言って側柱によろけかかり、それからポーチに出た。夕方も近く、雨が降っていた。僕は戸口から窓に行き、カーテンの隙間から彼女が車で去っていくのを眺める。それは僕の車で、彼女は酔払っている。でも僕の方だって酔払っているし、僕にとくに何かができるというわけでもない。僕はラジエーターのそばにある大きな椅子のところまでいって腰を下ろした。テレビを見ていた何人かがこちらを見たが、その視線はまたゆっくりとテレビの画面に戻っていった。僕はそこにじっと座っていた。時々目を上げて画面に映っているものを眺めた。

その日の午後おそく、玄関のドアがばたんと開いて、JPが二人の大柄な男――あとでわかったことだが、義父と義兄だ――にはさみこまれるようにして運び込まれてきた。彼らはJPをつれて部屋を横切り、年嵩の方が彼の入所書類にサインし、フランク・マーティンに小切手を渡した。それから二人はJPを二階につれていった。たぶんベッドに押しこんだのだろう。まもなく年取った男ともう一人が下りてきて、玄関の方に向かった。こんなところに長居は無用という感じだった。一刻も早く手を切りたがっているように見えた。だからといって、もちろん彼らを責めることはできない。もし彼らの立場にあったら、僕だってやはりそうするかもしれない。

その一日半あとに、僕とJPはフロント・ポーチで顔を合わせた。我々は握手をし、天気について話した。JPには震えがでていた。我々は椅子に座り、手すりに足をかけた。そして椅子の中で体をのばした。まるでちょっと一服してのんびり猟犬の話でもしようか、といった雰囲気で。それからＪＰが自分の話を始めたのだ。

外は寒かったが、寒すぎるというほどではない。空は薄く曇っていた。途中でフランク・マーティンが葉巻の最後の一服をしに出てくる。彼はセーターのボタンを喉もとまではめている。フランク・マーティンはがっしりとした小男だ。ちぢれた白髪で、頭は小さく、体とのつりあいがとれていない。フランク・マーティンは葉巻をくわえ、胸のところで手を組んでいる。そしてくわえた葉巻を動かしながら谷の向こうをじっと見ている。立っている彼は拳闘選手みたいに見える。あるいは世間に精通した人物に見える。

ＪＰはまた黙り込んでいる。黙り込んでいるというか、ほとんど息もしていない。僕は煙草を石炭バケツに投げ入れると、ＪＰをじっと見つめる。ＪＰはずるずると椅子からすべり落ちる。それから彼は襟を引っぱり上げる。どうしたっていうんだろう、と僕はいぶかる。フランク・マーティンは組んだ腕をほどいて、ゆっくりと葉巻を一服する。彼の口から煙がおくり出される。それから顎をぐっと上げて丘の方を指した。「ジャック・ロンドンは昔、あの谷の向こうに広い土地を持っていた。君らの見ている緑の丘のちょうど向こう側だよ。でも彼はアルコールのおかげで死んだ。それを教訓にしなさい。彼は我々のうちの誰よりも優れた人間だった。しかし彼もまた酒を統御することができなかったんだよ」彼は葉巻の残りを眺めた。火は消えていた。彼はそれをバケツの中に放った。「君らもここにいるあいだに本が読みたくなったら、彼の『荒野の呼び声』というのを読むといい。題を聞いたことはあるかね？　もし読みたいんなら、中にある。半分犬で半分狼という動物の話なんだ。お説教はこれで終わり」彼はそう言う。それからぐいとズボンを引っぱり上げ、セーターを下げた。「私はもう中に入る」と彼は言った。「昼食の時に会おう」

「あの人の近くにいると自分が虫みたいに思えるんだ」とJPは言った。「彼が俺にそう感じさせるんだ、虫になったみたいに」JPは頭を振った。「でもジャック・ロンドンなんてすごい名前だな」と彼は言う。「俺もそんな名前がほしかったよ。今みたいなのじゃなくってさ」

いちばん最初は妻が僕をここにつれてきた。我々がまだ一緒に暮らしていて、いろんなものをなんとか立てなおそうと努力していたころのことだ。彼女は僕をつれてきたあと、一時間か二時間残ってフランク・マーティンと二人で話をしていた。それから帰っていった。フランク・マーティンが僕をわきに引っぱっていって言った。「我々は君を救うことができる。もし君がそれを望み、我々の言うことに耳を傾けてくれればね」でも彼らに僕を救えるかどうかなんて、そんなことはわからない。僕はある部分では救われたがっていた。しかしまた、僕の中には違う部分もあった。

そして今回は、ガールフレンドが車で僕をここにつれてきてくれた。彼女は僕の車を運転した。嵐みたいな雨が降っていた。道中ずっと二人でシャンパンを飲んだ。おかげで療養所の前に車を停めた時には我々はぐでんぐでんだった。彼女は僕を下ろし、そのまま向きを変えて家に帰ろうとした。彼女には彼女のやるべきことがあるのだ。ひとつには翌朝仕事に出なくてはならない。彼女は秘書の仕事をしていた。電気部品工場に勤め、まともな仕事をしていた。彼女にはまた生意気なティーン・エイジャーの息子がいた。僕は町で部屋をとって一晩寝てから帰りなよ、と言った。彼女がそうしたのかどうか、僕にはわからない。その日以来、彼女から連絡がないからだ。彼女は僕をフロント・ポーチに引っぱり上げ、フランク・マーティンのオフィスまでつき添っていって、「お客ですよお」と言った。それっきりだ。

でも僕はそのことで腹を立てているわけではない。だいたい家を追い出された僕を引き受けた時点で、自分がどんな目にあうことになるのか、彼女にはまるでわかってなかった。僕は彼女に同情していた。僕が同情した理由は、クリスマスの前日に彼女のパップ・テスト（子宮癌のテスト）の結果が出て、それがあまりおもわしくなかったせいだった。医者の診察を受けるように、それもできるだけ早急に、ということだった。そんなわけで、お互い酒を飲まずにはいられなかった。我々がやったのはとにかくべろんべろんに酔払うことだった。クリスマスの日にも我々はまだ酔払っていた。彼女は料理なんか作る気にならないと言ったので、レストランで食事をすることになった。我々二人と彼女の小うるさいティーン・エイジャーの息子は、いくつかのプレゼントの包みを開け、それからアパートの近所にあるステーキ・ハウスに行った。僕は腹いっぱいだったので、ロールパンとスープだけを取った。スープと一緒にワインをボトル一本飲んだ。彼女も少しワインを飲んだ。それから二人でブラディ・マリーを飲んだ。そのあとの二日、僕は塩をまぶしたナッツの他には何も食べなかった。そのかわりバーボンをがぶがぶ飲んだ。それから僕は彼女に言った。「ねえ、僕はそろそろここを出てった方がいいようだ。フランク・マーティンのところに戻ることにする」

彼女はちょっと出かけなくちゃいけないから、食事は自分で適当に食べといてよ、と息子に言いきかせた。しかし我々がさて出ていこうとすると、この憎たらしい子供は大声で叫んだ。「お前ら二人ともくたばっちまえ！　二度と帰ってくるな。事故で死んじまえばいいんだ！」まったく、なんてガキだ！

町を出る前に車を停めて、酒屋でシャンパンを三本買い込んだ。そしてまたどこかで停まってプラスティックのカップを買った。フライド・チキンも一箱を調達した。我々はシャンパンを飲み、ラジオの音楽を聴きながら、豪雨の中をフランク・マーティンの療養所に向かった。運転は彼女がやった。僕はラジオをいじりながらシャンパンをじゃんじゃん注いだ。小さなパーティーみたいにするつもりだったが、二人とも気分は沈んでいた。フライド・チキンには手もつけなかった。

たぶん彼女は家に無事たどりついたと思う。もしそうじゃなかったら、何かそういうニュースくらいは耳に届いているはずだ。しかし彼女から連絡はなかったし、僕も連絡はしなかった。たぶんもう新しい検査結果が出ているかもしれない。いや、まだ出ていないかもしれない。それともまったくの間違いで、べつの人のテスト結果がまわってきていたのかもしれない。でも彼女は僕の車を使っているし、彼女のところには僕の荷物も置いてある。そのうちにまた会うことになるだろう。

食事時を知らせる鐘が鳴った。ここには古い農家の鐘が吊るしてある。JPと僕は椅子から立ち上がり、中に入った。いずれにしてもポーチはぐっと冷えこみはじめていた。しゃべるたびに白い息が空中に浮かんだ。

大晦日の朝、妻に電話してみた。誰も出なかった。いいさ。でももしよくなかったとしても、こっちにいったい何ができる？　二週間前、電話で最後に話した時、我々は互いにどなりあった。僕は彼女に向かっていくつか悪態をついた。「アル中野郎！」と言って、彼女はがしゃんと受話器を置いた。

でも僕は今、彼女に話がしたかった。荷物もなんとかしなくてはいけない。彼女のところにも僕の荷物が置きっぱなしになっているのだ。

ここにいる仲間の一人に旅行ばかりしているのがいる。ヨーロッパやら何やらいろんなところに行っている。とにかく本人はそう言っている。仕事でね、と彼は言う。俺はちゃんとコントロールして酒を飲んでるし、こんなところに入る必要なんてまるでないんだ、とも言っている。でも彼はここに来た時のことをまるで覚えていない。しかし彼は自分がそれを覚えていないことを気にもしていない。笑いとばす。「記憶が一時的に途切れるくらいのことは誰にだってあるさ」と彼は言う。「そんなの何の証明にもならないよ」俺は酔払いじゃない――と彼は言い、我々は傾聴する。「まったくひどい濡れ衣さ」と彼は言う。「せっかく真面目に働いてるのに、こんな噂でも広がったら俺の将来はだいなしだよ」またこんな風にも言う。氷抜きの水割りだけを飲んでりゃ記憶をなくしたりしなくてもすむんだよ。みんなグラスに氷を入れたりするからいけないんだ。「エジプトに誰か知り合いいないかね？」と彼は訊ねる。「あそこにもちょっとコネが欲しいんだ」

大晦日の夕食にフランク・マーティンはステーキとベイクト・ポテトを出してくれた。僕は食欲をすっかり取り戻していた。僕は料理を全部たいらげた。それでもまだ腹が減っていた。僕はタイニーの皿に目をやった。なんだ、ほとんど手もつけてないじゃないか。彼のステーキは皿にのったまま冷めていた。タイニーにはかつての面影はなかった。気の毒に、彼は本当なら今晩は家に帰っていたはずなのだ。ローブを羽織ってスリッパを履き、テレビの前に座って細君の手でも握っているはずだった。それが今ではここを出ていくのを怯えている。無理もない。一度発作が起こったとなれば、もう一度起こったとしても不思議はないのだ。タイニーはあの日以来、もう気違いじみた経験談は話さなくなった。彼はひっそりと自分の中に閉じこもっていた。そのステーキをもらっていいかなと僕はタイニーに言った。彼は僕の方に皿を押しやった。

フランク・マーティンがケーキを見せるために部屋に入ってきた時、我々の何人かはまだ起きていて、テレビの前に座ってタイムズ・スクエアの情景を眺めていた。彼はそれを手に我々の一人一人に見せてまわった。手づくりのケーキなんかじゃなくて、ただのできあいのケーキだった。それでもケーキはケーキだ。白っぽい大きなケーキで、てっぺんにはピンクの字が入っていた。「新年おめでとう――一日ずつ確実に」と書いてある。

「ばかみたいなケーキなんかいらないや」とヨーロッパ通の男が言った。「シャンパンはどこだ？」そう言って笑う。

我々はみんなで食堂に移った。フランク・マーティンがケーキを切る。僕はJPの隣に座った。JPはケーキを二切れ食べ、コークを飲んだ。僕は一切れだけ食べ、一切れをあとで食べるためにナプキンに包んだ。

JPは煙草に火をつけ――手はもうしっかりしている――明日の朝女房が訪ねてきてくれるんだ、と僕に言った。元旦の朝だ。

「すごいじゃないか」と僕は言って肯く。僕は指についた粉砂糖をなめる。「よかったね、JP」

「あんたに紹介するよ」と彼は言う。

「そりゃ楽しみだな」と僕は言う。

おやすみ、と我々は言う。新年おめでとう。僕はナプキンで指を拭く。そして握手する。

もう一度公衆電話に小銭を入れ、コレクト・コールで妻に電話をかける。しかし今度も誰も出なかった。ガールフレンドに電話してみようと思う。しかしダイヤルを回している途中で、彼女と話したいという気持ちが失せていることに気づく。彼女はたぶん家にいて、僕の見ていたのと同じテレビ番組を見ていることだろう。でもいずれにしても、彼女と話したいとは思わない。彼女が元気であってほしいと思う。でももし何かまずいことになっていたとしたら、そんな話を聞きたくない。

朝食のあとで僕とJPはコーヒーを持ってポーチに出る。空は晴れていたが、セーターとジャケットがいるくらい冷えている。

「子供をつれてきた方がいいかって女房にきかれたんだけどさ」JPは言う。「家に置いてこいって言ったんだ。そうだろ？　まったく、こんなとこに子供なんて連れてこられないじゃないか」

石炭バケツを灰皿がわりにして二人で煙草を吸う。そして昔ジャック・ロンドンが住んでいた谷の向こう側を眺める。何杯めかのコーヒーを飲んでいると一台の車が道路からそれて車寄せに入ってくる。

下りる。

「彼女だよ！」とJPは言う。彼はカップを椅子のわきに置き、立ち上がって階段を下りる。

女は車を停め、ブレーキをセットする。JPがドアを開けてやる。女が車から出てきて、二人は抱き合う。僕は目をそらせる。それからまたそっちを見る。JPは彼女の手をとってポーチに上がってくる。この女がかつては一人の男の鼻を砕いたのだ。そして二人の子供と深刻なトラブルを抱えていたのだ。しかし彼女はこの傍にいる男を愛しているのだ。僕は椅子から立ち上がる。

「この人は俺の友だちなんだ」とJPは細君に言う。そして僕に言う、「これ、ロキシーだよ」

ロキシーは僕の手をとる。すらりとした綺麗な女性だった。毛糸の帽子をかぶっていた。コートとぶ厚いセーター、それにズボンをはいている。僕はJPが彼女のボーイフレンドやらワイヤ・カッターやらについて話したことをいろいろと思いだす。たしかに彼女の指には結婚指輪はない。それはどこかでバラバラになっているのだ。彼女の手は幅が広く、関節が大きい。必要があれば立派なパンチが送り出せるだろう。

「いろいろ話は聞きましたよ」と僕は言う。「JPはあなたと初めて会った時のことなんかを話してくれたんですよ。煙突のこととかね」

「ええ、煙突ね」と彼女は言う。「話してないこともいっぱいあるんじゃないかしら」と彼女は言う。「きっといろいろ隠してるはずよ」そして笑う。それから――もう我慢できないといった風に――腕をJPの脇腹にまわし、彼の頬にキスする。そして二人はドアに向かう。「お会いできて良かったわ」と彼女は振り返って言う。「ねえ、この人、自分のことを業界随一の煙突掃除人だって言ったかしら？」

「さあ、行こうぜ、ロキシー」とJPは言う。彼の手はドアのノブにかかっている。

「ぜんぶあなたに教わったんだって言ってましたよ」と僕。

「ええ、それは言えるわね」と彼女。そしてまた笑う。でも何かべつのことを考えてるみたいな笑い方だ。JPはノブを回す。ロキシーは彼の手に手を重ねる。「ねえ、ジョー、町で食事しない？　外で二人で昼ごはん食べるってわけにはいかないの？」

JPは咳払いする。「まだ一週間もたってないからね」と彼は言う。ノブから手を離し、自分の顎をさわる。「ちょっと外に出るってのはいろんな手前うまくないと思うんだ。中でコーヒーでも飲もう」

「いいわよ」と彼女は言う。彼女の目はまた僕の方を向く。「でもジョーにお友だちができて良かった。お会いできて嬉しかったわ」

二人は中に入りかけた。すごく馬鹿げたことだということはわかってはいたが、僕は思わず彼女に声をかけた。「ロキシー」と僕は言う。二人はドアのところで立ち止まって僕を見る。「僕にはちょっとした幸運が必要なんだ」と僕は言う。「冗談抜きで君におまじないのキスをしてもらえたら嬉しいんだけどね」

JPは下を向く。ドアは開いているのに、彼はまだノブを押さえている。彼はノブをがしゃがしゃと回している。でも僕はじっと彼女を見つめる。ロキシーはにやっと笑う。「もう何年も煙突掃除はやっていないんだけど」と彼女は言う。「ジョーはそう言わなかった？　でもいいわ、キスしてあげる」

彼女は僕のところに来て僕の肩をつかみ——僕は背が高いのだ——唇にキスしてくれる。「どう？」と彼女。

「素敵だよ」と僕。

「お安い御用よ」と彼女。彼女はまだ僕の肩をつかんでいる。彼女はじっと僕の目をのぞきこむ。「幸運《グッド・ラック》を」と彼女は言う。そして僕から離れる。

「またあとでな」とJPが言う。彼はドアを大きく開け、二人は中に入る。

僕はポーチの階段に座って煙草に火をつける。僕は手の動きを眺め、それからマッチの火を吹き消す。手に震えがきている。朝から始まったのだ。朝、酒が飲みたいと思った。気が滅入ってしまう。でもJPにはそのことは黙っていた。僕はべつのことで気を紛らわそうと努力する。

僕はＪＰからいろいろと聞かされた煙突掃除のことを考えてみる。煙突掃除のことを考えていると、どういうわけか僕と妻が以前住んでいた家のことを思い出した。その家には煙突なんてなかったから、どうしてそんなことを思い出したのかよくわからない。でも、僕はその家を思い出し、そこに住んで二、三週間くらいたったある朝、外の物音で目を覚ましたことを思い出す。日曜日の朝で時刻はまだ早く、部屋は暗かった。しかし部屋の窓からは朝の淡い光が射し込んでいた。僕は聴き耳をたてた。家の外側で何かをこするようなこりこりという音がした。僕はとび起きて窓に行った。

「どうしたの！」と妻は言ってベッドに起きあがり、顔にかかった髪を払った。それから笑いだした。「ヴェンチュリニさんよ」と彼女は言った。「あなたに言うの忘れたわ。今日、家のペンキを塗りに来ることになってたの。朝早く、暑くなる前にやりたいんだって。すっかり忘れちゃってた」と彼女は言ってまた笑う。「ベッドにお戻りなさいよ。大家さんなんだから」

「いま行くよ」と僕は言う。

僕は窓のカーテンを持ち上げる。外には白い作業服を着た老人が梯子のわきに立っている。太陽は山の端からわずかに顔をのぞかせたばかりだ。老人と僕は互いに顔を合わせた。オーケー、たしかに家主だ——作業着を着た老人。でもその作業着は彼には大きすぎる。髭も剃っていない。そしてはげ頭を隠すために野球帽をかぶっている。これまでに見た中でもピカ一の気色悪いおっさんだ。その時、僕は自分が自分であって彼ではないことですごく幸せな気分になった。僕は僕で、妻と一緒にベッドルームにいる。

彼は親指をぐいと太陽の方へ向けて、額の汗を拭くふりをする。あまり時間がないんだよな、と僕に言っているのだ。それからおっさんはニタッと笑う。僕は自分が裸だったことにやっと気づく。僕は自分の体を見下ろし、また彼を見て、肩をすくめる。朝だもの、当然じゃないか。

妻が笑う。「ねえったら」と彼女は言う。「さあ、ベッドに戻って。今すぐよ。ほら、いいからいらっしゃい」

僕はカーテンを下ろす。でも僕はまだ窓の前に立っている。大家は一人で肯いている。「そうだよ、お兄さん、ベッドに戻んな。わかってってから」といった感じだ。彼は帽子のつばをぎゅっと引っぱる。それから仕事にとりかかる。バケツを手にとる。梯子をのぼりはじめる。

僕は階段にもたれかかり、足を組む。夕方前にもう一度女房に電話してみよう。それからガールフレンドに電話をかけて、どうなったかきいてみよう。でもあの小うるさい息子が出てくるのはごめんだな。あいつがどこかに何かをやりに出かけていて、家の中でごろごろしてないことを祈りつつ電話するしかない。そういえば僕はジャック・ロンドンのものを何か読んだことがあったっけ？ 思い出せないな。でも高校生の時に短いものをひとつ読んだ。「焚火」っていう題のやつだ。ユーコンで一人の男が寒さに凍えている。そういうところを想像してもらいたい。うまく火をおこさなければ本当に凍死するしかないのだ。火がおこせれば靴下や服も乾かせるし、体だって暖められる。

彼は火をおこすのだけど、まずいことが起こる。枝につもった雪がどさっと落ちてきて火を消してしまうのだ。一方、気温はどんどん下がっていく。夜が近づいている。

僕はポケットから小銭を引っぱり出す。先に女房にかけよう。もし彼女が出たら、新年おめでとうって言おう。でも、それだけだ。ややこしい話はなし。声も荒げない。彼女があれこれ持ちだしてきてもだ。今どこから電話してるのって彼女が訊いたら、ちゃんと答えなくちゃなるまい。新年の決意については何も言うまい。それは浮わついた気持ちで口にするようなことではない。彼女と話したあとで、ガールフレンドに電話しよう。いや、そっちを先にした方がいいかな？　本当にあの子供が電話に出ないといいいいんだけどな。「やあ、シュガー」彼女が出たらそう言おう。「僕だよ」

列車

ジョン・チーヴァーに捧げる

The Train

女はミス・デントと呼ばれていた。彼女は一人の男に向かって銃を突き付けていた。その夜のまだ早い時刻のことだった。彼女は男を地面にはいつくばらせ、命乞いをさせた。男の目に涙が溢れて、その手が落ち葉をかきむしっているあいだ、彼女はリヴォルヴァーの銃口を男にぴたりと向けて、相手を責めた。彼女は男に思い知らせてやろうとしたのだ。他人の気持ちをいつまでもそんな風に踏みつけにしつづけることはできないのだ、と。「動かないで！」と彼女は言った。でも男は指を土の中にめりこませて、恐怖のゆえに足を少し動かしただけのことだったのだ。話が終わり、相手についで思いつくかぎりのことを洗いざらい口に出してしまうと、彼女は片足を男の後頭部に載せて、その顔を地面にぎゅっと押し付けた。それから銃をハンドバッグに収め、鉄道の駅に戻った。

彼女はハンドバッグを膝の上に置き、人気のない待合室のベンチに座っていた。切符売り場は閉まっていた。あたりには人影はなかった。駅の外の駐車場さえ空っぽだった。彼女は壁にかかった大きな掛け時計にじっと目を注いでいた。彼女はもう男のことを考えたくなかった。男が自分の手に入れたいものを手に入れたあとで、彼女に対してどんな風に振る舞ったかということも。でも私にはこれから先、長いあいだ、あいつが膝をついたときに鼻から出した音のことを忘れられないだろうと彼女は思った。彼女は息をついて、目を閉じた。そして列車の音が聞こえてくるのを待った。

待合室のドアが開いた。ミス・デントがそっちに目をやると、二人の人間が中に入ってくるのが見えた。一人は年老いた男で、髪は白く、白い絹のスカーフを巻いていた。もう一人はアイ・シャドウと口紅をつけて、ローズ色のニットの服を着た中年の女だった。日が暮れてからあたりは冷えこみはじめていたが、どちらもコートを着ていなかった。そして男の方は靴だってはいていなかった。二人は、待合室に先客がいたことにびっくりしたようで、入口に立ちすくんでしまった。二人は彼女がいたことでがっかりしたようだったが、それを顔に出すまいと努力した。女が老人に何か言ったが、彼女が何を言ったのかミス・デントには聞きとれなかった。二人は待合室に入ってきた。ミス・デントには二人が気を昂らせているように思えた。何処かから大急ぎで出てきて、それについて何か口にすることもまだ覚束ないという風だった。あるいはまた、ミス・デントの目には、二人はかなり酒を飲みすぎているようにも映った。

女と白髪の老人は掛け時計を見た。まるで彼らの置かれた状況について、そして彼らがこれからどういう行動を取るべきかについて、その時計が何か指針を与えてくれるのではないかというような目付きで。

ミス・デントも時計に目をやった。列車が何時に到着して、何時に出発するかについて、待合室には何の表示もなかった。でも彼女はいくらだって待つつもりでいた。じっと待っていればそのうちに列車はやってくるし、それに乗ればこんなところからはおさらばできるのだ。

「今晩は」と老人がミス・デントに向かって言った。この人はまるで、これがごく普通の夏の宵で、自分はひとかどの人間で、靴をはいて夜会服に身を包んでいるかのようなしゃべり方をする、と彼女は思った。

「今晩は」とミス・デントも言った。

ニットの服を着た女はミス・デントに対して、この待合室にあなたがいたことを自分は決して快く思っていないのだということを、やんわりと思い知らせるような視線を向けた。

老人と女は、ミス・デントの真向かいのベンチに腰を下ろした。老人がズボンの膝の部分をちょっとたくしあげて、足を組みあわせ、靴下だけの足をゆらゆらと揺するのを彼女は見ていた。彼はシャツのポケットから煙草の箱とシガレット・ホルダーを取り出した。そして煙草をホルダーに差し込み、シャツのポケットに手を伸ばした。それからズボンのポケットを探った。

「マッチがない」と彼は言った。

「私は煙草は吸いません」と女は言った。「もし私のことをいささかなりとも知ってらっしゃるなら、それくらいのことは当然御存じのはずじゃないかしら。どうしてもお吸いになりたければ、あの女の方がマッチを持ってらっしゃるかもしれなくてよ」女は顎をしゃくるようにして、ミス・デントにきっとした目を向けた。

でもミス・デントは首を振った。そしてハンドバッグを手もとに引き寄せた。膝をぴったりと合わせ、バッグをぎゅっと握りしめた。

「あげくの果てにマッチがないときた」と白髪の老人は言った。彼はもう一度ポケットの中を調べた。それから溜め息をついて、ホルダーから煙草を抜き取り、それを箱の中に戻した。そして煙草とシガレット・ホルダーをシャツのポケットにしまった。

女はミス・デントの理解できない言葉でしゃべりはじめた。イタリア語かしらと彼女は思った。というのは、その機関銃のような早口の言葉は、映画の中でソフィア・ローレンがしゃべっていた言葉に響きがよく似ていたからだ。

老人は首を振った。「聞き取れないよ。そんな早口でしゃべられちゃ、わかるわけないじゃないか。もう少しゆっくりしゃべってくれ。英語をしゃべりなさい。聞き取れないよ」と彼は言った。

ミス・デントはハンドバッグを握りしめていた指の力をゆるめ、ハンドバッグを膝の上からどかせて、ベンチの隣に置いた。そしてその留め金をじっと見た。私はいったいどうすればいいのだろう、と彼女は思った。それは狭い待合室だった。彼女としては出し抜けに立ち上がってほかの席に移るというようなことは避けたかった。彼女の目は時計の方に向けられた。

「あそこにいる阿呆な連中に、私は我慢できないのよ」と女は言った。「あれはもうとんでもないわよ！　筆舌につくしがたいとはまさにあのことよ。やれやれ！」と女は言って、頭を振った。そしてぐったりと疲れきったようにベンチに沈みこんだ。それから目を上にあげて、しばし天井を見つめた。

老人はシルクのスカーフを指の間にはさんで、その生地をあてもなくしごきはじめた。そしてシャツのボタンを外して、スカーフをその中にたくしこんだ。女が話しつづけている間、彼はべつのことを考えているようだった。

「気の毒なのはあの娘よ」と女が言った。「あの可哀そうな子は脳足りんや毒蛇どものうようよした家にひとりぼっちでいるのよ。私が気の毒に思うのはあの子一人だけだわ。そしてツケを払うことになるのもあの子なのよ。他のやつらなんて何をする気もないんだから。とりわけあのニック船長というようなど阿呆なんかにはね！　あんなやつ、何の役にも立ちやしない。立つわけないわよ」と女は言った。

老人は目を上げて、待合室の中をぐるりと見回した。そしてミス・デントをひとしきりじっと見た。

ミス・デントは老人の肩越しに、窓の外を見た。窓の向こうには丈の高い街灯が見えた。その光は空っぽの駐車場の上でこうこうと輝いていた。彼女は膝の上で両手を組み合わせ、自分の抱えた問題に意識を集中させようとした。でも二人の話はいやでも耳に入ってきた。

「これだけは言えるわ」と女は言った。「私に関心が持てる相手はせいぜいあの娘くらいよ。あの一族の他の連中がどうなったところで、そんなこと知ったことですか。あいつらなんて、全部ひとつにひっくるめて、カフェオレだとか、煙草だとか、スイスの高価なチョコレートだとか、あのろくでもないコンゴウインコどもだとか、せいぜいその辺のものにしか関わりのない存在なのよ。それ以外のことになんて、あいつらはこれっぽっちも関心がないのよ」と女は言った。「ものなんか何も考えちゃいないわよ。あの一味にこれから二度と会わないですむとしたら、それこそ残念至極ってもんだわよ。私の言ってることわかる？」

「もちろんわかるさ」と老人は言った。「当然だ」彼は両足を床に下ろし、それから足を組み直した。「でも今はそんなにカリカリしなさんな」と彼は言った。

「カリカリするな、ですって。ねえあなた、ちょっと自分の姿を鏡で見てみれば？」と女が言った。

「私のことは気にせんでくれ」と老人は言った。「もっとひどい目にもあってきたさ。でも五体無事でここにいるじゃないか」彼は静かに笑い、首を振った。「私のことは気にせんでよろしい」

「私があなたのことを気にしないでいられるわけがないでしょう」と女は言った。「私が気にしなければ、いったい他の誰があなたのことを気にしてくれるかしら？ あのハンドバッグを持った女の人が気にしてくれるっていうの？」と女は言って、しばらく口をつぐみ、ぎらっとした目でミス・デントのことをさんざん睨みつけた。「私、真剣に言ってるのよ、あなた《アミーコ・ミオ》。自分のこと見てごらんなさいよ！ 他に考えなくちゃならないことが山ほどあるからなんとかもってるけど、そうじゃなかったら、私は今ここでもう神経がいかれちゃってたかもしれないわよ。ねえ、私が気にしなかったら、いったい他の誰があなたのことを気にするのよ？　言ってよ、誰が気にするのよ？　真剣に質問してるんだから、ちゃんと答えてよね」と女は言った。「そんなにお利口なら答えてちょうだいよ」

　白髪の老人は立ち上がり、それからまた座った。「もういいから、私のことは気にしないでくれ」と彼は言った。「他の誰かのことでも考えてなさい。気にするんなら、あの娘とニック船長のことでも気にしてなさい。彼がこう言ったとき、君は別の部屋にいただろう、『俺はマジじゃないが、でもあの子には惚れてるね』って。彼は実にそのとおりに言ったんだ」

「そんなことになるんじゃないかと思っていたわ！」と女は叫んだ。彼女は指をぴたりとくっつけたまま両手をこめかみのところに上げた。「あなたの口からそんなようなことを聞かされるんじゃないかと思っていたわ！　でもいずれにせよ、私は驚きはしない。驚くもんですか。ヒョウは斑点を変えられないって、まあ、よく言ったものよね。人間、長生きするもんよ。でもあなたいつになったら目が覚めるのよ、このボケ爺さん？　さあ、ちゃんと質問に答えて」と女は言った。「ロバみたいに、まず板っきれでおでこをごつんと一発ぶたれなくちゃわからないの？　やれやれ《オー・ディオ・ミオ》！　鏡の前に立って、ちょっと自分の姿を見てごらんなさいよ」と女は言った。「自分がどんな格好してるかせいぜい見ればいいわよ」

　老人はベンチを立って、水飲み場の方に行った。彼は片手を背中の後ろにまわし、ノブを回して、屈みこむようにして水を飲んだ。それから彼は身を起こして、手の甲で顎をとんとんと叩いて拭った。それから両手を後ろに回して、待合室の中をぐるぐると歩きまわりはじめた。まるで遊歩道を歩いているみたいに。

　でもミス・デントには、彼の目が床や人気のないベンチや灰皿なんかをなめまわすようにじっと見ているのがわかった。この人はマッチを探しているんだ、と彼女は悟った。私がマッチを持ってなくて気の毒だったと彼女は思った。

　女は体の向きを変えて男の歩いていくあとを目で追った。彼女は声を荒げて言った。

「北極点のケンタッキー・フライド・チキンだって。パルカを着て長靴をはいたサンダーズ大佐だって。何よ、あれはいったい！　あれがまさに我慢の限界ってもんよ！」

　老人は返事をしなかった。彼は部屋の中の周遊を続け、正面の窓のところで足をとめた。窓の前に立ち、手を後ろに組んで、空っぽの駐車場をじっと見つめた。

　女はミス・デントの方を向いた。彼女はドレスのわきの下の布地を引っぱった。

「今度アラスカ州ポイント・バローと、そこに住むアメリカン・エスキモーについてのホーム・ムーヴィーが見たくなったら、あの人たちにお願いすることにするわね。

まったく貴重なものを見せていただいたこと！　世間には限度ってものを知らない人間がいるのよね。気に入らない相手を退屈死にさせてやろうって考える人もいるのねえ。まったくあんたにも見せてあげたかったわよ」女は怒りを含んだ目でミス・デントのことをじっと睨んだ。文句があるならいいから言ってごらんよというように。

ミス・デントはハンドバッグを手に取って、膝の上に置いた。彼女は壁の時計に目をやった。時計の針はものすごくゆっくりと進んでいるみたいだった。だいたい進んでいるのかしら？

「あんた無口なのね」と女がミス・デントに向かって言った。「でも賭けてもいいわよ。あんたは誰かに水を向けられたら、べらべらしゃべりまくれる人なんだから。そうじゃない？　あんた、一筋縄じゃいかないわよね。隣で誰かが何もかも洗いざらいぶちまけてしゃべくっているときには、可愛いお口を閉じてつんと澄ましてた方が得だってわかってるのよね。図星でしょう？　ほら、深い川ほどなんとかって言うじゃない。深川さんってお名前かしら？　なんておっしゃるの？」と女が訊いた。「なんて呼ばれてらっしゃるのかしら？」

「ミス・デントです。でも私はあなたを存じ上げませんけれど」とミス・デントは言った。

「私だってあんたのことなんか知らないわよ！」と女は言った。

「知るわけないし、知りたくもないわよ。そこに座って、自分の考えたいことをせっせと考えていなさいな。いくら考えたって何も変わりゃしないけどね。でも私にはちゃあんとわかってますよ。どうせろくでもないことを考えてるんだってね」

老人は窓際の場所を離れて、外に出た。彼はまもなく戻ってきたが、そのときには火のついた煙草が入ったシガレット・ホルダーが手の中にあった。気分もさっきよりずっと良くなっているみたいだった。肩を後ろにそらせ、顎を前に突き出していた。

彼は女の隣に腰を下ろした。

「マッチをみつけたよ」と彼は言った。「すぐそこにあったんだ。縁石のすぐわきに、ブックマッチがひとつ落ちていた。きっと誰かが落としたんだな」

「あなたは基本的に運のいい人なのよ」と女が言った。「そしてあなたの置かれたような状況にあっては、それは大きなプラスなのよ。あなたのそういうところは、私もちゃんと承知していた。他の人はいざ知らずね。運がいいってのは大事なことよ」その女はミス・デントの方を見て言った。「ねえお嬢さん、私にはわかるのよ。あんたがこの人生で何度もいろんなところに頭をぶっつけてきた人だっていうことが。そうでしょう？　顔を見れば、それはちゃんとわかるわよ。でもあんたそれについちゃしゃべりたくないんでしょう。それならそれでかまわない。べつにしゃべることないわよ。しゃべるのは私たちが引き受けますから。でもあんただっていつか年を取る。そうすればいやでもしゃべらなくちゃならないことが出てくるのよ。まあ、私くらいの年になるのを楽しみにしていなさい。あるいはこの人くらいの年になるのをね」女はそう言って、老人の方に勢いよく親指を向けた。「やれやれ。でもね、いつかそうなるのよ。気がついたら、しっかりそうなってるわけ。わざわざ探し求める必要もないのよ。放っておいても向こうの方から勝手に来てくれるから」

ミス・デントはハンドバッグを手にベンチから立ち上がり、水飲み場に行った。彼女はそこで水を飲んで、二人の方を振り返った。老人は煙草を吸い終えていた。彼はホルダーに残った吸殻を取って、それをベンチの下に捨てた。ホルダーで手のひらをとんとんと打ち、吸口をふっと吹いてからホルダーを胸のポケットに戻した。そして彼もまたミス・デントに注意を向けた。彼はミス・デントの方をじっと見たまま、連れの女と同じように待ち受けていた。ミス・デントは覚悟をきめて何かしゃべろうとした。どこから話し始めればいいのか、彼女にはわからなかった。ハンドバッグの中に銃を持っているというところから始めればいいのかしら、と彼女は思った。私、今日の夕方に男を一人危うく殺しかけたんです、と言ったってかまわない。

でもそのときに、三人は列車の音を耳にした。最初に汽笛の音が聞こえた。それからかちゃんかちゃんという音が聞こえ、警鐘が聞こえた。それに合わせて踏切の遮断機が下りた。女と白髪の老人がベンチから立ち上がり、ドアの方に向かった。老人が連れの女のためにドアを開けた。それからミス・デントの方ににっこりと微笑みかけて、先に行きなさいと手で小さく合図した。彼女はハンドバッグをブラウスの前に抱えて、中年女のあとに続いて外に出た。

列車はもう一度汽笛を鳴らし、速度を緩めて、駅の正面にぎいいっと音を立てて停車した。機関車の運転台の灯が、線路の上で前後に揺れた。列車は短い二両編成だった。どちらの車両にもこうこうと明かりがついていたので、プラットフォームに立った三人には、列車がほとんど空っぽであることがすぐに見てとれた。でも彼らはそのことで別に驚きもしなかった。こんな時間に列車に少しとはいえ人が乗っていることの方がむしろ驚きだった。

数人の乗客はガラス窓の外を見て、こんな夜中にプラットフォームに立って列車を待っている客がいるなんて妙な話だなと思った。いったいどんな用があるというんだろう？　まともな人間ならそろそろみんな眠りに就こうという時間ではないか。駅の後ろの丘の上にある家々の台所はきれいに片付けられ、皿洗い機はもうとっくにその仕事を終了させていた。すべてはもとあった場所に収まっていた。子供の寝室には常夜灯がついていた。何人かの十代の少女たちはまだ小説を読んでいるかもしれない。彼女たちは本を読みながら、指で髪の房をくるくると捻じっているかもしれない。でもテレビはもう消えはじめている。夫や妻たちはそれぞれの寝支度を始めている。二台の車両の中にぽつねんと座った半ダースかそこらの乗客たちは、ガラス窓の外を見て、プラットフォームにいるこの三人はいったいどういう人たちなのだろうと首をひねっていた。

厚化粧をしてローズ色のニット・ドレスを着た中年の女がステップに足をかけて、列車に乗り込んでくるのを彼らは見た。その女の後ろから、しっかりとハンドバッグを握って、夏物のブラウスにスカートという格好をした若い女が続いた。その二人のあとからは、取り澄ました風情の老人がゆっくりとした動作でやってきた。老人は白髪で、白い絹のスカーフを首に巻いていたが、靴をはいていなかった。乗客たちは当然のことながら、その三人が一緒のグループだと思った。そしてこの三人がその夜どういう体験をしたにせよ、それは幸せな種類のものではなかったらしいと確信した。でも乗客たちは、それまでにもっとさまざまな物事を目にしてきた。世界はありとあらゆる種類の物事で満ち溢れているのだ。彼らにはそれがよくわかっている。この程度ですんでまだよかったとも言える。そんなわけで、通路を歩いてきてそれぞれの席を占めた三人組に、乗客たちはそれ以上の関心をほとんど払わなかった。女と白髪の老人は隣あって座った。ハンドバッグを持った女はその何列か後ろの席に座った。乗客たちは窓の向こうの駅をじっと見つめ、列車が駅に着いたことによって一時中断されていたそれぞれの考えごとに戻っていった。

車掌が線路の先の方を見た。それから列車がやってきたもとの方向を見やった。彼はランタンを手にした腕を上にあげ、機関士に合図を送った。機関士はその合図を待っていたのだ。彼はダイアルを回し、レバーを下にさげた。列車は前に動きだした。最初はゆっくりと、でも少しずつ加速をつけて。それはさらにどんどん速度を上げて、やがて前と同じように、暗闇に包まれた田園の中を飛ぶように走り抜けていった。こうこうと明かりに照らされた車両は、その明かりを足下の線路に注いでいた。

熱

Fever

カーライルは困っていた。彼は夏じゅうずっと困っていた。六月の初めに妻が家を出ていって以来ずっとだ。でもつい最近まで、つまり彼の高校の授業が始まる二、三日前まで、カーライルはベビーシッターを必要とはしなかった。自分で子供たちの世話をしていたからだ。毎日、昼も夜も、彼は子供たちに付き添っていた。お母さんは遠くに旅行に行っちゃったんだよ、と子供たちには説明した。

彼が雇った最初のベビーシッターのデビーは、十九歳の太った娘だった。私の家は大家族なんです、だから子供たちは私になつくんです、と彼女はカーライルに言った。もし御心配でしたらこちらに問い合わせてみて下さいと言ってふたつばかり名前をあげた。彼女はその名前を鉛筆でノートの紙に書いた。カーライルはその名前を読んでから、紙を畳んでシャツのポケットに入れた。明日クラスのミーティングがあるんだと彼は言った。明日の朝から仕事を始めてもらえるだろうか。「わかりました」と彼女は言った。

俺の人生は新しい段階に入ったんだ、と彼は思った。アイリーンはカーライルが通信簿作りをしている間に、家出してしまったのだ。私は南カリフォルニアに行って人生をやりなおします、と彼女は言った。彼女はカーライルの高校の同僚であるリチャード・フープスと駆け落ちしたのだ。フープスは演劇の教師で、吹きガラスのインストラクターでもあった。彼は大急ぎで通信簿を提出してから荷物をまとめ、アイリーンと二人で手に手をとって町を出ていったらしい。苦悶に満ちた長い夏もようやく終わりかけていた。また新しい学期が始まろうとしていた。カーライルはベビーシッターをみつけなくてはならないという問題にやっと目を向けた。最初のうち事はうまく運ばなかった。必死になって、誰でもいいからなんとかみつけなくてはと探しまくって、やっとデビーに行き着いた。

最初彼は、電話をかけたらその娘がすぐにやってきたことでほっと胸をなでおろした。それで、まるで親戚に対するように、家も子供たちもすっかりまるごとその娘に明け渡してしまったのだ。だからもとはといえば、すべては彼の責任なのだ。もっとしっかり注意を払うべきだったのだ。ある日、午後の早い時間に学校から帰宅して、家の引き込み道に車を入れて、そこに停めてある車のバックミラーからフェルト製の大きなダイスが二個ぶらさがっているのを目にしたとき、彼はそう確信した。子供たちは前庭で、服を泥だらけにして、自分たちの手をまるごとぱくりと噛み切ってしまえそうなくらい図体の大きな犬と遊んでいた。それを見て彼の心臓は止まりそうになった。息子のキースはしゃくりあげながらおいおいと泣いていた。娘のサラは、彼が車から下りるとわあっと泣きだした。子供たちは芝生の上に座り、犬は彼らの手や顔をぺろぺろ嘗めていた。犬は彼に向かってううっと唸ったが、カーライルが子供たちの方に近づくと、脇にどいた。彼はキースを抱き上げ、それからサラを抱き上げた。片腕に一人ずつ子供を抱え、玄関のドアに向かった。家の中ではステレオが大音量で鳴り響き、正面の窓ガラスがびりびりと震えていた。

居間では三人のティーン・エイジの少年たちがコーヒー・テーブルの回りに座っていたが、彼の姿を見るとあわてて立ち上がった。ビールの瓶がテーブルの上に並び、灰皿では煙草が煙を上げていた。ステレオからはロッド・スチュアートの絶叫が聞こえた。ソファーの上では太っちょデビーが男の子と二人で並んで座っていた。彼女はカーライルが居間に入ってくると、あっけにとられたような目で彼を見た。娘のブラウスのボタンが外れていた。彼女は両足を体の下に折り曲げて座り、煙草を吹かしていた。居間には音楽と煙草の煙が充満していた。太った娘と彼女の友達は急いでソファーを立った。

「ミスター・カーライル、ちょっと待って下さい」とデビーが言った。「これにはわけがあるんです」

「わけなんか聞きたくない」とカーライルは言った。「さっさとここを出ていってくれ。一人残らずだ。放り出される前に出ていけ」彼は子供たちを抱きかかえた手にぎゅっと力をこめた。

「四日分のお給料は払って下さいね」と太った娘は慌ててブラウスのボタンをかけながら言った。彼女はまだ指に煙草をはさんでいた。ボタンをかけようとすると煙草の灰が下に落ちた。「今日の分は要りません。今日はなしでいいです。ミスター・カーライル、本当はこれ、あなたが思ってらっしゃるようなことじゃないんです。この人たちレコードを聴きにちょっと寄っただけなんです」

「ああそうだろうね」と彼は言った。そして子供たちをカーペットの上に下ろした。でも子供たちは彼の両方の脚にしがみついたまま、居間の中の人々を見ていた。デビーは子供たちを見て、それからゆっくりと首を振った。まるで初めて彼らを見るみたいに。「さあ、もう出ていけ!」とカーライルは言った。「早くさっさと出ていけ。一人残らず」

彼は自分で玄関のドアを開けた。少年たちはわざとらしくのろのろと行動した。彼らはビールを手に、だらだらした足取りでドアの方に向かった。ロッド・スチュアートのレコードがまだかかっていた。「あれ、俺のレコードだ」と一人が言った。「持っていけ」とカーライルは言った。彼は少年の方に一歩踏み出そうとしたが、思い直してやめた。「俺に触るなよな。触るんじゃないぜ」と少年は言った。彼はステレオのところに行って、アームを上げ、それをアームレストに戻し、まだ回っているターンテーブルからレコードを取った。

カーライルの手は震えていた。「一分以内にあそこから車が消えていなかったら――一分以内だ――警察を呼ぶからな」激しい怒りで彼はぼおっとして、気分が悪くなった。目の前に斑点がちらちら舞っているのがちゃんと見えた。

「ねえ、俺たち今帰ろうとしてんじゃない。そうでしょ?」とその少年は言った。

彼らは一列になって家から出ていった。外で、太った娘はちょっとつまずいた。彼女はよろめきながら車の方に行った。カーライルは彼女が歩をとめて、両手を顔にあてるのを見た。彼女はそういう格好でしばらく引き込み道に立っていた。それから一人の少年が彼女を後ろから押して、さあほらと言った。彼女は手を下におろして、それから車の後部席に乗り込んだ。

「今お父さんが綺麗な服を持ってきてあげるからね」とカーライルは平静な声を出そうとつとめながら子供たちに向かって言った。「お風呂に入れてあげる。新しい服に着替えて、そのあとでピッァでも食べにいこう。ピッァ食べたいだろう?」

「デビーはどこ?」とサラが訊いた。

「デビーはもういない」とカーライルは言った。

その夜、子供たちを寝かしつけたあとで、彼はキャロルに電話をかけた。キャロルは学校の同僚で、一ヵ月ほど前からつきあっていた。彼はキャロルにベビーシッターの顚末を話した。

「うちの子供たちはでかい犬と一緒に庭にいたんだ」と彼は言った。「狼みたいに大きな犬なんだよ。そのベビーシッターは不良のボーイフレンドたちと一緒に家の中にいたんだ。ロッド・スチュアートをがんがん鳴らしてね、うちの子供たちが外でわけのわからない犬と遊んでいるあいだ、さんざん飲んだくれてたんだ」彼は指をこめかみにあてて、話をしているあいだそこをじっと押さえていた。

「とんでもないことだわ」とキャロルは言った。「ひどい目にあったわねえ」彼女の声はどことなく不明瞭に響いた。彼女が受話器を顎の下にはさみこむところを彼は想像した。彼女は電話で話をしながら、そうする癖があるのだ。彼女がそうするのを以前目にしたことがあった。なんとなくいらいらさせられる癖だ。私、今からそっちに行きましょうか、と彼女は尋ねた。うん、行くわよ。私が行った方がいいでしょう？ベビーシッターに連絡してみるわね。そのあとで車でそっちに行けるから。私、行きたいのよ。誰かそばにいてほしいと思ったら、遠慮なんかしちゃだめよ、と彼女は言った。キャロルはカーライルが美術教師をしている高校の、校長室秘書の一人だった。彼女は離婚していて、子供が一人いた。神経過敏な十歳の男の子で、ダッジという名前だった。父親が自分の車と同じ名前をつけたのだ。

「いや、僕のことなら大丈夫だ」とカーライルは言った。「とにかくそんな風に言ってくれて嬉しいよ。ありがとう。子供たちはもう寝かしつけた。でも今夜誰かに会うというのは、なんというか、いささかしっくりこないんじゃないかっていう気がするんだ」

彼女はそれであっさりと引き下がった。「ねえ、いろいろと大変だったわね。でも今夜一人でいたいっていうあなたの気持ちはわかるわ。それは当然なことよ。明日学校で会いましょうね」

彼女が電話の向こうで、自分が何か口にするのを待っているのが気配でわかった。

「一週間もたってないのに、もうベビーシッターが二人だめになった」と彼は言った。「これじゃ頭がおかしくなっちゃうよ」

「そんなに思いこんじゃだめよ、ハニー」と彼女は言った。「何かいいことが出てくるわよ。この週末に私も人探しを手伝うから。きっとうまく行くわよ、ね」

「困ったときに君がいてくれて本当に助かるよ」と彼は言った。「君は僕にとっては実に得難い人だ」

「じゃあおやすみなさい」と彼女は言った。

電話を切ったあとで、なんで最後にもうちょっとマシな台詞を思いつけなかったんだろう、と彼は思った。彼はこれまでの人生においてそんな台詞を口にしたことは一度もなかった。彼らは愛人関係にあるわけではなかった。彼としてはそこまでのつもりはない。でも彼は彼女のことが好きだった。彼にとって今がきつい時期だということを彼女は承知していたし、特別なことは何も求めなかった。

アイリーンがカリフォルニアに行ってしまってから一ヵ月というもの、カーライルは目が覚めている時間を一分残らずすっかり全部子供たちのために使ってきた。俺がこんな風にしているのは妻に去られたショックのせいだろう、と彼は思った。でも彼としては、子供たちを自分の目の届かないところに行かせたくなかった。他の女とつきあいたいなんてまったく思わなかったし、もう当分そんなことはないだろうと考えていた。なんだか喪に服しているような気分だった。昼も夜も、子供たちの世話をしているうちに過ぎていった。彼は子供たちのために料理をした。彼自身は食欲なんて感じなかった。彼は子供たちの服を洗濯し、アイロンをかけた。子供たちを連れて郊外にドライブに行った。そこで彼らは花を摘み、持参した弁当のサンドイッチを食べた。子供たちをスーパー・マーケットに連れていって、好きなものを選ばせた。二、三日に一度は彼らを公園か、図書館か、あるいは動物園に連れていった。動物園に行くときには古くなったパンを持っていって、アヒルにそれをやった。夜、子供たちを寝かしつけるときに、カーライルは本を読んでやった。イソップやらハンス・クリスチャン・アンデルセンやらグリム兄弟やらを。

「ママはいつ帰ってくるの？」と子供たちのひとりが、お話の途中で尋ねることがあった。

「もうすぐだよ」と彼は答えた。「そのうちに帰ってくる。だから今はお話を聞きなさい」彼はお話を最後まで読んで聞かせ、おやすみのキスをして、明かりを消した。

子供たちが眠ってしまうと、彼は酒のグラスを手に、部屋から部屋へと家の中をあてもなくさまよい歩いた。そして自分に言い聞かせた。そうとも、遅かれ早かれアイリーンは戻ってくる。でもそう思う端から彼はこう口にした。「冗談じゃない。お前の顔なんか二度と見たくない。今度のことは絶対に許さないからな、馬鹿野郎」でも一分とたたないうちに彼はこう言った。「お願いだ、お前、帰ってきてくれ。お前のことを愛しているし、必要としているんだ。子供たちもお前のことを必要としているんだ」その夏、彼は夜中に何度かテレビの前で眠りこんでしまった。目が覚めるとテレビはまだついていて、画面にはさあっと白い線が走っていた。この時期、彼はずっと思っていた。もし仮にもう一度女とつきあうことになるとしても、それはずっと先のことだろうと。彼は閉じたままの本か雑誌を隣に置いて、テレビの前のソファーに座り、よくアイリーンのことを考えた。そんなとき、彼は妻の明るい笑い声を思い出した。あるいは彼女の手を。首が痛むと言うと、彼女はそこをさすってくれたものだった。そんなことを思い出すと、泣き出したいような気持ちになった。彼は思った。みんな、こういうことって他人の身にしか起こらないと思っているんだ、と。

　デビーの事件が起きるちょっと前、ショックと哀しみがいくぶんかは薄らいだ頃に、彼は求人斡旋会社に電話をかけて、自分の置かれた窮状を説明し、これこれこういう人手を求めているのだと言った。電話の相手はそれを書きとめ、折り返し連絡しますと言った。家事兼ベビーシッティングをやりたいという人の数はあまり多くないんです、でもなんとかみつけてみましょう、と言われた。クラスのミーティングと科目登録のある二、三日前に、彼はまた電話をかけてみた。翌日の朝いちばんにそちらに人を送ります、と彼らは言った。

やってきたのは三十五歳の女だった。毛深い腕をして、踵の片側の減った靴をはいていた。彼女は彼と握手し、彼の話を聴いた。子供たちについては質問ひとつしなかった。名前さえ尋ねなかった。子供たちが遊んでいる裏庭に連れていくと、女は何も言わずに子供たちをしばらくじろっと見ただけだった。彼女がやっと微笑んだとき、カーライルはその女の歯が一本欠けていることに気づいた。サラはクレヨンを置き、立ち上がってやってきて、彼の隣に立った。彼女はカーライルの手を取って、女をじっと見た。キースも女をじっと見た。それから自分の塗り絵に戻った。カーライルは女にわざわざ来てくれてありがとう、あらためてまた連絡すると言った。

その日の午後、彼はスーパー・マーケットの伝言板に貼ってあったインデックス・カードの電話番号を控えた。ベビーシッター引き受けます、御要望により信用照会状持参、と書いてあった。カーライルは電話をかけてみた。そしてその結果、太っちょのデビーを雇うことになったのだ。

夏の間に、アイリーンは二、三通の葉書や手紙と、自分の写真を何枚か、子供たち宛に送ってきた。そして家を出てから始めたという自筆のペン画を送ってきた。彼女はまたカーライル宛に長くてとりとめのない手紙を書いてきた。今回の件についてーー今回の件だと？ーーあなたに理解してほしいのです、でも私は今幸せです、と。幸せだって。幸福になるためなら何をやってもいいっていうのかよ、とカーライルは思った。彼女はこう書いていた。もしあなたが、あなたの言うように、私のことを本当に愛してくれているなら（愛してくれていると私は信じています）、こうなったことをあなたは理解し受け入れてくれるでしょう。私もまたあなたのことを愛しています。このことは忘れないで下さい。「真に結合していれば、その結合は永遠に解けないのです」と彼女は書いていた。彼女が自分たちの関係をさしてそう言っているのか、あるいはカリフォルニアでの新しい生活についてそう言っているのか、カーライルにはよくわからなかった。彼は結合なんていう言葉にはうんざりだった。俺たちと結合なんて言葉と何の関係があるって言うんだ。俺たちは会社を経営してたんじゃないんだぞ。こんな言い方はアイリーンらしくない。きっと頭がいかれちまったんだ、と彼は思った。彼はもう一度その箇所を読んで、それから手紙を握りつぶした。

でも数時間後に、彼は自分が投げすてた屑かごの中からその手紙を拾い上げた。そしてそれをクローゼットの棚の箱の中に入れた。箱の中には彼女の他の手紙や葉書も一緒に入っている。封筒のひとつには大きなひらひらとした帽子をかぶった、水着姿の彼女の写真が収められていた。厚手の紙に鉛筆で、川の土手に座った女の姿を描いた絵もあった。女は薄物を身にまとい、両手で目を覆い、肩を落としていた。これはたぶんアイリーンが現在の状況に対して心を痛めているということを示唆しているんだろう、とカーライルは推測した。大学で彼女は美術を専攻しており、彼との結婚を承知したときにも、これから先も自分の才能を伸ばしてなにかやっていきたいのだと言った。いいとも大賛成だよ、とカーライルは言った。君は君自身のためにその才能を伸ばすべきだ。僕ら二人のためにも伸ばすべきなんだ、と。その頃、二人は互いに愛しあっていた。間違いなく愛しあっていたのだ。俺はあいつを愛したようには、もう他のどんな女も愛せないだろうと彼は思った。そしてあんな風に愛されるという感じを味わうこともおそらくあるまい。そして八年間一緒に夫婦として生活を共にしたあとで、アイリーンはどこかに去って行ってしまったのだ。彼女の手紙の文句を借りるなら、「足を踏みだした」のだ。

キャロルと話したあとで、カーライルは子供たちの様子を見にいった。子供たちは眠っていた。それから彼は台所に行って酒を注いだ。アイリーンに電話をかけて子守騒動について話してみようかとも思ったが、結局思い直してやめた。彼は彼女の電話番号も住所ももちろん知っていた。でも彼はたった一度そこに電話しただけだったし、これまでのところ、まだ手紙一枚書いてはいなかった。それはひとつには状況に対してとまどっていたからであり、腹が立っていたからであり、屈辱を感じていたからだった。一度、夏の初めの頃、何杯か酒を飲んだあとで、惨めな思いをするのを覚悟の上で彼女に電話をかけてみた。リチャード・フープスが電話に出た。リチャードは「よう、カーライル」と言った。まるで今でも仲のいい友達同士であるみたいに。それから彼は何かちょっと思い出したみたいに「ああ、ちょっと待ってくれよな」と言った。

アイリーンが電話に出た。「やあ、カーライル、元気？　子供たちはどう？　あなたのことも聞かせてちょうだいな」子供たちは元気にしてる、と彼は言った。でも彼がそのあとをつづけようとすると彼女はそれを遮った。「子供たちのことはべつに心配してないわよ。あなたの方はどうなの？」それから彼女は久し振りにやっと自分の頭が正しい場所に収まっているような気がしていると言った。次に彼の頭とかカルマとかに話題を移した。私はあなたのカルマを調べてみたの、と言った。それは今すぐにも上向いてくるわよ。カーライルはこれはいったい何だと自分の耳を疑いながら、黙って話を聞いていた。それから彼は「なあ、アイリーン、ちょっと用事があるんだ、悪いけど」と言った。そして電話を切った。一分かそこらあとで、電話のベルが鳴ったが、彼は鳴らしっぱなしにしておいた。ベルが鳴り終わると、彼は受話器を外して、眠る直前までずっとそのままにしておいた。

彼は今彼女に電話をかけたかった。でも電話をするのが怖かった。彼は彼女のことが恋しかったし、彼女にいろいろと思いを打ち明けたかった。彼女の声が聞きたかった。優しくてしっかりとした声が。最近の躁病的な響きの混じった声とは違う昔の声が。でも電話をかけたら、リチャード・フープスが出てくるかもしれない。カーライルとしてはあんな奴の声なんて二度と耳にしたくない。リチャードとは三年間一緒の職場で働いてきたし、友達といってもまあおかしくはない間柄だったのだ。少なくとも教職員食堂で一緒に昼飯を食べた仲だった。あるいはテネシー・ウィリアムズやら、アンセル・アダムズの写真やらについて語り合える相手だった。でも考えてみれば、もしうまくアイリーンが電話に出たとしても、彼女はまた彼のカルマについてとうとうとしゃべりはじめるかもしれない。

手に酒のグラスを持って、誰かと結婚して親密に暮らすというのはどういうことだったっけなあと思い出しているところで、電話のベルが鳴った。彼は受話器を取った。

ざっという雑音が微かに聞こえた。相手の声を聞く前から、それがアイリーンからの電話だと彼にはわかった。

「ちょうど今、君のことを考えていたんだ」とカーライルは言ったが、言い終わらないうちに、口にしたことを後悔した。

「ほらね！　あなたが私のことを考えているって、私にはわかってたのよ、カーライル。私もあなたのことを考えていたのよ。だから電話したの」彼は息を吸い込んだ。この女は頭がいかれかけてる。疑いの余地はない。彼女はしゃべりつづけた。「ねえ、聞いて」と彼女は言った。「私があなたに電話をかけた大きな理由は、今そちらで混乱のようなものが生じていることが私にわかるからなの。どうしてわかるかなんて尋ねないで。私にはただわかるのよ。気の毒だと思うわよ、カーライル。でも手はあるのよ。あなたはずっと家政婦兼子守を探しているんでしょう、違う？　そう、その人はもうあなたのすぐ近くにいるのよ！　ああ、あなたはもう誰かみつけたかもしれないわね、もしそうだとしたらそれでいいのよ。それはそれで大丈夫だから。でももしそのことであなたがまだ頭を悩ませているんだとしたら、リチャードのお母さんのところで仕事をしていた女の人にあたってみなさい。ひょっとしてこういう問題が起きてるんじゃないかしらってリチャードに相談してみたら、彼がいろいろと当たってみてくれたの。それでどうなったか知りたい？　ねえ、聞いてる？　彼、お母さんに電話をかけたの。彼のお母さんは以前、その女の人に家事をずっとやってもらっていたの。ミセス・ウェブスターっていう人。リチャードの伯母さんとその娘が同居するようになるまで、その人がずっとお母さんの面倒をみていたわけ。リチャードはお母さんからその人の電話番号を聞いた。それで彼は今日そのミセス・ウェブスターと話したの。リチャードが話したのよ。ミセス・ウェブスターは今夜にでもあなたのところに電話をかけてくると思うわ。でなければ、あるいは明日の朝にでも。でもいずれにせよ、もしあなたが必要とするなら、彼女はその仕事を引き受けてもいいって。万事うまくいってるなら言うことないんだけど、ほら、先がどうなるかなんて誰にもわからないでしょう？　今は問題なくても、またいつかっていうこともあるしね。私の言ってることわかる？　子供たちの様子はどう？　元気にしてるかしら？」

「子供たちは元気だよ、アイリーン。二人とも寝てる」と彼は言った。あるいは子供たちは毎晩おいおい泣きながら寝ているんだぞ、と言うべきだったのかもしれない。俺は本当のことを言うべきなのかなと彼はふと思った。この二週間、子供たちはお前のことについて何ひとつ質問もしなかったんだぞ、と。でも結局、何も言わないことにした。

「もっと前に電話したんだけど、話し中だったの。それで私、リチャードに言ったの。あなたはたぶんガールフレンドと話をしているんだって」アイリーンはそう言って笑った。「積極的に物事を考えなさい。あなたずいぶん落ち込んだ声出してるわよ」と彼女は言った。

「今ちょっと用事があるんだ、アイリーン」彼はそう言って電話を切ろうとした。そして彼は耳から受話器を離した。でも彼女はまだ話し続けていた。

「キースとサラに私がよろしく言ってたって伝えておいてね。もっと絵を送るからって。そう言っておいてね。私はあの子たちに忘れてほしくないのよ。自分たちの母親がアーチストだっていうことを。まだそんな立派なアーチストじゃないかもしれない。でもそういうのは大した問題じゃないのよ。でもとにかくアーチストなのよ、ね？ あの子たちにそれを忘れさせないことが大事なのよ」

「そう伝えておくよ」とカーライルは言った。

「リチャードがあなたによろしくって」

カーライルはそれについては何も言わなかった。彼は心のなかで呟いた――何がよろしくだってんだ。よくもまあいけしゃあしゃあとそんなことが言えたもんだ。彼は言った。「電話してくれてありがとう。その女の人に話をつけてくれてありがとう」

「ミセス・ウェブスターよ！」

「うん。でももう電話を切った方がよさそうだな。君の小銭を使いきりたくないからな」

アイリーンは笑った。「たかがお金じゃない。お金なんて物と物を交換するのに必要な手段ってだけのことよ。お金なんかより大事なことは幾つもあるわ。でもそんなことはあなたもとっくに知ってるわよね」

彼は受話器を顔の正面にかざした。彼は妻の声が洩れてくるその器具をまじまじと眺めた。

「ねえカーライル、物事はあなたにとって良い方向に流れているのよ。私にはそれがわかるの。あなた、私の頭がおかしくなったんじゃないかって思っているでしょう？」と彼女は言った。「でもよく覚えておいてね」

いったい何を覚えておくっていうんだ？　カーライルは緊張して思いを巡らせた。きっと彼女の言ったことを何か聞き逃してしまったのだろう。彼は受話器を顔のそばに寄せた。「電話してくれてありがとう、アイリーン」と彼は言った。

「私たち、連絡を密にしていなくちゃね」とアイリーンは言った。「私たち、コミュニケーションのラインをちゃんと全部オープンにしてなくちゃね。最悪の部分はもう過ぎ去ったと私は思うの。私たち二人にとってね。私だって、ずいぶん苦しんだのよ。でもこれから私たち、この人生から手に入れられるものはしっかり手に入れていかなくちゃ。私たち二人ともがよ。長い目で見れば、このことで私たちは強くなれるはずだわ」

「おやすみ」と彼は言った。そして受話器を置いた。それから彼は電話を眺めた。彼は待った。そのあと電話はもう鳴らなかった。でも一時間後にベルが鳴った。彼は受話器を取った。

「カーライルさんですか?」年を取った女の声だった。「お初にお電話いたします。私はミセス・ジム・ウェブスターと申します。あなたに連絡するようにと言われたものですから」

「ミセス・ウェブスター、ええ、あなたのことは伺ってます」と彼は言った。アイリーンがその女について言ったことが彼の頭に蘇ってきた。「ミセス・ウェブスター、明日の朝にこちらにいらしていただけませんでしょうか? 朝早く、七時頃がいいのですが」

「お安い御用です」とその年取った女は言った。「七時ですね。お宅の住所を教えてもらえますか?」

「来ていただけると本当に助かります」とカーライルは言った。
「大丈夫、まかせて下さい」と彼女は言った。
「どうしようもなく困っているんですよ」とカーライルは言った。
「万事御心配なく」とその女は言った。

翌朝、目覚まし時計が鳴ったとき、彼はそのまま目を閉じて夢の続きを見ていたかった。農家の出てくる夢だった。そこには滝もあった。彼の知らない誰かが何かを抱えてそこの道を歩いていた。あるいはピクニックのバスケットかもしれない。その夢は彼に嫌な感じを与えなかった。夢の中には、満ちたりた空気がしっかりと漂っているようだった。

ついに彼は寝返りを打って、目覚ましのベルを止めるための何かを押した。それからもう少しベッドの中にいた。でもやっと起きあがって、スリッパをはき、台所に行ってコーヒーを作る用意をした。

彼は髭を剃って、着替えをした。それからコーヒーと煙草を手にテーブルに座った。子供たちはまだベッドの中にいる。でももう五分もしたらシリアルの箱をテーブルの上に置き、鉢とスプーンを並べ、二人を起こしにいかなくちゃな、と思った。朝御飯だぞ、と。昨夜電話をかけてきた年寄りの女が、言葉どおりにその朝に姿を見せるなんて、彼にはとても思えなかった。七時五分過ぎまでしか待たないぞ、と彼は心を決めた。それから学校に電話をかけて今日は休むと言い、とにかく全力をつくして誰か信頼できる人間を自分の手で見つけよう。彼はコーヒーを口に運んだ。

表でがたがたという音が聞こえたのはそのときだった。彼はコーヒーカップを置いて、席を立った。そして窓のところに行って外を見てみた。ピックアップ・トラックが家の前の敷石に寄せて停まろうとしていた。エンジンがぶるぶると音を立てるのにあわせて、その車体も揺れた。カーライルは玄関に行ってドアを開け、手を振った。年取った女が手を振りかえし、それから車を降りた。運転手が身を屈めて、ダッシュボードの下の方に身を沈めるのが見えた。トラックはぜいぜいとあえぎ、もう一度ぶるんと震え、それから静かになった。

「カーライルさん？」と女が言った。そして大きなハンドバッグを手に、ゆっくりと玄関までの道を歩いてやってきた。

「さあ、どうぞ、中に入って下さい」と彼は言った。「あちらの方は御主人ですか？もしよろしかったら御一緒にいかがですか。コーヒーを作ったところなんですが」

「お構いなく。あの人は魔法瓶を持ってますから」と彼女は言った。

カーライルは肩をすくめた。そして女のためにドアを開けてやった。彼女は中に入り、彼と握手をした。ミセス・ウェブスターは微笑んだ。カーライルは肯いた。二人は台所に行った。「今日から始めるということでよろしかったのかしら？」と彼女は尋ねた。

「子供たちを起こしてきましょう」と彼は言った。「私が学校にでかける前に子供たちをひきあわせておきたいんです」

「それがいいですわね」と彼女は言った。彼女は台所をぐるっと見回した。そしてハンドバッグを水切り台の上に置いた。

「子供たちを起こしてきます」と彼は言った。「ちょっと待っていて下さいね」

まもなく彼は子供たちをひきつれて戻ってきた。そして彼らを紹介した。二人ともまだパジャマ姿だった。サラは眠そうに目をこすっていた。キースはすっかり目が覚めていた。「これがキースです」とカーライルは言った。「そしてここにいるのが、サラです」彼はサラの手を取って、ミセス・ウェブスターの方を向いた。「子供たちの面倒をみてくれる人が必要なんです。信頼して任せられる人が。まあ、それがなかなか難しい問題でしてね」

ミセス・ウェブスターは子供たちのところに行った。彼女はキースのパジャマのいちばん上のボタンをとめた。そしてサラの顔にかかった前髪を払った。二人はされるがままになっていた。「さあ、もう大丈夫よ、二人とも」と彼女は子供たちに言った。「御安心下さい、カーライルさん。ちゃんとうまくいきますから。お互い慣れるのに一日二日はかかるでしょうが、そのあとは心配ありません。でももし私がここで働かせてもらえるということであれば、主人にオーケーだという合図をしていただけませんか。窓からただ手を振るだけでいいんですよ」と彼女は言って、それからもう一度子供たちに注意を向けた。

カーライルは張り出し窓の前に立ってカーテンを引いた。老人はトラックの運転席からこちらを見ていた。魔法瓶のカップをまさに口に運ぼうとするところだった。カーライルが手を振ると、老人もあいた方の手を振りかえした。カーライルは彼が車の窓ガラスを降ろしてカップの中に残ったものを捨てるのを見た。それから老人はまたダッシュボードの下に屈みこんだ。たぶん何かの線を繋ぎあわせているんだろうとカーライルは想像した。やがてエンジンがかかって、車がぶるぶると震えはじめた。それから老人はギアを入れて縁石から離れた。

カーライルは窓から振り向いた。「ミセス・ウェブスター、あなたに来ていただいて嬉しいですよ」と彼は言った。

「私もそれは同じです」と彼女は言った。「さあ、遅れないように支度をなすって下さい。あとのことは任せて下さいな。万事うまくいきますから。大丈夫よね、みんな?」

子供たちはこくんと肯いた。キースは彼女のドレスの裾をじっとつかんでいた。そしてもう片方の手の親指を口にくわえていた。

「どうもありがとう」とカーライルは言った。「本当に気分が百パーセントもよくなったような気がしますよ」彼は首を振ってにっこりと笑った。子供たちに行ってくるよとキスをしていると、彼の胸に熱い思いがこみあげてきた。ミセス・ウェブスターに自分の帰宅するだいたいの時間を教え、コートを着て、もう一度、行ってきますと挨拶し、それから家を出た。彼には、この何ヵ月かで初めて自分の肩から重荷がちょっとだけ外されたように感じられた。学校まで車を走らせながら、彼はラジオの音楽を聴いていた。

一時限めの美術史のクラスで、彼はビザンチン絵画のスライドを映しながら長々と講義した。そして根気よく丹念に細部とモチーフの微妙なちがいを説明した。作品のエモーショナルなパワーや無駄のない合理性を示した。しかし無名の画家たちをその時代の社会環境に位置づけることにいささか時間をかけすぎたので、何人かの生徒たちは靴の裏で床をごしごしとこすったり、あるいは咳払いをしたりしはじめた。その日の授業は予定していた三分の一しか進まなかった。ベルが鳴ったとき、彼はまだ講義をつづけていた。

次の授業で、水彩画を教えながら、彼はいつになく心静かで、頭が冴えていた。「デリケートに。こういう風にするんだ、こういう風に」と彼は言って、生徒の手を導いた。「そういう具合だ。画の上で息をするみたいにだよ。軽くそっと触れるだけでいいんだ。そうな気がした。わかったかね?」彼はそう言いながら自分自身、今にも何か発見できそうな気がした。「何かを暗示するというのが大事なんだよ」と彼はスー・コルヴィンの指を軽く握って絵筆を導きながら言った。「君は自分の間違いを取り込んでしまえばいいんだよ。意図的にそうしたという風に見えるくらいまでね。わかるかい?」

昼食のときに教職員食堂で並んでいると、列の何人か前にキャロルの姿が見えた。彼女は自分の料金を払った。彼は自分の料金が計算されるのをいらいらしながら待っていた。彼が追いついたとき、キャロルはもう食堂を半分くらい横切ってしまっていた。彼は彼女の肘をそっとつかむようにして、窓際の空いたテーブルに連れていった。「まあ、カーライル」と彼女は腰を下ろしてから言った。彼女はアイスティーのグラスを手に取った。「ミセス・ストーが私たちのことを変な目で見てるじゃない。いったいどうしたっていうのよ。みんなにバレちゃうわよ」彼女はアイスティーを一口すすってから、グラスを置いた。

「ミセス・ストーなんて放っておけばいい」とカーライルは言った。「君にちょっと話があるんだ。ねえハニー、僕は昨日のこの時刻に比べたら、それこそもう何光年も気分が良くなっているんだ、まったくの話」と彼は言った。

「何があったのよ?」とキャロルが訊いた。「教えてよ、カーライル」彼女はフルーツ・カップをトレイの端っこにやって、チーズをスパゲティーにかけた。でも手はつけなかった。彼女は彼が話し始めるのをじっと待っていた。「何があったかちゃんと教えてよ」

彼はミセス・ウェブスターの話をした。彼女の夫の話までした。その夫がトラックをスタートさせるために、ワイヤを繋ぎあわせるんだということまで。カーライルは話しながら自分のタピオカを食べた。それからガーリック・ブレッドを食べた。彼は自分でも知らないうちにキャロルのアイスティーまで飲んでしまった。

「あなた頭がどうかしてるわよ、カーライル」と彼女は言った。そして彼が手をつけてないスパゲティーの皿を顎で示した。

彼は首を振った。「なあ、キャロル、いいかい、僕は気分がいいんだ。わかる?

この夏でいちばん気分がいいんだ」そして声をひそめた。「どう、今夜家に来ない？」

彼はテーブルの下で手を伸ばして、彼女の膝に置いた。彼女はまた赤くなった。彼女は目をあげて、食堂の中を見回した。でも誰ひとりとして彼らに注意を払っているものはなかった。彼女は素早く肯いた。それから彼女はテーブルの下に手をやって彼の手にさわった。


その日の午後に帰宅してみると、家の中はすっかり片づいて、子供たちは清潔な服を身につけていた。台所でキースとサラは椅子の上に立って、ミセス・ウェブスターがジンジャー・クッキーを作る手伝いをしていた。サラの髪は顔にかからないようにヘア・クリップで後ろにとめてあった。

「お父さん！」子供たちは彼の姿を見ると、幸せそうに叫んだ。

「キース、サラ」と彼は言った。「ミセス・ウェブスター、まったく何とお礼を申し上げればいいか」と彼は言いかけたが、彼女はその言葉を遮った。

「一日私たち楽しかったですわ、カーライルさん」とミセス・ウェブスターが素早く言った。彼女はエプロンで指を拭いた。それは青い風車の模様の古いエプロンで、昔アイリーンが使っていたものだった。「こんな可愛い子供たちは宝ですよ。本当に宝ですわ」

「お礼の申し上げようもありません」カーライルは調理台の横に立って、サラがクッキーのたねから押し型をとるのを見ていた。スパイスの匂いがした。彼はコートを脱いで、台所のテーブルの前に座った。そしてネクタイを緩めた。

「今日は知り合うための一日でした」とミセス・ウェブスターは言った。「明日はまた違うことをやってみます。公園に散歩に行くつもりです。こんなに良い気候ですもの、外に出ないという法はありませんわ」

「まったくそのとおりです」とカーライルは言った。「いや、そいつは良い。実に良い考えですね」

「このクッキーをオーブンに入れてしまいますわね。それが終わる頃には主人も来ると思います。えーと、四時までっておっしゃいましたっけね？　私、四時に迎えに来るようにって主人に言っちまったんですが」

カーライルは肯いた。胸がいっぱいになってしまった。

「そうそう電話がありました」と彼女はミキシング・ボウルを流しで洗いながら言った。「奥さんからでしたよ」

「女房」と彼は言った。そしてぼんやりと彼女の次の言葉を待った。

「ええ、私は自分はこういうものでといちおう申し上げておきました。でも私のいることには全然驚かれなかったみたいでしたよ。お子さんたちとちょっとずつお話しになりました」

カーライルはキースとサラの方をちらっと見た。でも二人とも全然こちらのことは気にしていなかった。二人はもう一枚の焼き皿の上にクッキーを綺麗に並べていた。

ミセス・ウェブスターは続けた。「メッセージがあります。ええと、メモしといたんですが、そらでも言えると思います。奥さんはこうおっしゃいました、『主人にこう言って下さい』、つまりあなたにですね――『巡り行くもの、巡り来る』、それでよかったと思うんですけど。そう言えばわかるからって言っておられました」

カーライルはぽかんと彼女の顔を見ていた。外でミスタ・ウェブスターのトラックの音が聞こえた。

「主人ですわ」と彼女は言って、エプロンを取った。

カーライルは肯いた。

「朝の七時でよろしいんですわね」と彼女が尋ねた。

「それで結構です」と彼は言った。「本当にどうもありがとう」

その夜、彼は子供をひとりずつ風呂に入れ、パジャマを着せた。それから本を読んでやった。二人がお祈りするのを聞き、布団をきちんとかけてから明かりを消した。もう九時前だった。それから彼は酒のグラスを手にテレビを見た。やがてキャロルの車が引き込み道に入ってくる音が聞こえた。

十時頃に、二人が一緒にベッドに入っているときに、電話のベルが鳴った。畜生め、と彼は言った。でも電話には出なかった。電話のベルは鳴り続けた。

「大事な用事かもしれないわ」とキャロルは身を起こして言った。「うちのベビーシッターからじゃないかしら。何かのときにはと、ここの電話番号教えといたから」

「僕の女房からだよ」とカーライルは言った。「わかるんだ。あいつは頭がおかしくなりかけている。正気じゃないんだよ。僕は電話に出ない」

「でもとにかく、そろそろ私帰らなくては」とキャロルは言った。「今夜はすごく楽しかったわ、ハニー」彼女は彼の顔に手を触れた。

それは秋の学期の中頃のことだった。ミセス・ウェブスターが家に来るようになってから六週間が経っていた。そのあいだにカーライルの生活はいくつかの変化をとげていた。まずだいいちに、彼はアイリーンが去って、彼の承知するかぎりでは、もう戻ってくる見込みはないという事実を受け入れるようになっていた。状況はいつか好転するかもしれないとあてにすることをやめた。夜更けに、そばにキャロルがいない折に、心の中にまだ残っているアイリーンに対する愛がすっかり消えてなくなってしまえばいいのにと望み、いったいどうしてこんな結果に終わってしまったんだろうと深く思い苦しむことはあった。でもだいたいにおいて、彼と子供たちは幸せに暮らしていた。ミセス・ウェブスターの心づかいが一家を温かく包んでいた。最近では彼女は夕食の作りおきをオーヴンの中に入れて温めたまま、彼が学校から帰ってくるのを待っているようになった。彼は帰宅すると漂ってくる良い匂いに誘われるように台所に行って、キースとサラが食卓の支度を手伝っているのを目にした。時々、彼はミセス・ウェブスターに土曜日の特別出勤を頼んだ。昼からの出勤でよければという条件で彼女はそれを引き受けてくれた。土曜の朝には、主人と自分のためにやらなくてはならないことがあるのだ、と彼女は言った。そんな折には、キャロルはダッジをカーライルの子供たちと一緒にミセス・ウェブスターにまかせた。そしてキャロルとカーライルは二人で車で郊外のレストランに行って、食事をした。俺の人生はまた新たに始まったんだ、と彼は思った。あの六週間前の電話以来、アイリーンから連絡はなかったが、彼女のことを思い出してももうそれほど腹も立たなかったし、あるいは泣きたいような気持ちにもならなかった。

　授業はそろそろ中世が終わって、ゴシック期に移ろうとしていた。ルネッサンス期に入るのはもう少し先、たぶんクリスマス休みのあとだ。カーライルが病気になったのはこういう時期だった。一夜のうちに（と思えた）彼の胸は固く締めつけられ、頭がずきずきと痛んだ。体の節々が石のようにこわばってしまっていた。体を動かすと眩暈がした。頭痛がだんだんひどくなってきた。彼はそんな風にして日曜日の朝に目を覚ました。そしてミセス・ウェブスターに電話をかけて、こっちに来て子供たちをどこかに連れていってくれるように頼もうかと思った。子供たちは彼に優しくしてくれた。ジュースとソーダ・ポップを持ってきてくれた。でも彼は子供たちの面倒をみることができなかった。病気の二日めの朝に、彼はやっとの思いで病欠の電話を入れることができた。彼は電話に出た相手に自分の名前と、学校と、科目と、病気の症状を告げた。それから彼は自分の代役としてメル・フィッシャーの名をあげておいた。フィッシャーは週に三日から四日、一日に十六時間油絵の抽象画を描いている男だった。でも彼はその絵を売りもしないし、だいたい他人に見せようともしなかった。彼はカーライルの友人だった。「メル・フィッシャーに連絡してみて下さい」と電話の向こうの女にカーライルは言った。「フィッシャー」と彼はやっとの思いで言った。

彼はよろよろとベッドに戻った。そして布団をかぶって寝てしまった。眠りの中で、窓の外のピックアップ・トラックのエンジンの音を耳にした。それからエンジンが停止するときのバックファイア音も聞こえた。ややあって、寝室のドアの外からミセス・ウェブスターが声をかけた。

「カーライルさん？」

「ええ、ミセス・ウェブスター」自分の声が自分の声でないように聞こえた。彼はじっと目を閉じていた。「今日は体の具合が悪いんです。学校には電話しておきました。今日は横になっていますよ」

「わかりました。心配なさらないで」と彼女は言った。「万事うまくやりますから」

彼は目を閉じた。そのときに、彼は眠りと覚醒の中間の状態にいたが、玄関のドアが開いて閉まった音を聞いたような気がした。彼は耳をすました。台所の方で男が低い声で何か言うのが聞こえた。椅子を後ろに引く音もした。それからやがて子供たちの声が聞こえた。ややあって――どれくらい後のことかはわからない――ドアの外でミセス・ウェブスターの声がした。

「カーライルさん、お医者を呼びましょうか？」

「いや、大丈夫です」と彼は言った。「悪性の風邪をひいただけだと思います。でも体が熱くてたまらない。布団が厚すぎるんだと思いますね。家の中も暑すぎる。暖房をゆるめてもらえますか？」それから彼は自分がぼんやりと眠りの中に戻っていくのを感じた。

少しあとで、彼は子供たちが居間でミセス・ウェブスターに話しかけている声を聞いた。子供たちは中に入ろうとしているのだろうか、それとも外に出ようとしているのだろうか、とカーライルは考えた。今はもう翌日になったのかな？

彼は眠りに戻っていった。でもそれから部屋のドアが開くことに気づいた。ミセス・ウェブスターが彼の枕もとに姿を見せた。彼女は彼のおでこに手をあてた。

「焼けるように熱いですよ」と彼女は言った。「ずいぶん熱が出てますね」

「私のことなら大丈夫です」と彼は言った。「もう少し眠りたいだけです。暖房をちょっと下げてもらえませんか？　それからアスピリンを持ってきてもらえると嬉しいんですがね。頭がものすごく痛むんですよ」

ミセス・ウェブスターは部屋を出ていった。でもドアは開けっぱなしになっていた。外でテレビが鳴っているのが聞こえた。「音を下げてよ、ジム」と彼女が言うのが聞こえた。すぐにヴォリュームが下げられた。カーライルはまた眠ってしまった。

でもものの一分と眠らなかったようだった。というのはミセス・ウェブスターが盆を持って突然部屋の中に姿を現したからだ。彼女はベッドの横に腰を下ろした。彼は力をふりしぼって体を起こそうとした。彼女は彼の背中に枕をあてた。

「これをお飲みなさい」と彼女は言って、錠剤をいくつか差し出した。「これも」彼女はジュースのグラスを彼に差し出した。「それからシリアルも持ってきました。召し上がって下さい。体にいいですよ」

彼はアスピリンを飲み、ジュースを飲んだ。彼は肯いた。でもまた目を閉じた。眠くて眠くてしかたなかった。

「カーライルさん」と彼女は言った。

彼は目を開けた。「起きてます」と彼は言った。「すみません」彼はもう少し身を起こした。「暑すぎるんだ。それだけです。今何時でしょうか？　まだ八時半になってませんか？」

「九時半を少し回っています」と彼女は言った。

「九時半」と彼は言った。

「あなたにシリアルを食べさせてあげます。口をあけて食べて下さい。六口だけです。さあ、最初の一口ですよ。口をあけて」と彼女は言った。「これを食べれば気分がよくなりますから。そのあとはぐっすり眠っていいです。これを召し上がったら、もう好きなだけ寝られますよ」

　言われるままに彼女のすくうシリアルを食べ、もっとジュースを欲しいと言った。彼はジュースを飲み、また布団の中にもぐりこんだ。眠りに落ちようとするときに、彼女がもう一枚毛布をかけてくれるのを感じた。

　次に目を覚ましたのは午後だった。窓から入ってくる淡い光で、それが午後だとわかった。彼は手を伸ばして、カーテンを引いた。外はどんよりと曇っていた。冬の太陽は雲の後ろにあった。ゆっくりとベッドから起き上がって、スリッパを捜し、ローブを羽織った。それからバスルームに行って鏡に映った自分の姿を見た。顔を洗い、またアスピリンを飲んだ。そして顔を拭って、居間に行った。

　食堂のテーブルでミセス・ウェブスターが新聞を広げていた。彼女と子供たちは一緒になってその上で粘土をこねて何かを作っていた。彼らはもうすでに、首が長くて目のつき出た動物を作りあげていた。それはキリンのようにも見えたし、恐竜のようにも見えた。彼がテーブルのそばを通りかかると、ミセス・ウェブスターは顔を上げた。

「具合はいかがですか？」彼がソファーの上に落ち着くとミセス・ウェブスターが尋ねた。ソファーの上から彼は、食堂にいるミセス・ウェブスターと子供たちの姿を見ることができた。

「ありがとう、ましになりました。少しは楽になったようです」と彼は言った。「まだちょっと頭痛もするし、熱も残っているようです」彼は手の甲をおでこにあてた。

「でもましになっています。良くなってますよ、ええ。今朝はいろいろ御世話になっちゃって、ありがとうございました」

「何か差し上げましょうか？」とミセス・ウェブスターは言った。「ジュースか、それとも紅茶でもいかがですか？　コーヒーだってもしお飲みになりたいんなら構いませんよ。でもお茶の方がよろしいかと私は思いますがね。ジュースだったら言うことありませんが」

「いや、何もいりません」と彼は言った。「ここでしばらくじっとしていたいんです。ベッドから出られると気持ちがいい。体に力が入らないんですよ。それだけのことです。ねえ、それはそうとですね、ミセス・ウェブスター」

彼女は彼の方を向いた。

「今朝、この家の中で御主人の声を聞いたように思うんですが。いや、べつにそれがどうこうっていうんじゃないです。私はただ御挨拶しそこねたことを申し訳なく思っているだけなんです」

「ええ、主人でした。主人もあなたに御挨拶できなくて残念がっておりました。一度ここに伺うようにって私が言ったんです。でもタイミングが悪かったですわね。お体の具合が悪いときになんてね。私は私たちのこれからの計画のようなものをお話しようと思っていたんです。私と主人のです。でも今朝はちょっとタイミングが悪かったですわね」

「どんなお話なんでしょう？」と彼は言った。嫌な予感がして、恐怖で心臓が縮みあがった。

彼女は頭を振った。「いいんです」と彼女は言った。「急ぎませんから」

「何のことなの？」とサラが言った。「何のことなのよ？」

「なあに、なあに」とキースがその真似をして言った。子供たちは粘土遊びの手をやめていた。

「あなたたち、ちょっとお待ちなさいね」とミセス・ウェブスターが立ち上がって言った。

「ミセス・ウェブスター、ミセス・ウェブスター！」とキースが叫んだ。

「さあ、いいこと、坊や」とミセス・ウェブスターが言った。「私はお父さんとお話があるの。お父さんは今日具合が悪いの。だから静かになさいね。粘土でお遊びをしていなさい。ちゃんと見てないと、お姉さんが先にその動物を作っちゃいますよ」

彼女が腰を上げて居間の方にやってこようとしたときに、電話のベルが鳴った。カーライルはエンド・テーブルに手を伸ばして電話を取った。

前のときと同じように、受話器の向こうに微かな歌うような音が聞こえた。それで電話の相手がアイリーンだとわかった。「はい」と彼は言った。「なんだい？」

「カーライル」と妻は言った。「今いろんなことがうまく行ってないでしょう。私にはわかるのよ。どうしてわかるのかは訊いてほしくないけど。あなた病気してるわよね？　リチャードもずっと寝込んでいるのよ。何か具合の悪いことがもちあがっているのよ。食べたものを全部もどしてしまうの。おかげで彼はやることになっていた芝居のリハーサルをもう一週間も休んでいるの。それで私がかわりに行って彼の助手と一緒にいろんなシーンの演出をやらなくちゃならなかったのよ。でもべつにそのことを言うために、わざわざあなたに電話をかけたわけじゃないわよ。そっちがどうなってるか、具合を聞きたかったのよ、私は」

「変わったことは特になにもないよ」とカーライルは言った。「僕は具合が悪かった。それだけさ。ちょっとした風邪だよ。でもそれももう治りかけてる」

「あなたまだ日誌をつけてる？」と彼女は訊いた。それを聞いて彼はびっくりしてしまった。何年か前に彼は妻に、自分は日誌をつけていると言ったことがある。日記じゃなくて日誌なんだ、と彼は言った。まるでその違いに何か意味があるとでも言わんばかりに。でもそれを妻に見せたことはなかった。そしてもう一年以上前にそれをつけるのをやめていた。そんなもののことは、すっかり忘れてしまっていた。

「どうしてかと言うと、あなたはこの時期に日誌に何かを書いておかなくちゃいけないからよ」と彼女は言った。「どんな風に感じたかとか、どんなことを考えたかとか、そういうことよ。つまりほら、この病気の時期にあなたの頭がどこにあったかということ。いいこと、病気というのはね、あなたの心身の健康についてのメッセージなのよ。それはあなたにいろんなことを教えようとしているのよ。だから記録をつけておくといいのよ。言ってることわかる？　元気になってから読みかえしたら、そのメッセージが何だったかわかるでしょう。あとで読みかえせるのよ、なるほどこういうことだったのかって。コレットはそうしていたわ」とアイリーンは言った。「一度高熱が出たときにね」

「誰だって？」とカーライルは言った。「誰って言った？」

「コレット」とアイリーンは答えた。「フランスの作家よ。あなた知ってるでしょう？　彼女の本、たしか家のどっかに一冊あったわよ。『ジジ』だったかしら。私はその本は読んでないんだけど。でもこっちに来てからずっとコレットを読んでいるの。リチャードのおかげで私はコレットに夢中になってしまってるの。彼女は高熱が出るというのはどういうことかについて、短い本を一冊書いているの。その高熱が出ていた期間を通して、自分が何を感じ、何を思っていたかについてね。ときには彼女の体温は三十九度にまで上がったの。もっと低いこともあったし、あるいはもっと高くなったかもしれないわね。でもその三十九度というのが、その高熱を出した期間に彼女が検温して記録につけた最高体温だったの。とにかくまあ、彼女はそのことについて本を書いたわけ。そういう本があるのよ。それがどんなものか、ひとつあなたも書いてみなさいよ。何かが見えてくるかもしれないわよ」とアイリーンは言って不可解な――としかカーライルには思えないのだが――笑い声を上げた。「少なくとも、あなたはあとになって、その寝込んだ期間の一時間一時間を克明にたどれるわ。振り返ることができるのよ。ダテに苦しんだんじゃないってことが示せるじゃない。今現在、あなたは今それを不快なものとして捉えているわけでしょう。それを何か有用なものに置き換えなくちゃいけないのよ」

彼は指先をこめかみに押し付けて、目を閉じた。でも彼女はまだ電話の向こうにいて、彼が何か言うのを待っていた。何が言えるっていうんだ？　この女は絶対に頭がおかしくなっている。

「やれやれ」と彼は言った。「そんなこと言われても、どう言えばいいのかよくわからないよ、アイリーン。本当にわからない。ちょっと用事があるからもう切るよ。電話してくれてどうもありがとう」

「いいのよ。私たちいつもちゃんとコミュニケートできるようにしておかなくちゃね」と彼女は言った。「私のかわりに子供たちにキスしておいてね。お母さんが愛してるって、言っておいてね。それからリチャードがあなたによろしく伝えておいてくれって。今ベッドでぐったり寝込んじゃってるんだけど」

「じゃあな」とカーライルは言って、電話を切った。それから両手を顔にあてた。彼はあの太った娘が車に向かうときに同じような格好をしていたことを、ふと思い出した。彼は両手を下におろして、ミセス・ウェブスターの方を見た。彼女はじっと彼を見ていた。

「何か悪いことがあったんじゃないでしょうね」と彼女は言った。いつのまにか彼女は、ソファーに座っている彼のそばに椅子を持ってきていた。

　カーライルは首を振った。

「ならいいんですけど」とミセス・ウェブスターは言った。「それならいいんです。

ねえ、カーライルさん、こういうことを今持ち出すのはあまり適当とは言えないかもしれません」彼女はちらっと食堂の方に目をやった。テーブルでは子供たちが身を屈めるようにして粘土に向かっていた。「でもこれは早晩話さなくてはならないことですし、あなたがたの御一家にも関係のあることとですし、少し具合も良くなられたようですから、今お話することにしましょう。ジムも私ももう年寄りです。ですから、今みたいな暮らしをずっといつまでも続けていくわけにもいかないんです。きちんと安定したものが必要なんです。私の言ってることおわかりになりますか？　私としても本当に申し上げにくいんですよ」と彼女は言って、首を振った。カーライルはゆっくりと肯いた。彼女は自分がいなくなるということを言おうとしているんだ、と彼は思った。彼は袖で顔を拭った。「ジムと前の奥さんとの間にできた息子が、ボブっていって今四十なんですが、昨日電話をかけてきて、私たちにオレゴンに来ないかって言うんです。そこでミンクの飼育場をやっているのを手伝わないかって。どういう内容のことかは知りませんが、ジムがそのミンクの仕事をやって、私が料理やら日常の買い物やら掃除やらそういういろんな家事をやって、ということとです。これは私たち夫婦にとってまたとない機会なんです。そこなら食事も家もついてますし、それ以外にもいささかの収入もあります。先のことを心配しないで暮らしていけるんです。おわかりになって下さいな。今のところジムには職もないんです」と彼女は言った。「あの人は先週で六十二になりました。ここのところずっと職にあぶれているんです。主人は今朝ここに伺って、直接自分の口からお話しようと思っていたんです。というのは、やめるんならやめると、ある程度時間の余裕をもってお伝えしておかなくてはならないわけですからね。そしてそのときには、二人揃って伺った方がいいんじゃないかと私たちは思ったんです。というか私がそう思ったんです」彼女はカーライルが何か言うのを待った。彼が黙っていると、彼女はそのまま話を続けた。「今週は最後までできます。もし必要なら、来週の初めも二日くらいはできます。でもそのあとは、やはりもう行かなくちゃならないんです、本当に。私たちの幸運を祈って下さい。だって私たちはあのとんでもないポンコツに乗ってはるばるオレゴンまで行かなくちゃならないんですよ。想像できます？　でもあの子たちと離れるのは、とても辛いんです。本当に素敵な子供たちですから」

少しあとで、彼がまだ何も答えずにいるうちに、彼女は椅子から立ち上がって、ソファーの彼の隣に座った。そして彼のローブの袖をさわった。「大丈夫ですか、カーライルさん」

「おっしゃることはよくわかりました」と彼は言った。「あなたに来ていただいたおかげで、私も子供たちもずいぶん変わったんです。とても助かりました」頭がひどく痛んだので、彼は目をぎゅっと細めなくてはならなかった。「頭が痛い」と彼は言った。「頭が割れそうに痛いんです」

ミセス・ウェブスターは手を伸ばして手の甲を彼のおでこにあてた。「まだ熱がありますよ」と彼女は言った。「もっとアスピリンを持ってきましょう。アスピリンで熱が下がるはずです。私はまだお宅の御一家の御世話をしてるわけですからね」と彼女は言った。「まだ私はお医者がわりなんですよ」

「女房は高熱が出るっていうのがどういうものかきちんと記録につけておけって言うんです」とカーライルは言った。「そのときの体の感じについて、詳しく書いておくと役に立つかもしれないと言うんです。あとになって読みかえしてみて、メッセージを把握することができるって」彼は笑った。目にうっすらと涙が浮かんだ。彼は手のつけねのところでそれを拭った。

「アスピリンとジュースを持ってきます。それからあっちで子供たちと一緒にいます」とミセス・ウェブスターは言った。「どうやら粘土遊びにもだんだん飽きてきたようですからね」

カーライルは、彼女がよその部屋に行ってしまって、自分がひとりぼっちになるのが怖かった。彼は彼女と話していたかった。彼は咳払いした。「ミセス・ウェブスター、僕はあなたに聞いていただきたいことがあるんです。長い間、僕と女房はこの世界の何ものよりも誰よりも、お互いのことを愛していました。そこにいる子供たちよりもです。そう、僕ら二人一緒に年を取っていくんだって思っていました。いや思っていたというよりは、考えるまでもないこととして認識していたんです。そして僕らは僕らのやりたいと思うあらゆることを、一緒に手を合わせてやっていくんだと思っていました」彼は首を振った。それは今の自分にとって何よりも何よりも悲しいことであるように彼には思えた。二人が何をやるにせよ、これから先はそれぞれ別にやることになるんだということが。

「さあ、元気を出して」とミセス・ウェブスターは言った。彼女は彼の手をとんとんと叩いた。彼は体を前に傾けて、また話しはじめた。ほどなく子供たちが居間にやってきた。ミセス・ウェブスターは指を唇にあてて、二人に静かにするんですよと合図した。カーライルは子供たちを見て、話しつづけた。子供たちにも聞かせればいいさ、と彼は思った。それは子供たちの問題でもあるんだから。その場の雰囲気を察したのか、子供たちはじっと黙っていた。彼の話にいくばくかの興味を持っているようなふりさえした。二人はミセス・ウェブスターの足下に座った。それからカーペットの上に腹ばいになってくすくすと笑いはじめた。でもミセス・ウェブスターが厳しい顔をすると、子供たちは騒ぐのをやめた。

カーライルは話しつづけた。最初のうちは頭が痛んだ。そしてパジャマ姿でソファーに座って、となりに年寄りの女がいて自分の話を辛抱強く聞こうとしていることを、みっともなく感じていた。でもやがて頭痛が消えていった。そしてもうなんだって構うもんかという気になってきた。彼は真ん中あたりから、自分の話を始めた。子供たちが生まれたあたりから。でもそれから彼はもっと前にさかのぼって、そもそもの初めから話を始めた。アイリーンが十八で、自分が十九であったときから。ひとりの少年とひとりの少女、身を焦がすような愛。

彼は言葉を切って額を拭った。彼は唇を湿らせた。

「続けて」とミセス・ウェブスターは言った。「あなたの言ってることはわかります。話しておしまいなさい、カーライルさん。ときにはおなかの中にあるものを出してしまうべきなんです。誰かに話してしまった方がいいときもあるんです。それに私はその話を聞きたいんです。あなたも話してしまえば気が楽になります。それと同じようなことは私にも一度起こりました。あなたが今お話しになっているようなことがです。愛情というもの。わかります」

子供たちはカーペットの上で眠ってしまった。キースは親指をくわえていた。カーライルがしゃべりつづけていると、やがて妻を迎えにやってきたミスタ・ウェブスターが戸口に姿を見せて、ドアをノックし、中に入ってきた。

「お座りなさい、ジム」とミセス・ウェブスターは言った。「急ぐことないわ。さあ、お話を続けて、カーライルさん」

カーライルは老人に向かって肯いて、挨拶した。老人も肯きかえした。それから食堂の椅子を居間に持ってきた。彼は椅子をソファーのそばに置いて、溜め息をつきながら腰を下ろした。それから帽子を取り、大儀そうに足を組んだ。カーライルが再び話し始めると、老人は両足を床に下ろした。子供たちが目を覚ました。二人はカーペットの上で身を起こして、頭をぐるぐると前後に回した。でもその頃にはもうカーライルは話せるだけのことはすっかり話してしまっていた。それで彼はじっと口を閉ざした。

「そう、それでいいんです」ミセス・ウェブスターは彼が話し終えたのを見てそう言った。「あなたはとてもきちんとした方です。奥さんもそうです。そして、このことは忘れちゃいけませんよ。今回のかたがついたら、あなたがたは二人ともきっとうまくいきます」彼女は席を立って、エプロンを取った。夫も立ち上がって、帽子をかぶった。

ドアのところで、カーライルは二人と握手した。彼は帽子のひさしに手をやった。

「それじゃ」とジム・ウェブスターは言った。

「幸運を祈ります」とカーライルは言った。

それでは明日の朝またお会いしましょう、いつもどおり朝いちばんに、とミセス・ウェブスターは言った。

まるで何か大事な取り決めが交わされたように、「承知しました！」とカーライルは答えた。

老夫婦は注意深げに引き込み道を歩いて、トラックに乗り込んだ。ジム・ウェブスターはダッシュボードの下にしゃがみこんだ。ミセス・ウェブスターはカーライルの方を見て、手を振った。彼は窓のところに立って、そのときふとこう感じた。これで何かが終わってしまったんだと。アイリーンとのかかわり、そして人生のここまでのぶん、そんなものが終わってしまったのだ。俺は彼女に手を振ったことがあったっけ？　もちろんあったはずだ。でも今はそれがうまく思い出せない。でもそれがもう終わったんだということは彼にはわかっていた。そして俺は彼女をあきらめることができるだろう。アイリーンとの二人の人生はさっき俺が話したとおりのものだった。

でもそれはもう通りすぎてしまったのだ。そしてその通り過ぎたということも――彼はその事実を認めたくなくてずっと抵抗してきたわけなのだが――これからはやはり彼の一部になってしまうのだ。彼が過去に置いてきた他のものとまったく同じように。

ピックアップ・トラックがよたよたと進んでいくときに、彼はまた手を上げた。老夫婦が去っていきながら、彼の方にちょっと体を傾けるのが見えた。それから彼は腕をおろして、子供たちの方を向いた。

轡《くつわ》

The Bridle

ミネソタ・ナンバーをつけた古いステーション・ワゴンが窓の外の駐車場に入ってくる。前のシートには一組の男女が、後ろには男の子が二人乗っている。七月で、気温は三十八度を越している。彼らはぐったり疲れているように見える。車の中には服が吊るしてあった。スーツケースやら箱やら、そういうものが荷台の方に積みあげてある。あとになってハーレーと私とでいろいろ総合して考えてみるに、どうやらそこにあったものが、家やらピックアップ・トラックやらトラクターやら農機具やら数頭の牛やらをミネソタの銀行に差し押さえられたあとの、彼らの全財産であったらしい。

彼らはしばらく車の中にそのまま留まっている。まるで一息ついて我に返ろうとしているみたいに。私たちのアパートメントのエアコンはフル回転している。ハーレーは裏で芝生を刈っている。前の座席で少し言葉が交わされるが、やがて女と男が車を下りて、玄関の方にやってくる。私は髪に手をやって、乱れがないかどうか調べる。そして彼らがドアベルを二回鳴らすまで待つ。それからドアを開けて、中に入れる。

「部屋をおさがしなんですね?」と私は言う。「どうぞお入りなさい。中は涼しいですから」私は彼らを居間に通す。居間が私の仕事場なのだ。そこで私は家賃を集めたり、領収書を書いたり、部屋さがしの客なんかと話をしたりするのだ。私はまた美容師の仕事もしている。私は自分の仕事をスタイリストと呼んでいる。名刺にもそう書いてある。私は美容師という言葉が嫌いなのだ。それはいかにも古臭い言葉だ。私は居間の片隅でその仕事をしている。ドライヤーは椅子の背中に寄せてある。それから数年前にハーレーがとりつけてくれた洗面台がある。椅子の脇のテーブルには何冊か雑誌を載せてある。古い雑誌だ。表紙のとれてしまったものもある。でも人はドライヤーをかぶせられているときにはどんなものだって読む。

男は名を名乗った。

「ホリッツって言います」

これは女房ですと彼は言う。でも彼女は私の顔を見ようとはしない。かわりに自分の爪を見ている。彼女もホリッツも、どちらも椅子に腰掛けない。家具つきのユニットのことを知りたいんですが、と彼は言う。

「御家族は何人でいらっしゃるのかしら?」でも私はいつも訊くことをただ型通りに訊いているだけだ。彼らが何人だか私は知っている。後ろのシートに子供が二人いるのが見えた。二プラス二はどう考えても四だ。

「私と女房と子供二人です。子供は十三と十四、部屋は二人一緒で結構です。いつもそうしてますから」

彼女は両腕を前であわせ、ブラウスの袖をつかんでいる。そして椅子と洗面台を、まるで生まれて初めて見るみたいにじっと見ている。あるいは本当に初めて見るのかもしれない。

「美容の仕事をしてるんですの」と私は言う。

彼女は肯く。それから私のジュズダマ草をちらっと見て品定めする。それには正確に五枚の葉っぱしか残っていない。

「水をやらなくてはね」と私は言う。そこに行って、葉の一枚に手を触れる。「この辺のものは何もかも水をやる必要があるんです。空気に湿気が不足してるんですよ。年に三回雨が降ったらそれは幸運って思わなくちゃならないくらいですから。でもそういうのにもすぐに慣れますわよ。私たち慣れないわけにはいきませんでしたからね。でも大丈夫、ここはどこも全部エアコン付きですから」

「家賃は幾らなんでしょう？」とホリッツが訊く。

私が金額を言うと、彼は「どう思う？」というような顔で妻を見る。でも彼は壁でも見たほうがよかったかもしれない。彼女は夫には見むきもしない。「見せていただけますかね」と彼は言う。私は十七番のキイを取って、それから外に出る。

ハーレーがどこにいるかは姿を見ずとも音でわかる。

やがて彼は建物と建物との間に姿を見せる。彼はバーミューダ・ショーツにTシャツという格好で、芝刈り機を押している。ノガーレスで買った麦藁帽をかぶっている。彼はここで芝生を刈ったり、細々としたメインテナンスの仕事をしたりしている。私たちはフルトン・テラス株式会社という会社に雇われているのだ。彼らがここを所有している。もし何か大きな問題が持ちあがれば、たとえばエアコンが故障するとか、配管設備に重大なトラブルが生じるとかすれば、私たちは電話して専門業者を呼ぶことになる。

私は手を振る。振らないわけにはいかない。ハーレーは芝刈り機のハンドルから片手を上げて合図する。それから帽子をぐっと目深にかぶりなおして、作業にまた集中する。芝生の端まで来ると彼は方向転換し、今度は通りの方に向かって進む。

「あれはハーレーです」私は大声で叫ばなくてはならない。我々は建物の横から入って、階段を何段か上がる。「どういう関係のお仕事をなさっているんですか、ホリッツさん？」と私は彼に尋ねる。

「農業です」と奥さんが答える。

「もう今は違いますがね」

「ここには耕せるような土地は殆どありませんよ」と私は私としては当然のことを口にする。

「ミネソタに土地を持ってたんです。小麦を作って、何頭か牛を飼って。主人は馬のことに詳しいんです。馬についてならそりゃ、何でも知ってます」

「もうよせよ、ベティー」

そのときになって私もだいたいの事情がわかってきた。ホリッツは職をなくしたのだ。それは私の首をつっこむべき問題ではないし、もし本当にそうだとしたら——そのとおりだったのだが——気の毒だと思う。でもそのユニットの前に来たときに私はこう言わないわけにはいかなかった。「もしお決めになるんでしたら、二ヵ月分の家賃と、百五十ドルの保証金をいただくことになります」私はそう言いながら下のプールを見る。何人かがデッキ・チェアに座っている。水の中に入っているものもいる。

ホリッツは手の甲で顔の汗を拭う。ハーレーの芝刈り機はかたかたと音を立てながら向こうの方に去って行く。車がスピードを出してヴェルデ通りを過ぎていく遠い音が聞こえる。二人の少年はステーション・ワゴンの外に出ている。一人は軍隊式に気をつけの姿勢をとっている。両足をきちっとつけて、両手を脇につけている。でも見ていると、彼は両手をばたばたと上下させながら跳び上がり始める。まるでそこから飛び立とうとでもしているみたいに。もう一人はステーション・ワゴンの運転席の側にしゃがみこんで、膝の屈伸運動をしている。

私はホリッツの方を見る。

「中を見せて下さい」と彼は言う。

私はキイを回してドアを開ける。ベッドルーム二つの小さな家具つきアパートメントである。どこにでもあるやつだ。ホリッツはバスルームに長くいて、便所の水まで流す。そしてタンクに水が溜まるのをじっと待っている。そのあとで彼はこう言う。「こっちが我々の部屋になるね」彼は窓からプールを見下ろせるベッドルームのことを言っているのだ。キッチンで、女は水切り台の角をつかんでじっと窓の外を見ている。

「プールです」と私は言う。

彼女は肯く。「私たち、プールのあるモーテルに何度か泊まりました。でもあるプールでは水に塩素を入れすぎてありました」

私はその話のつづきを待つ。でも話はそれっきりだ。私もそのあと何を話せばいいのかわからなくなってしまう。

「うだうだ言っててもしかたない。ここに決めます」そう言いながらホリッツは妻を見る。今度は彼女も彼の目を見る。彼女は肯く。彼は歯の間からふうっと息を吐く。それから彼女はこともあろうに指を鳴らしはじめる。片手でまだ水切り台の角をつかみながら、もう片方の手で鳴らしはじめるのだ。パチン、パチン、パチン、と。犬を呼ぶか、あるいは誰かの注意を引こうとでもしているみたいに。それから彼女はそれをやめて、カウンターにさっと爪を走らせる。

私にはそれがどういう意味なのかよくわからない。ホリッツにもわからない。彼は足を動かしている。

「それではオフィスに戻って手続きをしましょう」と私は言う。「気に入っていただけて嬉しいですわ」

私は本当に嬉しかったのだ。この季節にはユニットに結構空きが出る。そしてこの人々は信頼できそうに思えた。いささかの不運にみまわれているだけのことだ。それはちっとも恥じるべきことではない。

ホリッツは現金で払う。二ヵ月分の家賃と、百五十ドルのデポジット。彼は私の見ている前で五十ドル札を数える。グラント札〔訳注・五十ドル札にはグラント大統領の顔が印刷してあるので〕とハーレーは呼ぶ。俺もあんまり沢山は見たことないけどね、と。私は領収書を書いて、キイを二本渡す。「これで完了です」

彼はそのキイを眺める。そして一本を奥さんに渡す。「さあ、これで俺たちアリゾナにいる。アリゾナに来ることになるなんて考えたことあったかね？」

彼女は首を振る。彼女はジュズダマ草の葉の一枚に触っている。

「水をやらなくてはね」と私は言う。

彼女は葉っぱから手を放して、窓の方を向く。私は彼女の隣に行く。ハーレーはまだ芝生を刈りつづけている。でも彼は今は家の正面にいる。少し農業の話が出たせいで、彼がブラック・アンド・デッカー芝刈り機ではなく、鋤を押している姿を一瞬思い浮かべてしまう。

私は彼らが箱やスーツケースや服なんかを車から降ろすのを見ている。ホリッツは何か紐がぶらさがっているものを運んでいる。初めは何だかよくわからないが、そのうちにそれが馬勒《ばろく》であることがわかる。このあと何をすればいいのか、私にはわからない。とくに何をする気もおきないので、金庫からグラント札を取り出す。私はつい今しがた札を放り込んでおいたのだが、それをもう一度出してみる。それらの紙幣はミネソタからやってきたのだ。それらが来週この時間に何処に行っているかは誰にもわからない。ラス・ヴェガスかもしれない。ラス・ヴェガスについて私が知っているのはテレビで見たことくらいだ。殆ど知らないも同然だ。それらのグラント札がワイキキ・ビーチだとか、そういういろんな場所にたどりつくところも想像できる。マイアミとかニューヨーク・シティー。あるいはニュー・オーリアンズ。私はそれらの札の一枚がマルディ・グラの期間に手から手へ交わされる様を思う。それらはどんな場所にでも行けるし、それが原因になって様々なものごとが持ち上がるのだ。私はグラントの年取った広い額の上にインクで自分の名前を書く。マージ。私は活字体でそう記しておく。全部の札に。彼の濃い眉毛のすぐ上のところに。人々はそれを使おうとして、あれ、これは何だと思うだろう。マージって誰だろう？　そう自問するだろう。このマージって誰なんだろう？

ハーレーが外から戻ってきて、私の洗面台で手を洗う。私がそんなことされるのを好まないのを彼は知っている。でもわかっていたところで、絶対にやめない。

「あのミネソタから来た人たちだけどな」と彼は言う。「あのスエーデン人よ。ずいぶんはるばるやって来たもんだよな」彼は手をペーパータオルで拭く。彼は私の口から詳しいことを聞きたいのだ。でも私だって何も知らない。彼らはスエーデン人みたいには見えないし、スエーデン人みたいな喋りかたもしない。

「あの人たちスエーデン人じゃないわよ」と私は彼に言う。でも彼は私の言うことなんか聞こえないという風にしている。

「それで旦那は何してんだよ?」

「農業だって」

「農業? 馬鹿言っちゃいけねえや」

ハーレーは帽子を取り、私の椅子の上に置き、自分の髪を撫でる。それから帽子を見て、またそれをかぶる。いっそ糊で頭に貼りつけてしまえばいいのにと私は思う。

「ここで百姓仕事なんてみつかりっこねえだろうが。そう言ってやったか?」彼は冷蔵庫からソーダ・ポップの缶を出して、自分の寝椅子に座る。そしてリモコンを手に取って何かのスイッチを押す。テレビがぱちぱちと音を立てる。彼はそれから自分の見たい番組が出てくるまでぱちぱちとスイッチを押しつづける。病院もののドラマだ。

「それで、スエーデン人に他に何ができるんだよ? 百姓仕事の他によ?」

私にはそんなことわからない。だから黙っている。でもハーレーはもうテレビ番組に夢中になっている。自分が私に何か質問したことなんて忘れてしまったんだろう。

サイレンが鳴り、タイヤがきいっと軋む。画面では救急車が赤いライトを点滅させながら救急病棟の前に停まった。男が車から飛び降りて、後ろにまわってドアを開ける。

翌日、男の子たちがホースを借りにきて、それでステーション・ワゴンを洗う。中も外もだ。ちょっとあとで奥さんが出ていくのを見る。ハイヒールと綺麗なドレスを着ている。きっと職探しに行くのだろう。そのしばらくあとで、水着に着替えた男の子二人がプールにたむろしているのを目にする。一人はボードから飛び込んで水中に潜ったまま向こうの端まで泳ぐ。そして顔を出してひゅうっと水を吐き、頭をぶるぶると振る。もう一人の子は、昨日膝の屈伸をやっていた方の子だが、プールの反対側にタオルを敷いて腹這いになっている。でも泳いでいる子は泳ぎつづける。何度も何度も往復する。壁に手を触れて、軽くキックして方向転換する。

そこには他に二人の客がいる。彼らはプールの両サイドでそれぞれラウンジ・チェアに座っている。一人はアーヴィング・コブ、デニーズでコックの仕事をしている。彼は自分ではスパッズと名乗っている。みんなも彼のことをそう呼んでいる。アーヴとかなんとか、そういうニックネームでは呼ばない。スパッズは五十五歳で、頭は禿げている。彼はもうビーフ・ジャーキーみたいな色をしているが、それでもまだ日焼けしようとしている。今現在、彼の新しい奥さんのリンダ・コブはKマートで働いている。スパッズは夜に仕事をする。でも彼とリンダは土曜と日曜に二人で休みを取れるようにうまく段取りをつけている。反対側の椅子にはコニー・ノヴァが座っている。彼女は椅子の上で身を起こして、脚にローションをすりこんでいる。彼女はほとんど裸である。わずかに体を覆う小さな二枚の布をつけているだけだ。コニー・ノヴァはカクテル・ラウンジのウェイトレスである。彼女は六ヵ月前に、彼女のいわゆるフィアンセとここにやってきた。その男はアル中の弁護士だった。でも彼女はその男を放り出した。今のところ彼女はリックという名の髪の長い大学生と住んでいる。たまたま知ったことだが、彼は今親のところに帰っていて、ここにはいない。スパッズとコニーはどちらもサングラスをかけている。コニーのポータブル・ラジオが鳴っている。

ここにやって来たとき、スパッズは奥さんを亡くしたばかりだった。一年かそこら前の話だ。でも何ヵ月か独身生活を送っただけで、彼はリンダと結婚した。三十代の赤毛の女だった。どういう風にして二人が知り合ったのか私は知らない。でも二ヵ月ばかり前のある夜、スパッズと彼の新しい奥さんはハーレーと私を素敵な夕食に招待してくれた。スパッズがそういうのを全部料理してくれたのだ。夕食の後で、私たちは彼らの部屋の居間に座って、大きなグラスで甘いお酒を飲んだ。ねえホーム・ムーヴィーを見ないか、とスパッズが訊いた。いいわね、と私たちは返事した。それでスパッズはスクリーンとプロジェクターを用意した。リンダ・コブは私たちにその甘いお酒のおかわりを注いでくれた。まあしょうがないわ、と私は思った。スパッズは前の奥さんと一緒にアラスカ旅行したときのフィルムを見せてくれた。それは彼女がシアトルから飛行機に乗りこむところから始まっていた。スパッズはそれを映しながら解説を入れた。死んだ奥さんは五十代で、いささか太ってはいるがなかなか綺麗な人だった。髪型がよかった。

「あの人がスパッズの最初の奥さんなの」とリンダ・コブが言った。「初代のミセス・コブ」

「イヴリンだよ」とスパッズが言った。

その最初の奥さんは長い間スクリーンに映っていた。彼女の姿が映っている前で、二人が彼女について話すのを聞いているのは妙なものだった。ハーレーは私の方をちらっと見た。それで彼もまた何か感じるところがあるんだということが私にはわかった。リンダ・コブは私たちにお酒のおかわりか、それともマカロン・クッキーはいかがと尋ねた。もう結構です、と私たちは答えた。スパッズは最初の奥さんについてまた何か喋った。彼女はまだ飛行機の入り口のところにいた。そして微笑みながら、口を動かして何かを喋っていた。私たちに聞こえるのは、映写機のかたかたかたかたという音だけだというのに。他の人々は飛行機に乗り込むために、彼女の脇をすりぬけていかなくてはならなかった。彼女はカメラに向かって手を振りつづけていた。つまり居間に座っている私たちに向かって手を振っていた。彼女はいつまでもいつまでも手を振りつづけていた。「またイヴリン」とその女が画面に現れるたびに新コブ夫人が言った。

もし、私たちそろそろ失礼しなくてはと言い出さなかったら、スパッズは一晩そのフィルムを回していたかもしれない。ハーレーが切り出したのだ。どういう言い方をしたのか、私には思い出せないけど。

コニー・ノヴァは椅子の上に仰向けになっていた。顔の半分はサングラスで隠されていた。脚とおなかはオイルでてかてか光っていた。ここに来てまもないある夜、彼女はパーティーを開いた。弁護士を放り出して長髪をひっかける前の話だ。彼女はパーティーのことを「ハウス・ウォーミング」と呼んだ。私とハーレーも他の人々と一緒に招待された。私たちは出かけたが、同席した連中がどうも気に入らなかった。私たちはドアのすぐ近くに席をみつけて座ったまま、最後までずっとそこを離れなかった。いずれにせよ、そんなに長いあいだではなかったけれど。コニーのボーイフレンドが福引きの賞品を贈呈した。彼が無料で離婚手続きを引き受けるというのが賞品だった。誰の離婚でもいい。その気のある方は籤を入れた鉢を回すから一枚引いて下さい、ということだった。鉢が私たちの方に回ってきたとき、みんなは大笑いしていた。ハーレーと私はちらっと顔を見合わせた。私は引かなかった。ハーレーも引かなかった。でも彼が鉢の中の籤をちらっと見るのを私は見た。それから彼は首を振って、その鉢を隣の人に回した。スパッズと新コブ夫人でさえ籤を引いた。あたり籤は裏に字が書いてあった。「このカードの所有者は無料で一度だけ御自由に離婚できます」そして弁護士の署名と日付。その弁護士は酔っぱらいだった。でもそれにしても、これじゃあまりにも出鱈目だと私は思う。私たちを除いて、そこにいた全員が籤を引いた。まるでそれがすごく面白いゲームであるみたいに。あたり籤を引いた女性は手を叩いて喜んだ。まるでテレビのゲーム番組だ。「わあ、すごい。私、何かにあたったのなんて生まれて初めてだわ！」話を聞くと、彼女の御主人は軍人さんということだった。彼女がまだその御主人と一緒にいるのか、それとも離婚したのか、私には知りようもない。というのは、コニー・ノヴァはその弁護士と別れて以来、つきあう相手を変えてしまったからだ。

私たちはその福引きの直後、パーティーをあとにした。私たちは毒気にあてられてしばらくろくに口をきけなかった。私たちのどちらかがひとことこう言っただけだった。「まったく自分の目がまだよく信じられない」と。

たぶん私がそう言ったんだと思う。

一週間後、ハーレーが「あのスエーデン人（ホリッツのことだ）、仕事みつけたかなあ」と尋ねる。私たちは昼食を食べ終えたところで、ハーレーは椅子に座ってソーダ・ポップの缶を手に持っている。私たちはまだテレビはつけてはいない。さあどうかしらね、と私は言う。本当に知らないのだ。それから何を言うんだろうと思って私は待つ。でも彼はそれ以上何も言わない。彼は首を振る。何かを考えているように見える。それからボタンを押してテレビをつける。

彼女は職をみつける。彼女はここから数ブロック先のイタリアン・レストランでウェイトレスとして働き始める。彼女は分割勤務《スプリット・シフト》で働いている。ランチ・タイムに働いて、それから家に帰り、それからディナー・タイムにまた仕事に行く。行ったり来たりで、今に自分自身にぶつかるんじゃないかという気がするくらいだ。男の子たちは終日泳ぎつづけ、ホリッツはじっと家の中にいる。彼がそこで何をしているのかはわからない。一度私は彼女の髪をセットして、そのときに少し事情がわかった。彼女の話によると、彼女はハイスクールを出てからしばらくウェイトレスの仕事をしていて、そこでホリッツと知り合った。遥かミネソタで彼にパンケーキか何かを給仕したのがなれそめというわけだ。

　その朝は彼女はうちにやってきて、ひとつお願いがあるんだけどと言った。彼女はランチ・シフトのあとで髪をセットして、ディナー・シフトに出られるようにしてくれないかと私に頼んだ。そういうのできるかしら？　ちょっと待って下さいね、予約帳を見ますから、と私は言った。そして中にお入りになったらと言った。外の気温はもう三十八度を越えていたにちがいない。

「急にお願いして悪いとは思うんだけど」と彼女は言った。「でも昨夜店から帰ってきて鏡を見たら、頭の地肌が見えてるのよね。それでこう思ったわ、『これはトリートメントしなくっちゃ』って。他にどこに行けばいいのかわからないし」

　私は八月十四日金曜日のところを開ける。ページには何も書き込みはない。

「二時半だったら大丈夫、できるわよ。それとも三時か」と私は言う。

「三時の方がいいわ」と彼女は言う。「もう急いで行かなくっちゃ。遅れそうなのよ。経営者が本当にろくでもないやつなの。じゃあまたあとでね」

二時半に、私はこれからお客があるからとハーレーに言う。だから野球中継はベッドルームに行って見ていてくれと。彼はぶつぶつ言う。でも彼はコードを巻き、テレビ・セットを押して部屋に運んでいく。ドアを閉める。私は必要なものが全部揃っているいることを確かめる。雑誌をさっと手に取れるようにしておく。それから私はドライヤーの隣に座って爪にやすりをかける。私はいつものように仕事用のローズ色のユニフォームを着ている。爪にやすりをかけつづけながら、時々目を上げて窓を見る。

彼女は窓の外を通り過ぎ、それからドアベルを押す。「どうぞお入りなさい」と私は呼び掛ける。「ドアは開いてます」

彼女は白と黒の店の制服を着ている。私たちは二人とも制服を着ているわけだ。「さあ、お座りなさいな。さっそく始めましょう」彼女は爪やすりを見る。「私、マニキュアもやってるのよ」と私は言う。

彼女は椅子に座って、ふうっと息を吸う。

私は言う。「頭を後ろにやって。そうそう。さあ、目を閉じてちょうだいな。リラックスしてね。まずシャンプーをして、地肌をマッサージしなくちゃね。それから次にとりかかりましょう。時間はどれくらいあるの？」

「五時半までにお店に戻らなくちゃならないのよ」

「それまでには仕上がるわ」

「食事は店でできるの。でも主人と子供の御飯はどうしようかしら？」

「あなたなしでも、彼らはなんとかするわよ」

私はお湯を出す。それからハーレーが洗面台に草と泥をつけていったことに気づく。私はそれを綺麗に拭きとってから作業を始める。

私は言う。「おなかがすいたら、ちょっと歩いてハンバーガー・ショップまで行けばいいのよ。何でもないことじゃないの」

「あの人たち、そんなことしやしないわ。それに私としても、そんなところに行かせたくないのよ」

それは私の口を出すべきことではない。だからそれ以上は何も言わない。私は綺麗なシャボンを作って、仕事にかかる。私はシャンプーし、リンスし、髪をセットする。彼女をドライヤーの中に入れる。彼女の目は閉じられていた。眠っているのかもしれない、と私は思った。それで私は彼女の手をとって仕事を始める。

「マニキュアはいらない」彼女は目をあけて、手をひっこめる。

「いいのよ、大丈夫よ。一回めのマニキュアは無料ってことになってるの」

彼女は手を私に差し出し、雑誌を一冊手に取って、それを膝の上に置く。「子供たちは主人の子供なの」と彼女は言った。「最初の奥さんとの間の子供。会ったとき、彼は離婚していたの。でも私、あの子たちのこと我が子同然に好きなの。これ以上は愛せないくらい愛してる。本当のお母さんでもこんなには愛せないと思う」

私はドライヤーのスイッチを一段下げて、音が静かに低くなるようにする。私は彼女の爪の手入れをつづける。彼女の手から少しずつ緊張が抜けていく。

「奥さんは彼らを捨てて逃げたの。ホリッツと子供たちを。十年前の元日に。それ以来、一切消息なし」この人はその話をしたいんだ、と私は思う。私の方は構わない。みんな椅子に座るとなぜか話をしたがる。私はやすりをかけつづける。「ホリッツは離婚の手続きをして、私たちおつきあいを始めたの。それから結婚した。長いあいだ二人でやってきた。いいこともあったし、悪いこともあった。でも私たち、自分たちは何かに向かって進んでるんだと思ってた」彼女は首を振る。「でもあることが起こったの。ホリッツの身に起こったってことよ。どういうことかと言うと、彼は馬に興味を持つようになったの。ある一頭の競走馬、主人はそれを買って、ねえわかるでしょう――負けがこんでいったの、毎日少しずつ。彼は馬を競馬場につれて行った。彼はずっといつもと同じように夜明け前に起きてた。そしていろんな日々の雑用を片づけてた。だから何か問題があるとは思わなかったの。でも私って馬鹿なのよ。私、本当のこと言うと、ウェイトレスの仕事だってあんまり得意じゃないのよ。あのイタ公たち、何かきっかけがあり次第、待ってましたとばかりに私をさっさと首にしちゃうわよ。きっかけなんかなくても首にするかもしれない。首になったらどうしよう？本当にどうしたらいいかしら？」

私は「大丈夫よ、誰もあなたを首にしたりなんかするもんですか」と言う。

まもなく、彼女は別の雑誌を手に取る。でもそれを開きもしない。彼女はそれを手に持ってただ話しつづけるだけだ。「とにかく、その馬がいたのよ。ファースト・ベティーっていう名前。そのベティーっていうところはジョークなのよ。でも彼は言うの、お前の名をとってベティーっていう名前にしたら、優勝しないわけないさって。それで見事な大勝利といけば結構な話だったんだけど、事実はそうじゃなかった。出ると負けっていうやつよ。あらゆるレースで負けた。『出ると負けベティー《ベティー・ロングショット》』って名前にすりゃあよかったんだわ。最初のうちは私も何度かレースを見に行った。でもその馬の賭率はいつも九九対一だったわ。でもホリッツは、何はともあれ頑固さにかけては右に出るものがないっていう人なの。だから引きさがろうとはしなかった。彼はその馬に延々とお金を賭けつづけたの。単勝で二十ドル賭けて、また単勝で五十ドル賭けて。それに馬を持つというのは何やらかやらお金がかかるものなの。ひとつひとつとれば、たしかにそれほど大した額じゃないのよ。でも積もり積もると大きくなるのよ。そして賭率が大きいもんだから――ほら、九九対一なんて具合でしょう――彼はよく複式馬券を買ったわ。そしてこう言うの、もしこれが来たら信じられないくらい金が入るぞって。でも来やしなかった。だから私、競馬なんか見にいかなくなった」

私は自分の作業をつづける。爪の手入れに神経を集中する。「あなたのあま皮はきれいだわね」と私は言う。「ねえほら、ごらんなさいな。かわいい半月形だわねえ。血液がきれいなしるしなのよ」

彼女は自分の手をまぢかにしげしげと見る。「そんなものかしらね？」と言って、彼女は肩をすくめる。そしてまた私に手を預ける。彼女にはまだ話のつづきがあった。「昔、ハイスクール時代に、カウンセラーの部屋に呼ばれたの。女の子一人ずつ、全員がそこに呼ばれたわけ。そして『あなたの夢はどんなものかしら？』って質問されたの。その女のカウンセラーに。『十年後の自分が何をしていると思う、あるいは二十年後に？』私は十六か十七だったわ。まだ子供だったのよ。なんて答えればいいのかわからなかったわ。私はぼけっとしてそこに座っていた。そのカウンセラーの女の人はちょうど今の私くらいの歳だった。年寄りみたいに思えたの。この人、年寄りじゃないって、私は思ったわ。この人の人生はもう半分終わってるんだって。そして私はこの人の知らないことを知ってるんだっていう気がしたの。彼女がこの先知ることのない何かを私は知っているんだって。ある秘密。誰も知らないはずの、そして口にされることもない、何かを。それで、私はじっと黙ってたの。私は首を振っただけだった。彼女は私のことを頭が足りないと思ったんじゃないかしらね。でも私には何も言えなかったの。わかる？ 私には、自分が彼女の想像もつかないようなことを知っているような気がしたのよ。今もし誰かに同じ質問をされたとしたら、もし将来の夢について尋ねられたりしたら、ちゃんと答えられるわよ」

「なんて答えるの？」私は別の手を取っている。でも爪の手入れはしない。私はその手を持ったまま、答えを待っている。

彼女は椅子の中で体を前にやる。彼女は手を引っ込めようとする。

「なんて答えるの？」

彼女は溜め息をついて、背中をもたせかける。私に手を差し出す。「私はこう言うわ。『夢というのは、そこから覚めるためのものです』そう答えるわね」彼女はスカートの膝のところの皺を直す。「もし誰かに質問されたら、そう答えるわ。でも誰も訊きやしない」彼女はまたふうっと息を吐く。「あとどれくらいかかるかしら？」

「もうちょっとよ」と私は言う。

「あなたにはきっとわからないわ」

「わかりますとも」と私は言う。私はスツールを彼女の脚のすぐ脇に寄せる。私は彼女に、ここにやってくるまで自分たちがどんなひどい目にあったかについて話し始める。そしてここに来てからだって同じようなものだ、と。ところがハーレーがよりによってちょうどそのときに部屋から出てくる。彼は私たちの方を見ない。テレビがベッドルームで鳴っている音が聞こえる。彼は洗面台のところに行ってグラスに水を汲む。頭を傾けて、それをごくごく飲む。喉仏が上下する。

私はドライヤーをどかせ、頭の両側に手をやって髪を触る。カールをひとつちょっと引っ張りあげる。

私は言う。「あなた生まれかわったみたいだわよ、ハニー」

「そう願いたいものね」


男の子たちは学校が始まるまで毎日、朝から晩まで泳ぎつづける。ベティーはウェイトレスの仕事をつづけている。でも、どうしてかは知らないけれど、彼女はもう私のところには髪のセットに来ない。私の仕事があまり気に入らなかったのかもしれない。時々私はベッドの中で目を覚まして、ハーレーが石臼みたいないびきをかいているのを聞きながら、ふとこう考える。もし私がベティーの立場だったらいったいどうするだろうか、と。

ホリッツは九月の一日に息子の一人に家賃を持たせて寄越した。十月の一日にも。彼はまだ現金で払いつづけている。私は男の子からお金を受け取り、その子の前で札を数え、領収書を書いた。ホリッツは何かの仕事をみつけていた。たぶんそうだと思う。彼は毎日ステーション・ワゴンで出かける。朝早く出て、夕方に帰ってくる。彼女は十時半に窓の外を通りすぎ、三時に戻ってくる。私と目があうと、彼女はちょっと手を振る。でもにこりともしない。それからまた五時にベティーがレストランに歩いて出勤する姿が見える。少しするとホリッツの車が帰ってくる。そういうのが十月の半ばまでつづく。

一方、ホリッツ夫婦はコニー・ノヴァと、その長髪のボーイフレンドのリックと知り合った。それからスパッズと彼の新コブ夫人とも親しくなった。時折、日曜の午後なんかに、彼らがみんなで飲み物を手にプールサイドに座り、コニー・ノヴァのポータブル・ラジオに耳を傾けているのを目にしたものだった。一度ハーレーが、彼らがみんなで建物の裏のバーベキュー・エリアに集まっているのを見かけたよ、と言った。彼らはやはり水着姿だった。あのスエーデン人は牛みたいな胸してるね、と言った。ハーレーの話だと、彼らはホットドッグを食べてウィスキーを飲んでいたらしい。あいつら酔っぱらってたねとハーレーは言った。

土曜日の夜十一時過ぎだった。ハーレーは椅子の上で眠っていた。ほどなく私は起きてテレビを消さなくてはならない。私がそうすると、彼は目を覚ましてこう言うだろう。「なんでテレビ消すんだよ。俺、その番組見てたんだぞ」と。いつだってそう言うのだ。いずれにせよテレビはついていた。私は髪にカーラーを巻いて、膝の上には雑誌を載せている。時々私は目を上げた。でも私はテレビの番組に意識を集中することができなかった。彼らはみんなでプールのまわりに集まっていた。スパッズとリンダ・コブ、コニー・ノヴァと長髪、ホリッツとベティー。ここには夜の十時以降にプールのエリアに入ってはいけないという規則がある。でもその夜、彼らはその規則を無視していた。もしハーレーが目を覚ましたら、彼は出て行って彼らに何かひとこと言うだろう。彼らがみんなで楽しむというのは結構なことだと私は思う。でもそろそろ切り上げる時間だった。私は何度も起きあがって、しょっちゅう窓に様子を見に行った。ベティーの他は全員水着姿だった。彼女はまだ店の制服を着ていた。でも靴は脱いで、手に酒のグラスを持っていた。そして他の連中と調子をあわせて飲んでいた。私はテレビを消さなくてはと思いつつ、のばしのばしにしていた。それから彼らの一人が大きな声で何かを言って、別の一人がそれを受けて笑い出した。ホリッツがぐいと酒を飲み干すのが見えた。彼はグラスを床に置いた。そして更衣室の方に歩いていった。テーブルを持ってきて、その上に乗った。それから――なんの造作もないというように軽々と――更衣室の屋根の上に登った。まったくだわね、なんて力が強いのかしらと私は思った。長髪がしてやったりとばかりに拍手する。他のみんなもまたやいやいとはやしたてる。あそこに行って止めさせなくちゃと私は思う。

ハーレーは椅子にだらんと沈みこんでいた。テレビはつけっぱなしだった。私はゆっくりドアを開け、外に出て、ドアを押して閉める。ホリッツは更衣室の屋根の上にいる。みんなが彼をたきつけている。みんなは「大丈夫だよ、できるよ」とか「腹打ち飛び込みするなよ」とか「それくらいでひるんでちゃ駄目よ」とかいうようなことを言っている。

それからベティーの声が聞こえる。「ホリッツ、馬鹿なことしないでよ」でもホリッツは屋根の端に立ったままだ。彼は水を見下ろしている。そこに届くにはどれくらい助走をつければいいか計算しているみたいである。彼は後ろの端までバックする。

そして手のひらにぺっと唾を吐き、手をこすりあわせる。「そうだよ、そうこなくっちゃ！」とスパッズが声をかける。

私は彼が板ばりの床にぶつかるのを見る。ごつんという音も聞こえる。

「ホリッツ！」とベティーが悲鳴をあげる。

みんな彼の方に駆け寄る。私がそこについたときには、彼は起きあがっている。リックは彼を抱き起こして、顔を寄せるようにして怒鳴っている、「おい、ホリッツ、大丈夫かい！」と。

ホリッツの額には裂け目が開いている。そして目はどろんとしている。スパッズとリックが手を貸して彼を椅子に座らせる。誰かが彼にタオルを貸してやる。でもホリッツはタオルを手にしたまま、いったいそれを何に使えばいいのかという顔をしている。別の誰かが彼の手に酒のグラスを握らせてやる。でもホリッツはそれもどう扱っていいのかわからないみたいだ。みんなはいろんなことを彼に言いつづけている。ホリッツはタオルを顔にあてる。それからタオルについた血を見る。でも彼はただそれをじっと見ているだけだ。彼には何もわかっていないみたいである。

「ちょっと見せてちょうだい」と私は言って、彼の前に回りこむ。ひどい状態だ。

「ホリッツ、大丈夫？」でもホリッツは私を見ているだけだ。やがて目つきがふらふらしてきた。「救急病院に連れていった方がいいわ」私がそう言うと、ベティーは私を見て、それから頭を振る。彼女はホリッツに目を戻す。そしてホリッツにもう一枚タオルをわたす。彼女はしらふらしい。でも他の連中は酔っぱらっている。酔っぱらっているというのが、まだ好意的な表現であるくらいだ。

スパッズが私の言葉にとびつく。「彼を救急病院に連れていこう」リックが「俺も一緒に行く」と言う。

「みんなで行こう」とコニー・ノヴァが言う。

「みんなしっかりくっついていた方がいい」とリンダ・コブが言う。

「ホリッツ」ともう一度私は名前を呼ぶ。

「俺はもう耐えられない」とホリッツが言う。

「なんて言ったの、この人?」とコニー・ノヴァが私に尋ねる。

「俺はもう耐えられないって言ったのよ」と私は言う。

「もう何だって?　何の話してるんだよ?」とリックが知りたがる。

「もう一度言ってよ」とスパッズが言う。「聞こえなかったからさ」

「この人はもう耐えられないって言ったのよ。何言ってるのかきっと自分でもわかってないのよ。病院に連れていくのがいちばんいいわよ」と私は言う。それからハーレーと規則のことを思い出す。「あなたたちここにいちゃいけないわ。誰一人よ。規則でそうなってるのよ。さあここから出て、この人を病院に連れてって」

「彼を病院に連れていこう」とスパッズがたった今思いついたみたいに言う。みんなの中で彼がいちばん酔っぱらっていたかもしれない。というのは、彼はじっと立っていられなかったからだ。よろよろしていた。彼は足を上にあげて、それをまた下ろすという動作を繰り返している。その胸毛は頭上のプール・ライトに照らされて雪のように白くなっている。

「俺、車持ってくる」と長髪が言う。「なあコニー、キイを貸してくれよ」

「俺はもう耐えられない」とホリッツが言う。タオルは顎のところに下げられている。でも彼の切り傷は額にあるのだ。

「あのテリ織のローブを持ってきてあげなさい。こんな格好で病院には行けないわよ」とリンダ・コブが言う。「ホリッツ！　ホリッツ！　ほら、私たちよ」彼女はしばらく待って、それからホリッツの手からウィスキー・グラスを取り上げ、ひとくち飲む。

何人かが窓から顔をのぞかせて、この騒ぎを見下ろしている。窓に明かりがつきはじめる。

「うるさいから、寝ろよ！」と誰かが怒鳴った。

とうとう長髪が家の裏手からコニーのダットサンを持ってきて、プールの脇につけて停める。ヘッドライトがこうこうと光る。彼はエンジンをふかしている。

「いいかげんにしろ、もう寝ちまえよ！」と前と同じ人が怒鳴る。窓から見る人の数も増えている。ハーレーが来てくれないものかと私は思う。帽子をかぶって、かっかしながら。それから思いなおす。駄目だ、あの人は目を覚ましやしないもの。ハーレーのことなんて、期待できない。

スパッズとコニー・ノヴァがホリッツの両側に乗る。ホリッツはちゃんとまっすぐに歩けない。彼はふらふらしている。酔っぱらっているせいもある。でも怪我がこたえていることも確かだ。みんなは彼を車に乗せ、そのあとから押し合いへしあい乗りこむ。最後にベティーが乗る。彼女は誰かの膝の上に乗らなくてはならない。そして行ってしまう。誰だかはしらないが、怒鳴っていた男は窓をばたんと閉める。


その次の週ずっと、ホリッツはアパートをはなれない。ベティーも仕事を辞めてしまったようだった。というのは、彼女はもう窓の外を通り過ぎないからだ。男の子たちを見かけると、私は外に出ていって、単刀直入にこう尋ねる。「お父さんの具合どう?」と。

「頭に怪我してるんです」とどちらかの男の子が答える。

もっと何か言ってくれないものかと思ってじっと待つ。でもそれだけだ。彼らは肩をすくめ、弁当をいれた袋とバインダー・ノートを持って、学校に行ってしまう。その後で、彼らの義理のお母さんについて何も尋ねなかったことを私は後悔する。

包帯を巻いて自分の家のバルコニーに立っているホリッツを外で見かけるが、彼は会釈もしない。まるで赤の他人みたいに私に接する。私のことなんか知らないし、知りたくもないという風である。ハーレーは自分も同じ目にあったと言う。彼は腹を立てている。「あいつ、いったいどうしたっていうんだよ」とハーレーは訊く。「くそスエーデン野郎。あいつ、頭をどうしたんだよ? 誰かにぶっとばされたか何かしたのかな?」でもそう訊かれても私は何も言わない。私はもうあのことには関わりあいになりたくないのだ。

そのあとの日曜の午後、私は男の子の一人が箱を運んでステーション・ワゴンに積みこんでいるのを目にする。彼は階段を上って戻って行く。でもほどなく別の箱を手に戻ってくる。そしてそれも車に積む。それで私には彼らがここを出ていこうとしているんだとわかる。でもそのことはハーレーには言わないでおく。どうせそのうちにわかることとなのだ。

翌日ベティーは男の子の一人を使いに寄越す。残念だが引越さなくてはならないことになった、という手紙を彼はことづかっている。そこにはカリフォルニアのインディオにいる彼女の妹の住所が書いてあって、ここにデポジットを送り返してくれということである。家賃の切れる八日前にここを出ていくのだと彼女は言う。だから三十日前の通告という条項にはもとるものの、なんとかそのぶん払い戻してもらえないだろうか、と彼女は書いている。「いろいろと御世話になりました。髪のセットをしていただいて、有り難う」と彼女は書いている。そして「ベティー・ホリッツ」と署名がある。

「あなた、名前はなんていうの？」と私は子供に訊く。

「ビリー」

「ねえビリー、お母さんにお発ちになるのは残念ですってお伝えして」

ハーレーは彼女のメモを読んで、フルトン・テラスから金を取り戻すのは地獄の火を消すよりむずかしいぜ、と言う。俺はああいうの理解できないね、と彼は言う。「お天道さんが照るのはあたり前って顔して、あっち行ったりこっち行ったりしてるような連中」いったいこれから何処に行くんだろう、と彼は私に尋ねる。でも彼らがこれから何処に行くかなんて私にはわかりっこない。あるいはミネソタに帰るのかもしれない。そんなことわかりっこない。でも私には彼らがミネソタに帰るとは思えない。きっと何処か別の場所に新たな天地を求めて移動して行くのだろう。

コニー・ノヴァとスパッズはいつもと同じ場所で椅子に座っている。プールをはさんだ反対側に。時折、彼らはホリッツの男の子がステーション・ワゴンに荷物を運んでいるのをちらっと見る。それからホリッツ自身が服を何着か腕に持って姿を見せる。コニー・ノヴァとスパッズは声を上げて、手を振る。ホリッツは知らない人を見るように彼らを見る。でもそれから荷物を持っていない方の手を上げる。ちょっと手を上げる。それだけだ。二人が手を振るとホリッツも手を振る。彼は手を振りつづける。彼らが振るのをやめたあとでもまだ振っている。ベティーが階段を下りてきて、彼の腕に手を触れる。彼女は手を振らない。彼らの方を見もしない。彼女はホリッツに何かを言う。そして彼は車の方に行く。コニー・ノヴァは椅子に寝転んで、手をのばしてポータブル・ラジオのヴォリュームを上げる。スパッズはサングラスを上げて、ホリッツとベティーの姿をしばらく見ている。それから眼鏡をきちんとかけなおす。そしてラウンジ・チェアに落ち着いて、なめし皮みたいな色のくたびれた体をあらためて焼きつづける。

とうとう彼らは荷物を全部車に積みこんで、いざ出発ということになる。男の子たちは後ろの席に座っている。ホリッツは運転席に座っている。ベティーがその隣に座っている。ここにやってきたときとまったく同じだ。

「おい、何を見てるんだよ」とハーレーが訊く。

彼はひとやすみしているのだ。椅子に座ってテレビを見ている。でも彼は立ち上がって窓のところにやってくる。

「ああ、あいつら行っちまうのかよ。あいつら、これから何処に行くか何をするか自分たちでもわかってねえんだよ。いかれたスエーデン人どもだよ」

私は彼らがここを出て、高速に通じる道路に車を乗り入れるのを見ている。それからまたハーレーを見る。彼は自分の椅子に落ち着いている。手にソーダ・ポップの缶を持ち、麦藁帽子をかぶっている。彼は何事も起こってないし、これからも何事も起こらないというような顔をしている。

「ねえハーレー」

でももちろん彼は私の言うことなんか耳に入らない。私は彼の前に立つ。彼はびっくりする。どういうことなのか彼にはわからない。彼は椅子にもたれかかったまま、じっと私を見ている。

電話のベルが鳴りはじめる。

「おい、出ろよ」と彼は言う。

でも私は返事しない。返事なんかするものか。

「いいさ、じゃあほっぽっとけよ」と彼は言う。

私はモップとぼろきれとスポンジとバケツを持ってくる。電話は鳴りやむ。彼はまだ椅子に座ったままだ。でもテレビは消えている。私は合鍵を手に取り、外に出て階段を上り、十七号室に行く。ドアを開け、居間を通り抜けてキッチンに行く。さっきまで彼らのキッチンだったところに。

カウンターは拭いてある。流しも食器棚も綺麗だ。悪くない。私は掃除用具をレンジの上に置いて、バスルームを見に行く。金たわしを使えば片づく程度の汚れだ。それから私はプールを見下ろすベッドルームのドアを開ける。ブラインドは上げられて、ベッドは綺麗に剝がれている。床はぴかぴかに光っている。「有り難うさん」と私は声に出して言う。この先何があるにせよ、彼女に幸運が向くことを祈る。「幸せにね、ベティー」寝室用たんすの引き出しがひとつ開いている。私はそれを閉めにいく。引き出しの奥の方の隅に、馬勒《ばろく》が見える。ここにやってきたときにホリッツが運んでいたやつだ。急いで行ってしまったので、見逃したのだろう。いや、でもそうじゃないかもしれない。あの男はわざとそれをここに置いていったのだろう。

「馬勒」と私は言う。私はそれを明るい窓辺に置いてしげしげと見てみる。特に上等なものではない。ただの黒ずんだ革の馬勒だ。私はそういうもののことはあまりよく知らない。でもそのある部分が馬の口にあてられるものだということくらいは知っている。それはくつわと呼ばれている。鋼鉄でできている。手綱が頭の後ろにまわされて、人は首のところでそれを指にはさんで持つ。騎手がそれをあっちに向けたりこっちに向けたりすると、馬はそれにあわせて方向を変える。単純なものだ。そのくつわはずっしりと重くて冷たかった。こんなものをもし歯のあいだにはめられたら、たしかにいろんなことを早く覚えるに違いない。それがぎゅっと引っ張られるのを感じたら、それは時が来たということなのだ。そしてこれから何処かに行くのだということを知るのだ。

大聖堂
カセドラル

Cathedral

盲人が私のうちに泊まりに来ることになった。妻の昔からの友だちである。彼は奥さんを亡くしたばかりで、コネティカットにある彼女の親戚の家を訪ねていたのだが、そこからうちに電話がかかってきて、細かい手はずがととのえられた。彼は五時間かけて鉄道でやってきて、妻が駅まで迎えにいくことになった。彼女は十年前の夏、シアトルにいるときに彼の下で働いていたのだが、以来一度も二人は顔を合わせたことはなかった。しかし交流だけはつづいていた。二人は手紙をテープに吹きこんでやりとりしていたのだ。私としては彼の来訪を心から歓迎するという気分にはなれなかった。何しろ会ったこともない相手である。それに目が見えないというのもうっとうしかった。私の盲人に対する認識というのはだいたいが映画から得たものなのだが、映画に出てくる盲人は動作がのろくて決して笑わないし、ときには盲導犬につれられている。私の家にそんな盲人が来るなんて、なんだかぞっとしない。

その夏シアトルで、彼女は職を探していた。一銭も金がなかったのだ。彼女がその夏の終わりに結婚することになっていた相手の男は士官養成学校に入っていたのだが、そちらも同じく一文なしだった。しかし彼女はその男を愛していたし、その男もまた彼女を愛しておりました、云々《エトセトラ》。彼女はその仕事を新聞の求人広告でみつけた。求む――盲人のための代読作業。電話番号。彼女はその番号に電話をかけ、面接を受け、その場で採用された。そして一夏、彼女はその盲人の下で働いた。事例研究だとか報告書だとかを彼に向かって読みあげる仕事だ。彼は郡の福祉局の中に小さなオフィスを持っていて、彼女はその運営を手伝った。そのようにして二人は、つまり私の妻とその盲人は、親しい友人になった。どうして私がそんなことを知っているのか？　妻から聞かされたのだ。こんな話も聞かされた。彼女の仕事の最後の日、盲人は彼女に向かって、君の顔をさわらせてはくれないだろうか、とたずねた。どうぞ、と彼女は言った。盲人は彼女の顔じゅうに指を走らせた。鼻とか、それから首までもだ！　彼女はその出来事をいつまでも覚えていた。それについての詩まで書こうとした。彼女はいつも詩を書こうとしていた。書き上げるのは年にひとつかふたつというところだが、それはたいてい、大きな意味を持つ事柄が自分の身に起こったあとだった。

我々が交際しはじめた頃、彼女はその詩を私に読ませてくれた。詩の中で彼女は男の指を描写し、そしてその指が彼女の顔を動きまわる様を描写していた。また彼女は自分がそのときに何を感じたか、彼の指が鼻や唇に触れたときにどのような思いが自分の心を横切ったかについて語っていた。その詩の出来については、私はあまり感心しなかったと記憶している。しかしもちろん彼女の前ではそんなことは口には出さなかった。あるいは私はただ詩というものがよくわからないだけのことなのかもしれない。私は好んで詩集を読んだりするタイプの人間ではないから。

まあそれはともかく、彼女の最初の男である士官候補生は、彼女とは幼なじみの恋人同士だった。そんなこんなで、彼女はその夏の終わりに盲人にぺたぺたと顔をさわらせ、彼にさよならを言い、めでたく少尉となった幼なじみの誰それと結婚式をあげ、シアトルをあとにした。しかし二人は――彼女と盲人は――そのあとも交流をつづけた。最初の連絡はその一年かそこらあとのことだった。ある夜、アラバマにある空軍基地から彼女が電話をかけたのだ。彼女は誰かと話がしたかったのだ。二人は話をした。盲人は、君の暮らしぶりのことなんかをテープに吹きこんで送ってくれないかな、と言った。彼女はそれを実行した。テープを送った。彼女は夫のことや、軍隊の中での二人の生活のことなんかをテープに吹きこんだ。私は夫を愛しています、と彼女はその中で語った、でもこの場所はどうにも好きになれません。それに夫が産軍複合体の一部品となっていることも嫌なのです。それから詩をひとつ書きました、その中にはあなたも出てきます、と彼女は語った。今は空軍将校の妻であることについての詩を書いています。詩はまだ完成していません。今書いているところです。盲人もテープを作って、彼女に送った。彼女もまたテープを作って……というのが何年かつづいた。彼女の夫である将校氏はそのあいだ基地から基地へと休む間もなく転属になった。ムーディー空軍基地からマクガイヤ、マコーネル、そして最後がサクラメント郊外にあるトラヴィスだった。トラヴィスでのある夜、彼女はたまらなく淋しくなった。基地から基地へと移り歩く生活のおかげで、親しい人も友だちもいない、ひとりぼっちだった。彼女はもう力が尽きてしまったように感じた。これ以上こんな暮らしをつづけていくことはできないと思った。彼女は薬品キャビネットにあったありったけの錠剤やカプセルを口に放りこみ、それをジンで流しこんだ。そのあと熱い風呂に入って、意識を失った。

しかし彼女は死ななかった。気分が悪くなって吐いてしまったのだ。彼女の夫——そんなやつの名前なんかどうでもいい、幼なじみの恋人というだけで十分すぎるくらいではないか——がどこかから帰ってきて彼女をみつけ、救急車を呼んだ。後日、彼女はそのいきさつをテープに吹きこんで盲人に送った。何年も何年も、彼女は我が身に起こったこと洗いざらいをテープに吹きこんでは、片っぱしから送りつづけた。毎年一篇詩を書くことと同じように、それは彼女にとっての大事な気ばらしのようなものであったのだろう。あるテープの中で彼女は、しばらくのあいだ夫と別居することにした、と語った。またそのあと別のテープの中で、彼女は夫と離婚したと語った。私がつきあいはじめたときも、彼女はもちろんそのことを盲人に知らせた。彼女は何もかもを盲人に知らせた。少なくとも私にはそう思えた。彼女は一度、盲人から送られてきた新しいテープを聞いてみないかと私を誘ったことがある。去年のことだ。あなたのことが話題になっているから、と彼女は言った。いいね、と私は言った。聞いてみるよ。我々は酒のグラスを手に、居間に腰を下ろした。準備完了。彼女はまずテープをプレイヤーにさしこみ、それからふたつのダイヤルを調整した。そしてレバーを押す。キイッという耳ざわりな音がして、誰かが大きな声で話しはじめた。彼女がヴォリュームを下げた。他愛のない世間話がひとしきりつづいたあと、その耳ざわりな声が私の名を口にするのが聞こえた。私の会ったこともない男、その見知らぬ盲人が私の名を呼んでいるのだ！　そして次はこうだ。「君が御主人について話してくれたことを総合すると、僕はこういう風に思えるのだ。つまり――」ところがそこで邪魔が入った。玄関でノックの音がしたとか、そういったことだが、我々はとうとうテープのつづきを聞かずじまいだった。まあその方がよかったのかもしれない。はっきり言って、私としてはそれで十分だった。

ところが今回、そのわけのわからない盲人が私の家に泊まりに来るというわけだ。

「ボウリングにでもつれてけばいいのかね」と私は妻に言った。彼女は流しでスカロップト・ポテトを作っていたが、包丁を下に置いて私の方を向いた。

「もしあなたが私を愛しているなら」と彼女は言った。「私のためにも、まともに振る舞ってね。もし愛してないのなら、なんでも好きにすれば。でもね、もしあなたに友だちがいて、その人がうちに来るとしたら、それがどんな人だろうが私は温かく迎えるわよ」彼女は布巾で手を拭った。

「僕には目の見えない友だちなんかいないぜ」と私は言った。

「どんな友だちもいないくせに」と彼女は言った。「そのとおりでしょうが。それに」と彼女はつづける。「だいたいね、彼は奥さんを亡くしたばかりなのよ。わかってるの、あなた？　奥さん亡くしたばかりの人なのよ！」

私は黙っていた。その盲人の奥さんの話も聞いたことがある。彼女の名前はビューラっていった。ビューラだってさ！　黒人女の名前じゃないか。

「その奥さん、ニグロだったの？」と私はたずねた。

「あなた頭がどうかしたんじゃない？」と彼女は言った。「何を下らないこと言ってんのよ」彼女はじゃがいもを手に持ったが、それは床に落ちてレンジの下まで転げていった。「いったいどうしたっていうのよ？」と彼女は言った。「酔払ってるの？」「ちょっと訊いただけじゃないか」と私は言った。

妻はすぐさま私に向かって細かい事実を、私がべつに知りたいとは思わないところまで、べらべらとしゃべりはじめた。私は酒を片手にキッチンのテーブルに座り、耳を傾けた。いろんな話がだんだんきちんとした場所に収まっていった。

ビューラは私の妻のあとがまとしてその夏盲人のために働いた。時を経ずしてビューラと盲人は、教会で自分たちだけの結婚式をあげた。二人の他には牧師夫婦だけというこぢんまりとした結婚式だった――といっても、だいたいそんなものに誰が列席したがるというのか？　しかし何にせよ、とにかく教会で結婚式をあげたわけだ。ビューラの望みどおりに、と彼は言った。しかしその時すでに彼女のリンパ腺はガン細胞にむしばまれていたのだろう。一心同体ともいうべき八年間を送ったあと――「一心同体」というのは私の妻が口にした言葉だ――ビューラの健康は急速に衰えていった。彼女はシアトルの病院で死んだ。盲人は枕もとに座って、彼女の手をじっと握りしめていた。二人は結婚し、一緒に暮らし、同じ職場で働き、ひとつベッドで眠り――もちろんセックスだってやっただろう――それから盲人が彼女を葬らなくてはならなかった。そのあいだ彼はその相手の女の顔をちらりと見ることもできなかったのだ。そういうのは私の理解を超えた話だった。その話を聞いて、私はその盲人のことが一瞬気の毒に思えた。それから次に、その奥さんがたどった運命の方が気の毒なのかな、という気がした。愛する相手の瞳に自分の姿が映らない女の気持ちって、いったいどんなものだろう。愛する人から、かわいいねとか、そういう賞賛の言葉ひとつかけられることもなく、ただ延々と日々を送りつづけることのできる女。自分の浮かべた表情を、それが惨めな表情であれ、あるいはもう少しましなものであれ、夫に読みとってもらうことのできない女。化粧したってしなくったって、そんなこと彼にはなんの関係もない。彼女は、もしそうしたければ、片方の目のまわりに緑のアイ・シャドウをつけ、鼻の穴にピンをさし、黄色いスラックスをはいて紫色のパンプスをはいてもかまわないわけだ。そうしてやがて彼女は死の床につく。盲人は妻の手にしっかりと手を重ね、彼の盲目の目からは涙が流れ落ちる——というのはあくまで私の想像だけど——そこであるいは彼女は最後にこんな風に考えたのではないだろうか。この人はとうとうおしまいまで私がどんな顔をしているか知らなかったんだわ、私はこのまま墓場に行こうとしてるのに、と。ロバートの手にはわずかな額の保険証書と半分に割ったメキシコの二十ペソ貨幣が残される。そのあと半分は亡き妻の棺の中に入っている。悲話。

いよいよその日がやって来て、妻は駅に彼を迎えにいった。私としてはじっと待つ以外に何もすることがなくて、そのことで私は彼に対してむかっ腹を立てていた。酒を飲みつつテレビを見ていると、車が車寄せに入って来る音が聞こえた。私は酒を手にソファーから立ち上がり、窓に寄って外を眺めた。

妻の姿が見えた。車を停めるとき彼女は声をあげて笑っていた。それから車を降り、ドアを閉めた。口もとにはまだ微笑が漂っている。すごい。彼女は車の反対側にまわったが、そちらではもう盲人が車の外に出ようとしているところだった。この盲人は——考えてもみてほしいのだが——実にふさふさとした顎鬚をはやしているのだ！顎鬚をはやした盲人！　まったく、なんてこった。盲人はバックシートに手をのばして荷物を引っぱりだした。妻は彼の腕をとり、車のドアを閉め、べらべらしゃべりながら車寄せを抜けてフロント・ポーチの階段を上がった。私はテレビを消し、酒を飲み干し、グラスを洗い、手を拭いた。それから玄関に行った。

妻が言った。「ロバートを紹介するわ。ロバート、私の主人よ。彼のことはあなたにもうすっかり話したわね」彼女はにこやかな笑みを顔に浮かべていた。盲人のコートの袖をつかまえている。

盲人はスーツケースを下に置いて手をさしのべた。

私はその手を握った。彼はぎゅっと力をこめて私の手を握りしめ、それから離した。

「なんだか初めてお会いしたという気がしませんね」と彼はよく響く声で言った。

「御同様です」と私は言った。他になんて言えばいい？ それから「ようこそ。あなたのことはいろいろとうかがっています」と言った。そのあと我々は一団となってポーチから居間へと移動した。妻が男の腕をとって導いた。彼はもう片方の手にスーツケースを持っていた。彼女はこんな具合にしゃべった。「ここで左に曲がって、ロバート。そうそう。気をつけてね、椅子があるわ。そう、そうよ。こちらにお座りになって。ソファーよ。このソファーは二週間前に買ったばかりなの」

私は古いソファーについて何か話そうとした。私はその古いソファーが好きだった。しかし何も話さなかった。それから私は何かべつのことが話したくなった。ハドソン川べりを列車で行くときの眺めについてのちょっとした話なんかを。ニューヨークに行くときには右側の席に座り、帰りには左側の席に座るといいというようなこと。

「鉄道の旅はいかがでした？」と私は訊ねた。「それはそうと、列車のどちら側におかけになりました？」

「なんてこと聞くのよ、どちら側かなんて」と妻が言った。「そんなのどっちだって構わないでしょ」

「訊ねただけじゃないか」と私は言った。

「右側ですよ」と盲人は言った。「もう四十年近くも列車に乗ったことがなかったんです。子供のとき家族と乗って以来です。ずいぶん長い年月です。そういう楽しみはもう殆ど忘れかけていました。今ではもう鬚に白いものが混じる年ですよ」と彼は言った。「というか、他人にそう言われるんです。どう、少しは貫禄が出てきたでしょう？」と盲人は妻に訊いた。

「ええ、貫禄たっぷりよ、ロバート」と彼女は言った。「ロバート」と彼女は言った。「お会いできて本当に嬉しいわ、ロバート」

　妻はやっと盲人から目を離して私の方を見た。彼女はどうも私の顔つきが気に入らないみたいだった。そういう気配を私は感じた。私は肩をすくめた。

　私はそれまで盲人に会ったり、個人的に盲人と知り合ったことはなかった。彼は四十代の後半で、がっしりとした体格で、頭ははげあがり、両肩は下がっていた。まるですごく重い荷物でもかついでいるみたいな感じだ。茶色いズボンに茶色い靴、薄茶色のシャツとネクタイ、そしてスポーツ・コートという格好。こざっぱりしてる。それから例のその顎鬚である。でも彼は杖も持っていなければ、黒眼鏡もかけてはいなかった。私はずっと黒眼鏡は盲人になくてはならぬものと考えていた。正直にいって、私としては彼に黒眼鏡をかけていてほしかった。一見彼の目は普通の人の目と同じように見えた。しかし近寄ってじっと見ると、やはりいくぶん妙なところがあった。たとえば虹彩の白の部分が多すぎるし、それからその瞳は眼窩の中で、終始彼の意志とは無関係にきょろきょろと動きまわっているみたいだった。気味が悪い。彼の顔をじっと見ていると、そのうちに左側の瞳がくるりと内側を向いてしまった。右側の方はなんとか所定の位置に留まろうと必死の努力をつづけていたが、所詮それは無駄な努力だった。左側の目は彼の知らぬうちに、あるいは意志に反してもそもそと徘徊をつづけていたからだ。

私は言った。「何か飲み物を作りましょう。何がいいですかね？　うちにはいろんな酒がちょっとずつあるんですよ。酒は我が家の道楽でして」

「私はスコッチ党でね、バブ《あなた》」彼は相変わらずの大声で早口に言った。

「いいですよ」と私は言った。バブ《あなた》だってよ！　「そうでしょうね、そんな気がしてたんだ」

彼はソファーの横に置いたスーツケースに指を触れた。彼はちょくちょくと身のまわりの状況をたしかめた。それはまあ仕方ないと思う。

「荷物、お部屋にお持ちしますよ」と妻が言った。

「いや、気にしないで」と彼は大きな声で言った。「上に行くときに一緒に持って上がるから」

「スコッチは ちょっと水で割りますかね？」と私はたずねた。

「水はほんのちょっとにしてもらいましょう」と彼は言った。

「ええ、そうでしょうとも」と私は言った。

「ほんの一滴」と彼は言った。「アイルランドの俳優がいましてね、バリー・フィッツジェラルドっていったかな、私はその人と同じ流儀なんです。彼はこう言っています。水を飲むときには私はちゃんと水を飲む、ウィスキーを飲むときには私はちゃんとウィスキーを飲むってね」妻が笑った。盲人は手を顎鬚にあて、それをゆっくりと持ちあげてからぱらっと下に下ろした。

私は酒を用意した。大きなグラス三個にスコッチを注いで、それぞれに水をほんの少し。それから我々はくつろいだ格好でロバートの旅行の話をした。まず西海岸からコネティカットまでの長い飛行機の旅、それについての話がたっぷりとあり、それが終わるとコネティカットからここまでの列車の旅の話になった。そのあたりで我々は酒をおかわりした。

どこかで盲人は煙草を吸わないという記事を読んだことがあった。自分の吐き出す煙を見ることができないからではないか、というのがその理由だった。私はこと盲人に関してはそれだけは知っているつもりでいた。もっともそれ以上は何も知らなかったけれど。しかしこの盲人は短くなるまでたっぷりと煙草を吸い、吸い終わるとすぐ次のに火をつけた。前に置かれた灰皿はいっぱいになり、妻が灰を捨てた。

夕食のテーブルについてから、みんなでまた一杯ずつ飲んだ。妻はロバートの皿に切り目入りのステーキとスカロップト・ポテトと青豆を盛った。私は彼の二枚のパンにバターを塗ってやった。「ここにバターを塗ったパンを置きますからね」と私は言った。私はぐっと酒を飲んだ。「お祈りしましょう」と私は言った。盲人は頭を垂れた。妻はあっけにとられたようにぽかんと口をあけて私を見た。「願わくば食事中に電話が鳴って、食い物が冷めたりしませんように」と私は言った。

我々はまさにかぶりついた。テーブルの上にある食べ物と名のつくものは残らずたいらげた。まるで明日という日がないといった感じの食べ方だった。我々は口もきかずに、とにかく食べた。我々はがつがつと貪り食い、テーブルをなめつくした。まことに熾烈な食事だった。盲人は食べ物の位置をすぐに把握した。自分の皿のどこに何があるかがちゃんとわかっていた。肉を食べるときの彼のナイフとフォークの使い方は、見ていてほれぼれするものだった。彼は肉を二切れ切ってそれをフォークで口にはこび、それをぜんぶ食べてしまうとスカロップト・ポテトに移り、次に豆を食べ、それからバター付きパンを一切れちぎって食べた。そのあとでごくごくとミルクを飲んだ。時折平気な顔で指を使って食べさえした。

我々はすべてを食べつくした。ストロベリー・パイも半分食べてしまった。そのまましばらく茫然としていた。汗が玉のように我々の顔に浮かんだ。それからやっと我々はテーブルから立ち上がり、食べちらかした食卓をあとにした。後ろは振り返らなかった。我々は居間に戻り、もといた位置にどっかりと腰を下ろした。ロバートと私の妻はソファーに座り、私は大きな一人がけの椅子に座った。二杯か三杯酒を飲み、そのあいだに二人はこの十年のあいだにそれぞれの身に起こった主要な出来事について話しあっていた。私はほとんどの場合聞き役にまわった。もっとも、たまには口をはさんだ。私がちゃんとその場にいるということを彼にわかっておいてほしかったし、べつに一人ですねたりしてはいないということを妻にわかってもらいたかったからだ。二人はこの十年間に二人の身に起こったこと――二人の身にだ！――を語りあった。私は妻の口から「そして私は今の主人と巡りあうことができたの」といったような甘美な台詞が出てくるんじゃないかと思って空しく待っていたのだが、そんな話はかけらも出てこなかった。どこまでいってもロバートの話である。ロバートという男はなんでもかんでもちょっとずつかじっていた。まったくのところ、盲人の便利屋みたいだった。いちばん最近では、彼と彼の女房はアムウェイの販売代理をやっていた。それでいちおうの生計が立っていたようだ。盲人はまたハム通信もやっていた。彼は例の大声で、グアムやらフィリピンやらアラスカやら、はてはタヒチにまでいるハム仲間との交信について話した。そういった土地に行きたくなったら、向こうには友だちがいっぱいいるんです、と彼は言った。時折彼はその目の見えぬ顔を私の方に向けて、顎鬚に手をあて、私に質問した。現在の地位に就いて何年になるのか？（三年)、仕事は気に入っているか？（気に入ってない)、ずっとつづけるつもりか？（他に何をすればいいのか？)、ひとしきりして、彼も幾分話に疲れてきたみたいだったので、私は席を立ってテレビのスイッチを入れた。

妻はかりかりとした顔つきで私をにらんだ。もうこれ以上我慢できないといった感じだった。それから彼女は盲人に向かって「ロバート、テレビは持ってらっしゃるの？」と訊ねた。

盲人は言った。「テレビは二台持ってますよ。カラー・テレビと、昔ながらの白黒を一台ずつね。おかしいことに私はテレビをつけるとなると、というか、いつもつけっぱなしにしてるんだけど、きまってカラーの方をつけちゃうんだな。おかしいでしょう」

それについていったいどう言えばいいのか、私にはわからなかった。言うべきことがまるで何もないのだ。感想なし。しかたないから私はニュース番組を眺め、アナウンサーの台詞に耳を傾けた。

「これはカラー・テレビですね」と盲人は言った。「どうしてわかるか不思議でしょ？でもわかるんだな、これが」

「少し前に買い換えたんです」と私は言った。

盲人は酒をすすった。鬚を持ちあげてくんくんと匂いをかぎ、また下に落とした。彼はソファーに座ったまま身をかがめ、コーヒー・テーブルの灰皿の位置を確認してから、ライターで煙草に火をつけた。それからソファーにゆったりと背をもたせかけ、足首のところで両脚を交差させた。

妻が手で口もとをおさえ、あくびをした。そしてのびをした。「ちょっと上に行って部屋着を着てくるわ」と彼女は言った。「別のものに着替えたいの。楽になさっててね、ロバート」

「すごく気楽にしてますよ」と盲人は言った。

「うちで気をつかったりなさっちゃいやよ」と彼女は言った。

「気楽にしてますとも」と盲人は言った。


彼女がいなくなったあと、彼と私は二人で天気予報を聞き、スポーツ・ダイジェストを聞いた。妻はずっと戻ってこなかった。この先戻ってくるのかどうかもわからなかった。あるいはもう寝てしまったのかもしれない。私としては彼女に戻ってきてほしかった。盲人と二人きりになりたくなかった。もう一杯作りましょうか、と私は訊ねた。いただきます、と彼は言った。それから、ヤクでも一緒に吸いませんか、と誘ってみた。今ちょうど巻いたところだから、と私は言った。それは嘘だったが、その気になればそんなものあっというまに巻ける。

「それじゃおつきあいして試してみるかな」と彼は言った。

「そうこなくっちゃ」と私は言った。

私は酒を作り、ソファーの彼の横に座った。そしてたっぷりつまった太いのを二本巻いた。一本に火をつけ、彼に渡す。彼の指のあいだにはさんでやった。彼はそれをくわえて、煙を吸いこんだ。

「我慢できなくなるまで煙を吐き出しちゃだめですよ」と私は言った。見たところ彼はまるっきりの初心者みたいだった。

妻がピンクの部屋着にピンクのスリッパという格好で下におりてきた。

「これ何のにおいよ？」と彼女は言った。

「ほら、ちょっと大麻でもやろうかってことになってさ」と私は言った。

妻はギラギラした目で私をにらみつけた。それから彼の方を向いて言った。「そんなのお吸いになるなんて知らなかったわ、ロバート」

「いやね、今初めてやってるんです。何事にも最初ってものがあるからね」と彼は言った。「でもまだ何も感じないな」

「これ、かなりおだやかなやつなんです」と私は言った。「マイルドなわけ。これならいくら吸ってもまともにしてられますよ。気分が悪くなったりするようなこともないしね」

「悪いどころかってところだよ、バブ」と彼は言って、笑った。

妻は私と盲人のあいだに腰を下ろした。私は大麻を彼女にまわした。彼女はそれを受けとって吸い、それから私に返した。「えーと、どちらまわりだったかしら？」と彼女は言った。「でもこんなの吸っちゃおしまい。今だってほとんど目も開けていられないくらいなのに。あの晩ごはんのおかげでくたくた。まったくあんなにいっぱい食べるんじゃなかった」

「ストロベリー・パイのせいだね」と盲人が言った。「あれがこたえた」と言って笑った。例の大きな笑い声だった。そして首を振った。

「ストロベリー・パイならまだ残ってる」と私は言った。

「もう少し召しあがる?」と妻が訊ねた。

「あとで、たぶんね」と彼は言った。

我々はテレビに注意を向けた。妻がまたあくびをした。彼女は言った。「ベッドの用意はできてますから、おやすみになりたくなったらどうぞ、ロバート。お疲れになったでしょ。もし眠くなったら遠慮なさらずにそうおっしゃってね」彼女は彼の腕に手をやった。「ね、ロバート」

彼ははっと我に返った。「いや、私はとても楽しんでるんだよ。こういうのに比べるとテープ交換なんて目じゃないね」

「ほら、番ですよ」と私は言って大麻煙草を彼の指にはさんだ。彼は煙を吸い込み、そのまましばらく置き、そして吐きだした。なんだかそんなもの九つのときから吸い慣れてるといった様子になってきた。

「ありがとう、バブ」と彼は言った。「で私はもう十分だ。だんだん効いてきたみたいだなあ」と彼は言って、短くなった吸いさしを妻に回した。

「そうねえ」と彼女は言った。「右に同じ」彼女は吸いさしを受けとってそのまま私に回した。「私、あなたたち二人のあいだにこうして座ったままちょっとのあいだうとうとしちゃうかもしれないけれど、いいかしら？　あの、どちらでもいいんだけど、もし邪魔になるようだったら、そう言ってね。もし邪魔にならないようだったら、みんなが眠くなるまで、私ここでちょっとうとうとさせてもらうかもしれないから」と彼女は言った。「ねえロバート、ベッドの用意はできてますから、眠くなったら遠慮なくどうぞ。お部屋は階段を上がったところの、私たちの部屋のとなり。おやすみになるときに御案内するわ。もし私が寝てたら、いいからちゃんと起こしてね」彼女はそういうと目を閉じて寝てしまった。

ニュース番組が終わり、私は席を立ってチャンネルをかえた。そしてソファーにゆったりともたれた。こんな風に先に寝られるととても困る。妻は背もたれに頭を横向きにのせ、ぽかんと口を開けていた。体をねじったせいで、部屋着の裾がはだけて太ももがまる見えになった。手を伸ばして裾を合わせてやったが、それからふと盲人の顔を見た。馬鹿馬鹿しい！　私は部屋着の裾をまた開けひろげてやった。

「ストロベリー・パイ食べたくなったら言って下さいよ」と私は言った。

「オーケー」と彼は言った。

私は言った。「疲れません？　もし疲れたら上につれていってあげますよ。もう寝ます？」

「まだいいよ」と彼は言った。「あと少し一緒に起きてるよ、バブ。もし迷惑じゃなければね。あなたが眠くなったら私も寝るとしよう。二人でゆっくりしゃべり話もできなかったしね。なんていうか、今日は私と奥さんと二人だけでずっとしゃべりまくってたよような気もするし」彼は顎鬚を持ちあげて、ぱらっと下に落とした。そして煙草とライターを手にとった。

「迷惑なんてことないです」と私は言った。「つれがいればありがたいです」

それはまあ嘘ではなかった。私は毎晩こうして眠くて我慢できなくなるまで起きてヤクを吸っている。女房と一緒の時間にベッドに入ったことなんて、まずない。眠ると例によって例のごとく夢を見た。時々夢にうなされて目が覚めると、心臓が鐘みたいに鳴り響いている。

テレビでは教会だか中世だかについての番組をやっていた。テレビでそんなものやるなんて珍しい。私はほかのものが見たかったので、がちゃがちゃとチャンネルを回した。しかし他のチャンネルもろくな番組はやってなかった。それでもとのチャンネルに戻した。こんなのですみませんね、と私は言った。
「それでいいよ、バブ」と彼は言った。「私のことだったら気にしないで。あなたの見たいやつで、私は構わないから。私はいつも何かを学びとろうとしてるんだ。学ぶことには終わりってものがないからね。今晩ここでひとつ何かを学ぶのもわるくはないよ。耳はちゃんとついてるもの」

我々はしばらく口をきかなかった。彼は前かがみになって、顔を私の方に向けた。そうすると右側の耳がちょうどテレビの方向を向くわけだが、そういうのって、かなり気になる。時折瞼が重く垂れさがってきて、それがまたパッと開く。また時折指で顎鬚をしごく。いかにもテレビの声を聞きながら考えごとでもしているみたいに。

画面では修道服を着た一群の人々が、骸骨の衣裳を着たり悪魔の格好をしたりした人々に責めさいなまれていた。悪魔の格好をした人々は悪魔の面をかぶり、角をつけ、長い尻尾をつけていた。このページェントは行列祈禱式の一部だった。この儀式は年に一度、スペインで行われます、とナレーターの英国人が言った。私はその情景を盲人になんとか説明しようとした。
「骸骨ですね」と彼は言った。「骸骨のことは知ってます」彼はそう言って、肯いた。

テレビはある大聖堂《カセドラル》の姿を映しだした。それから別の大聖堂をゆっくりと長く映した。そのあとにパリの有名な大聖堂が出てきた。飛梁《フライング・バトレス》があり、尖塔が雲に向かってそびえていた。カメラがずっとバックして、まわりの建物から一段と高くそびえる大聖堂のぜんたいの輪郭をくっきり映した。

時折解説者の英国人はぴたりと口をつぐんで、カメラだけが、位置をずらせながら無音のまま大聖堂の姿を捉えていった。あるいはカメラは田園をめぐって、畑で牛を駆る男の姿を映した。私は耐えられるところまで黙っていたが、そのうちにやはり何か言わなくちゃなと思った。「今は大聖堂の外観を映してるんです。ガーゴイル。怪物をかたどった小さな彫像ですね。あ、今度はイタリアのものだな。そう、たしかにイタリア。この教会の壁には画が描かれています」

「フレスコ画なのかな、バブ？」と彼は質問し、酒をすすった。

私もグラスを手にとったが、それは空っぽだった。私はフレスコ画について覚えていることを一生懸命思いだそうとした。「それがフレスコ画かどうかっていうことですよね」と私は言った。「手強い質問だな。私の手には負えませんね」

カメラはかわってポルトガルのリスボン郊外にある大聖堂を映した。ポルトガルの大聖堂はフランスやイタリアのそれと比べてあまり大きな違いがなかった。でもやっぱりいくらか違いはあった。だいたいは内部装飾の違いだ。それから私はふと思いついて、彼に向かって言った。「ちょっと気になったんだけど、あなたは大聖堂ってどんなものだか御存じなんですか？　つまりどんな外見だとか、そんなことだけど、ねえ僕の言ってることわかります？　つまりですね、誰かがあなたに向かって『大聖堂』って言いますね。そういうとき、あなたは大聖堂がどんなものかっていう感じがつかめているわけですか？　バプティスト教会とそれがどう異なっているか、わかってるんですか？」

彼は煙をちびちびと吹いた。「大聖堂は何百人という工人の手によって、五十年あるいは百年という歳月を費やして建設される」と彼は言った。「もちろんこれは今さっき解説者が言ってたことだよ。それからひとつの家族が何代にもわたってひとつの大聖堂建設に携わる。これも今さっき聞いたことだね。なかには物心ついたときから働きつづけて、一生をその作業に費やし、しかもそれが完成するのを見届けることができないという人々もいる。もっともその点に関しちゃ我々だって大同小異というところじゃないかね、バブ？」彼は笑った。そして彼の瞼がだらんと垂れさがった。そして頭をこっくりとさせた。居眠りしてるみたいだった。それともポルトガルに行ったつもりになっているのかもしれない。テレビは別の大聖堂を映し出していた。それはドイツのものだった。英国人の抑揚のない声がつづいた。「大聖堂か」と盲人は言った。彼は体をおこして、頭を前後にぐるぐると回した。「本当のこと言うとね、バブ、私が知っていることといえばそれだけなんだよ。今言ったこと。つまり今さっきテレビで言ってたこと。それだけ。でもあなたに説明してもらえるかな？　そうしてもらえると嬉しいね。正直言って、私はそれがどんな格好をしているからうまく思い浮かべられないんだ」

私はテレビに映った大聖堂をじっとにらんだ。いったいどこからどうやって説明にとりかかればいいのか見当もつかない。でもそれをうまく説明できるかどうかの一点に私の命がかかっていると仮定してみよう。頭のおかしい男がさあ説明しろ、さもなくば殺すぞと迫っているとしよう。

私がなおも大聖堂をにらんでいると、画面は田園風景に変わった。だめだ。私は盲人の方を向いて言った。「まずだいいちにとてつもなく高い建物なんです」私は言葉の手がかりを求めて部屋の中をぐるりと見回した。「ずうっと上の方にのびていってるんです。ぐんぐんと、空に向けてそびえたっている。大聖堂のうちのあるものは、あまりに巨大なので、支えを必要とします。ま、つっかい棒のようなものですね。それは扶壁《バトレス》と呼ばれています。僕はそれを見てると高架橋に似てるなと思っちゃうんだけど、でも高架橋って言ったってわかんないですよね？　大聖堂の中には正面に悪魔とかそんなようなものの姿を彫りこんだものもあります。大貴族やらその夫人やらの姿を彫りこんだものもあります。なんでかはわからないな」と私は言った。

彼は肯いていた。彼の上半身ぜんたいが前後に揺れているみたいだった。

「うまく説明できないや。どうです？」と私はたずねた。

彼は肯くのをやめて、ソファーのへりのところで前かがみになった。そして私の方に耳を傾けながら、顎鬚に指を走らせた。話がうまく伝わっていないことは、その様子を見ていればわかる。でも彼はそのまま私が話しつづけるのを待っていた。彼は私を励ますように、こっくりと肯いた。それ以上どんなことが言えるだろう。「ものすごく大きいんです。巨大です。石造りです。大理石が使われていることもあります。その昔、大聖堂が建設されていた頃、人々は神に近づきたいと熱望していたんですね。その頃、すべての人々の生活の中で神は重要な位置を占めていたんです。大聖堂建設は彼らのそのような信仰心の反映であるわけです」と私は言った。「申しわけないけど、これくらいの説明しか僕にはできないみたいだ。こういうの苦手なんですよ」

「気にしないで、バブ」と彼は言った。「ねえ、どうだろう、あなたにちょっと質問してもかまわないかな？　ひとつ訊いてみたいことがあるんだけどね、いいかな？

イエスかノーかで答えられる簡単な質問なんだ。ただの好奇心からの質問。べつに悪意とかそういうのはない。だってあなたはここの御主人で、私はお世話になってるわけだものね。ただ私はね、あなたという人がそれがどんな形であるにせよ、信仰心というものを持っているかどうかが知りたいんだ。こんなこと訊いてかまわないかな？」

私はかまわないという風に首を振った。でもそんなことしたって彼には見えない。目くばせしたって肯いたって、盲人には通じない。「神を信じてはいないと思います。何を信じてもいない。だから時々きついこともあります。それ、わかります？」

「わかるとも」と彼は言った。

「どうも」と私は言った。

英国人はまだ延々と話しつづけていた。妻は眠りながら溜め息をついた。すうっと長く息を吸いこんで、そのまま眠りつづけた。

「申し訳ないと思うんだけど」と私は言った。「大聖堂がどういうものなのか、あなたにうまく伝えることができないんです。まったく僕の手には負えないんだ。さっき言った以上の何を言えばいいのかわからない」

盲人はソファーの上で微動だにせず、うつむき、私の言うことにひとしきり耳を傾けていた。

「実のところ、大聖堂になんて関心はないんです」と私は言った。「べつにどうでもいい。そういうものがあるっていうだけ。夜中にほかに見るべき番組がないから見てるだけ。それだけのことなんです」

私がしゃべり終えると、彼は咳払いした。喉から何かを押し出したみたいで、後ろのポケットからハンカチを取り出した。それがすむと彼は言った。「わかったよ、バブ。いいんだよ。そんなのべつにどうってことない、気にしないで」と彼は言った。「ねえ、こうしよう。ひとつ頼みがあるんだ。ちょっと思いついたんだけどさ、しっかりした紙とそれからペンを持ってきてもらえないだろうか？　面白いことをやろう。二人で一緒にその絵を描いてみるのさ。ペンとしっかりした紙とを持ってきて。さあ、バブ、早く持ってきて」と彼は言った。

私は二階に上がった。両脚には力がまったく入らないみたいだ。ランニングのあとで時々こうなることがある。私は妻の部屋に入って、まわりを見回した。テーブルの上の小さな籠の中にボールペンが何本か入っていた。それからどこに行けば彼の注文どおりの紙がみつかるものか思いめぐらした。

下のキッチンで私はショッピング・バッグをみつけた。袋の底には玉ねぎの皮が落ちていた。袋を逆さにして、中のものをふるい落とし、それを持って居間に戻り、彼の足下に座った。そしていろんなものを片づけ、袋のしわをのばし、それをコーヒー・テーブルの上に広げた。

盲人はソファーから降り、カーペットの私のとなりに腰を下ろした。

彼は紙の上に指を走らせた。紙の両脇をなぞり、へりと上下を確認した。四隅に指を触れた。

「よろしい」と彼は言った。「これでいい。描くとしよう」

彼はペンを持った方の私の手を探りあて、その上に自分の手をぴたりと重ねた。

「さあバブ、描いて」と彼は言った。「いいから描いて。あなたの動きを追っていくから、大丈夫だよ。さあ、私の言うとおりにやってみてよ。大丈夫。さあ描いて」と彼は言った。

私は描きはじめた。最初に私は普通の家みたいな感じの箱を描いた。私の家といっても通用しそうなやつだ。それからその家に屋根をつけた。屋根の両側に尖塔をつけた。あほみたいだ。

「いいねえ」と彼は言った。「素晴らしい。その調子だ」と彼は言った。「ねえ、まさかこんなことをやる羽目になるなんてこれまで考えたこともなかったでしょ？　人生っておかしなもんだよね、バブ。みんなほんとにそうなんだね。さあ、続きをやろうよ。この感じでいいから」

私はアーチのついた窓をつけ加えた。飛梁も描いた。大きな扉もとりつけた。そこまでいくと、もう止まらなかった。テレビ局が放送を終了した。私はペンを置き、指を閉じたり開いたりした。盲人は紙の上をさっとなでまわした。そして指の先でゆっくりと紙の上の私の描いた線をなぞり、こっくりと肯いた。

「よく描けてる」と彼は言った。

私は再びペンを取った。彼は私の手を取った。私は一生懸命描きつづけた。私は絵心のある方ではない。それでも私は描きつづけた。

妻が目を覚まして、我々の姿をまじまじと見つめた。彼女はソファーの上に起きあがった。部屋着の前がはだけていた。「あなたたち何してるのよ?」と彼女は言った。「ねえ、いったいぜんたい何してるの?」

私は返事しなかった。

盲人が答えた。「我々は大聖堂を描いてるんですよ。私と御主人とで。さ、もっと強く描いて」と彼は言った。「そうそう、それでいい」と彼は言った。「その調子だよ、バブ。私にもわかるよ。あなたはできっこないって思ってたけど、ちゃんとやれるじゃない？　たいしたもんだよ、ね。もう少しでばっちり完成するよ。腕の具合は大丈夫かな？」と彼は言った。「今度は人々の姿を描きこもう。人の姿のない教会というのも妙なものだからね、バブ」

「いったいどうなってるのよ？」と妻が言った。「何してるのよ、ロバート。どうなってるの？」

「いいんだよ」と彼は妻に向かって言った。「さあ、目を閉じて」と彼は私に言った。

私はそうした。彼に言われたとおりに目を閉じた。

「閉じた？」と彼は言った。「ずるしちゃだめだよ」

「ちゃんと閉じてます」と私は言った。

「じゃ、ずっとそのままで」と彼は言った。「つづきをやろう」

我々はつづきをやった。私の指の上には彼の指がのっていた。私の手はざらざらとした紙の上を動きまわった。それは生まれてこのかた味わったことのない気持ちだった。

ちょっとあとで、彼は言った。「もういいだろう。できたじゃないか」と彼は言った。「目をあけて見てごらん。どう？」

しかし私はずっと目を閉じていた。もう少し目を閉じていようと私は思った。そうしなくてはいけないように思えたのだ。

「どうしたの？」と彼は言った。「ちゃんと見てる？」

私の目はまだ閉じたままだ。私は自分の家にいるわけだし、頭ではそれはわかっていた。しかし自分が何かの内側にいるという感覚がまるでなかった。

「たしかにこれはすごいや」と私は言った。

解　題

村上春樹

この『大聖堂』は一九八三年の九月十五日にクノップフ社から発売された。レイモンド・カーヴァーの短篇集としては、『頼むから静かにしてくれ』『愛について語るときに我々の語ること』に続く三冊めということになる。本書は全米批評家協会賞とピュリッツァー賞にノミネートされた。収録作品の『大聖堂』は一九八二年度の『ベスト・アメリカン・ショート・ストーリーズ』に、『ささやかだけれど、役にたつこと』と『ぼくが電話をかけている場所』は一九八三年度の『ベスト・アメリカン・ショート・ストーリーズ』（前者は同書の最優秀作品に選ばれている）に収録された。

もちろん個々の読者の好みや文学観によって評価の差はあるとは思うが、訳者としてはこの『大聖堂』はレイモンド・カーヴァーの四冊の短篇集の中では最も粒の揃った短篇集であると思っている。創作の気力と文章的技術とこの作家独自の持ち味が最高のレベルでぴたっと重ねあわされて、まさに知情意の三拍子が揃った見事な出来となっている。それ以前の短篇にも後期の作品に劣らず素晴らしいものはいっぱいある。しかし文章的ぶっきらぼうさがところどころで小骨のようにひっかかる傾向が少々あった。もちろん基本的にはそれが作者独特の持ち味として成立しているわけだが、ただし何度も読み返していると、読者としてはそれに付随するある種の手癖が辛くなることがないではない。手癖というかたちのアイデンティティーをどこまで普遍性の領域まで引きずっていけるかというのは、小説家にとっては(音楽家にとっても画家にとっても同じことかもしれないが)非常に難しい問題なのだ。うまく行くときはうまく行く。でもうまく行かないと、困ったことになる。たしかに初期のカーヴァーにはそういった「うまく乗れば」という瞬間芸的な小気味のいいスリルがあった。しかしカーヴァーはこの『大聖堂』では——もちろん出来不出来の差は個々の作品によって多少はあるものの——成熟期にかかった一流作家としての風格を見せている。

レイモンド・カーヴァーとしても、一九八一年に出版した短篇集『愛について語るときに我々の語ること』が読者からも批評家からも高い評価を受け、長年にわたって彼の人生を狂わせていたアルコール依存症も克服し、前妻との離婚も成立させてテス・ギャラガーとの新しい生活が軌道に乗りかけていたときだけに、以前に比べると作品の質も作風も安定し、一作一作の語数(日本流に言えば原稿枚数)もそれまでのものに比べてずっと増加している。「ぽんと放り出してそれでおしまい」的なシュールレアリスティックなアグレッシブネスが薄れ（それを求めてカーヴァーの小説を読む読者ももちろんいらっしゃるだろうが）、登場人物に対する温かく優しい視線が強く感じられるようになってくる。それにつれて作品も深みと説得力を増している。野球のバッターにたとえるなら、「出会いがしら」の一発ではなくて、うまくボールをバットに乗せて運ぶという境地に近づいている。人々を覆う暗黒と、その雲間から瞬間的にさっと射し込む陽光のごとき「救い」、そしてそれを再び阻もうとする暗雲、それらの宿命的な対比の描き方も実に見事である。

私が本書から個人的にベスト4を選ぶとすれば、やはり『羽根』『ささやかだけれど、役にたつこと』『ぼくが電話をかけている場所』『大聖堂《カセドラル》』ということになる。それに続くAダッシュ・クラスは『シェフの家』『熱』『轡《くつわ》』あたりだろう。以下各作品について簡単に記す。

『羽根』

主人公の「私」と妻とが、同僚夫婦の家を訪れ、醜い赤ん坊と奇妙な孔雀を見せられて唖然とする。しかし彼らの大地に足をつけたイノセントで幸せそうな家庭のありように打たれて、自分たちも自分たちなりの家庭を作ろうと決意する。しかしその結果ははかばかしいものではなかった。彼らの人生の過程のどこかで、その本来的なイノセンスが破壊されてしまっていたのだ。しかし主人公にはその原因をはっきりとつきつめることができない。最後に主人公の家庭の無残な崩壊ぶりが示唆されている。夜の闇の中に消えてしまった孔雀の姿が暗示的である。

しかしこの作品で見逃してはならないのは、オーラの田舎育ちまるだしの純朴さや、赤ん坊のどうしようもない醜さや、孔雀の傍若無人な無軌道ぶりを描く、レイモンド・カーヴァーの目のユーモラスな温かさである。こういう文章を書かせると、この人は本当にうまい。話の持っていき方が見事で、思わず引きずりこまれてしまう。そしてだからこそ、最後の主人公の絶望がぴりっと生きてくるのである。

『シェフの家』

アル中もののひとつ。主人公はアルコール中毒の夫と別居状態にある妻。もう一度だけやりなおしたいという夫の誘いを退けることができず、新しい恋人を捨てて彼のもとに向かう。そして「シェフの家」で一夏を彼と共に過ごす。そこには希望に満ちた新しい生活の予感がある。しかしある日、家主のシェフがやってきて、娘をそこに住まわせたいので出ていってくれと言う。そのようにして彼らは最後の希望の地を追われることになる。

シェフも彼らを追い出したくて追い出すわけではない。彼には彼の、どうしようもない理由があるのだ。誰もが誰をも傷つけたくないと思いながらも、結局はそうせざるをえない立場に追いこまれてしまうという、ギリシャ悲劇を思わせるような淡々とした暗い宿命観がこの作品の底に流れている。最後の何行かに漂う静かな絶望感は、まさにこの人ならではのものである。本書にあっては比較的短い作品だが、無駄のない好篇である。

『保存されたもの』

失業して、生きる意欲そのものを喪失してしまった夫。その夫を見ながら、自分もまたどうすればいいのかつかめないでいる妻。少しずつヴァイタルな世界から取り残されていくような、その二人の辺境的な生活風景をぴたっと鋭く切り取った短篇である。

ただし話の流れが幾分分散している傾向があるように訳者は思う。夫の失業から冷蔵庫の故障という話の筋はとてもいい。冷凍食品がどんどん溶けていくという絶望感は非常にリアルである。溶けかけたものを全部今日のうちに食べてしまわなくてはならないというシチュエーションも面白い。従来のカーヴァーなら、この辺で話をぷつんとぶったぎっていただろう。しかし新しいカーヴァーはもっと先へと話を続けていく。

もっとも残念ながら、この作品ではそのあとの広がり方がいささか並列的にすぎる。納屋競売や、競売問題から派生した妻の父親の事故死の話は、話としては面白いのだけれど、小説全体の流れからは少しはみ出ているように私には感じられる。うまく話に溶けきらず、それ自体が塊として残ってしまう部分がある。最後の部分へのもっていきかたは、カーヴァーの力からすればもう少しスリリングに書けたはずだという気がする。

『コンパートメント』

故あって妻子と別れた孤独な中年男である主人公がヨーロッパ旅行をし、そのついでにフランスの大学に留学中の息子に会おうとする。息子とは喧嘩別れしてもう長いあいだ会ったことがない。彼は和解をするつもりで土産を買って列車に乗り込む。しかし息子の待つストラスブール駅に向かうあいだに、自分がもう息子に全然会いたくないことに彼は気づく。孤独な生活の中で、彼の中から愛というものが消えてしまっていたのだ。彼はもうそれをどこに見つけることもできない。彼が思い出せるのは怒りだけである。そして彼は姿を隠して、そのまま駅をやり過ごしてしまう。

しかし彼は切り離された列車に取り残されてしまう。息子の土産として買ってきた腕時計も誰かに盗まれてしまう。彼自身の荷物は本来の列車に積まれたままパリに行ってしまった。彼はひとりぼっちで、言葉もわからぬ異国人にかこまれて、いずことも知れぬ遠い場所に運ばれていく。

スピードのある作品である。ひとりの男が徹底して疎外された世界に放り込まれた雰囲気もよく出ている。ここに描かれているのは、他人を十全に愛することができなくなった男の壮絶な孤独感である。愛することができず、それ故に愛されることもなくなってしまった人間の、見事なほどの不毛。この小説の最後の部分ににじみでた、ポール・ボウルズ風に渇ききった孤絶感は実に素晴らしい。しかしこの渇き方は読んでいていささか疲れると感じる読者がいらっしゃったとしても、それをいちがいに責めることはできないと思う。そう、カーヴァーの世界にはひとしずくの温かな救いが必要なのだ（たとえそれが結局は絶望の淵に沈みこむしかない物語であったとしてもだ)。

なお一九八二年にカーヴァーとテスは二人でスイスに旅行している。この旅行の経験はこの作品の他にも幾つかの短篇を生んでいる。

『ささやかだけれど、役にたつこと』

レイモンド・カーヴァーの残したマスターピースとして衆目の一致する作品のひとつである。

この作品は『愛について語るときに我々の語ること』に収録された『風呂(The bath)』を改筆し大幅に膨らませたものである——と私は以前に書いた(『ささやかだけれど、役にたつこと』中央公論社刊・あとがき)。しかしこれには異論もある。

私が一九八九年の秋にニューヨークでテス・ギャラガーに会ってそのことを尋ねたときに、それは実は話が逆なのだと彼女は言った。つまり彼女の話によれば、長いバージョンの『ささやかだけれど……』が先に存在して、その後で短い『風呂』が生まれたのである。奇妙な話である。というのは、発表された年を見ても『風呂』の方が先だし、どうみても『ささやかだけれど……』の方が作品として成熟している(もちろん好みがあることは認めるけれど)からである。カーヴァーの研究家であり、このレイモンド・カーヴァー全集を刊行するにあたっていろいろと御世話になったウィリアム・L・スタル氏も『風呂』が先で『ささやかだけれど……』があとで改筆されたものとしてビブリオグラフィーを作成している。彼はこう書いている。

「『ささやかだけれど……』は『風呂』よりは二倍近く長くなっているのだが、それは手を加えられただけではなく、話の続きが書かれているからである。それにもまして大事なことは、改訂版によってオリジナル版が完成されたということである。フラグメント的な部分の集積は、パワフルでドラマティックなストラクチュアを有したひとつの全体へ移行している」

まさにそのとおりであると私も思う。でもテスの話によれば、カーヴァーはまず最初にロング・バージョンを書いたのだと言う。しかしそのバージョンは担当編集者によって一蹴された。「長すぎる」とその編集者は言った（テスは名前をあげなかったけれど、おそらくクノップフ社の担当編集者であったゴードン・リッシュではないかと推察される）。当時その編集者の強い影響下にあったカーヴァーは忠告を入れて、その小説を半分に削った。そしてそれを『風呂』という題で短篇集『愛について……』に収録したわけだ——というのがテスの説である。ただし、カーヴァー自身は生前に、このふたつのバージョンの中では『ささやかだけれど……』の方がファイナル・バージョンであると断言している。(この問題については後になってもっと多くのことが判明した。詳しくは『月曜日は最悪だとみんなは言うけれど』〔中央公論新社刊〕をお読みいただきたい)

平和な家庭を襲う突然の悲劇。誕生日を迎えようとしていた子供が交通事故にあって意識不明になってしまう。両親のショックと不安。前半は子供の死で終わる(この子供が死んでいく場面の前後は簡潔にして圧倒的である)。『風呂』はここで話が終わるが、『ささやかだけれど……』はそのあとを引き継ぐ。子供を失った夫婦は不気味な電話をかけてきたパン屋を追い詰めていく。まるで死んだ子供の魂を追って暗い冥界に彷徨《さまよ》いこむように、夜更けのパン屋へと彼らは車を走らせる。そこは世界の果てであり、愛の辺境である。そこでは愛が失われ、損なわれている。パン屋は人を愛することをやめ、人に愛されることをやめている。夫婦の方は愛をおしみなく与えたにもかかわらず、その対象は理不尽に唐突に抹殺されてしまった。パン屋にできることは二人のためにパンを焼くことだけだ。それは世界のはしっこにあって「ささやかだけれど、役にたつこと(a small, good thing)」なのだ。どれほど役にたつのかは誰にもわからない。でも彼らはそれにかわる何ものをも持たないのだ。

悲しい話だ。本当にヘビーな話だと思う。しかし最後にふっとパンの温かみが手の中に残るのだ。これは本当に素晴らしいことだと私は思う。

『ビタミン』

主婦であることにあきたらずビタミン剤の家庭訪問販売に打ち込む妻と、病院の雑用係をやりながら酒ばかり飲んでいる夫（カーヴァーは一時期実際に病院の雑用係をやっていたようである）。ビタミン・ビジネスは初めのうちは順調なのだが、そのうちにだんだん下り坂になってくる。どういうわけか急にビタミン剤が売れなくなったのだ。主人公の夫はそれに呼応するように軋み始める夫婦関係にとくに危機感を抱くでもなく、妻の仕事仲間の女性に手を出して気晴らしをしようとする。一夜の気晴らし、それが彼らの求めたものだった。しかしジャズ・バーで偶然同席したヴェトナム帰りの黒人にその偽善性を暴力的に告発され、結局、何もかもが壊れてしまう。

failure（失敗者）はカーヴァーが好んで描く題材だが、この短篇に登場する人物はひとり残らず見事にフェイリャである。とくに貧乏というのでもない。人生の敗残者というのでもない。ただ彼らには未来に希望というものが持てないのだ。彼らは自分たちがかつて思い描いていた人生とはまったく違った人生の中に閉じ込められ、そこから抜け出すことができないのだ。それがフェイリャである。全員が町を出てどこか別のところに行って、別の人生を試してみたいと思っている。どこに何があるというわけでもない。でもだからといってそこにじっと留まっていたところで、やはりどんな希望もないのだ。いつも空にどんよりと雲が垂れこめているような不思議なモノトーンの雰囲気がこの作品には満ちている。

『注意深く』

妻と別居した（あるいはさせられた）夫が下宿で一人暮らしをしながら、何をするともなく酒びたりの無為な毎日を送っている――といういかにもカーヴァレスクなシチュエーション。ところがある朝目が覚めると突然彼の耳が聞こえなくなってしまっている。そこにまえぶれなしに妻が訪ねてくる。場面は小さな下宿の部屋の中だけ、登場人物は二人きり、芝居でいえば奇妙な味の一幕物という感じの小品である。どうして耳が聞こえなくなったかというと、要するに耳垢が塊になって詰まってしまったのである。そこで妻と彼とは手をつくして耳垢取り作業を進める。妻はどうやら離婚話か何かを持ってきたらしいのだが、耳詰まり事件のせいで（それに何を言ってもうまく聞こえないので）、それは話されぬままに終わってしまう。

訳者はこういう風に耳が聞こえなくなるくらい大きな耳垢（ear wax）がたまるという経験もないし、そんな話を聞いたこともない。耳垢が塊になって、それがぼろっと取れるなんていうことは世間ではよくあるのだろうか？　念のために何人かのまわりの人に尋ねてみたのだが、誰もそんな話は耳にしたことがないと言う。あるいはそういうのは体質的にアメリカ人の耳にありがちなトラブルなのかもしれない。後日アメリカに行ったときに、ひょっとしてと思ってドラッグストアを見てみたら、たしかに耳垢取りの薬というのがけっこう沢山棚に並んでいた。興味があったのでひとつ買ってきたのだが、今のところは使いみちがないままに放ってある。きっと「目からうろこが落ちる」という感じで耳からぼろっと耳垢が落ちるのだろう。気持ちよさそうと言えなくもない。

『ぼくが電話をかけている場所』

この短篇集の白眉ともいうべき見事な作品である。ヘミングウェイやフィッツジェラルドのいくつかの短篇が時代を超えた古典として長く読みつがれているのと同じように、これから読みつがれていく作品のひとつになるだろうと思う。アルコール中毒治療所の静かな日々。主人公の「僕」と、同じ療養仲間のＪＰ、このＪＰがポーチで訥々と語る話が素晴らしい。少年時代に野井戸に落ちて、そこでひとりぼっちでずっと空を見ていたこと、そしてある日煙突掃除の娘に恋をして、それと同時に煙突掃除という職業にも恋をしてしまうこと（どうしてだろう？　丸く切り取られた空への憧憬だろうか？　それはある種のオブセッションなのだろうか？）、でもあるとき、ほとんど理不尽に酒に取りつかれてしまうこと、そしてそれまで曇りひとつなかった人生が突如暗い穴の中へずるずる引きずりこまれていくこと……この語り口は実に見事である。そして主人公の「僕」はじっとそれに耳を傾けている。「僕」にも同じような暗い過去がある。でもＪＰの話す奇妙に純粋な愛のかたちが「僕」の心を打つ。この療養所はまさに魂の暗い辺境である。そこでは愛はただ語られるしかない。記憶として、あるいは失われた楽園として。しかしそれでもなお愛は力を持っている。「僕」は最後にもう一度やりなおすためにガールフレンドに電話をかけようとする。ここには——それがうまく機能するにせよしないにせよ——回復の予感がある。まさに暗雲が裂けて光がこぼれ落ちようとするかのような。

「彼女が出たら言おう。『僕だよ』」という最後のシンプルな一行が見事に印象的である。

『列車』

これも奇妙な味の一篇。この作品はジョン・チーヴァーに捧げられている。チーヴァーやガードナーといったカーヴァーの尊敬する作家が相次いでこの世を去り、そしてカーヴァー自身もほどなく逝ってしまった。

ここには三人の人物が登場するわけだが、彼らについての説明は一切ない。彼らがどういう人間で、どこで何をしてきたのか、誰にもわからない。ミス・デントという若い女性はピストルで男を殺そうとした。おしゃれな格好をした老紳士はどこかから一目散に逃げてきたらしく、靴をはいていない。その連れのイタリア系の女は「船長」と呼ばれる男に対してかんかんに腹を立てている。その三人が駅の待合室で列車を待っている。読者はきれぎれな彼らの言葉の断片からそれまでに「あったらしいこと」を想像するしかないのだが、この断片の配置のしかたがシュールレアリスティックでなかなか面白い。ある意味では実験的なスケッチだが、それでもちゃんと小説として成立しているところがさすがである。この待合室もやはり辺境である。スタル氏の言葉を借りれば「ホープレスビル、USA（アメリカ合衆国、絶望町）」のひとつの情景である。

『熱』

妻が同僚と駆け落ちしてしまった高校教師。これもいかにもカーヴァー的な設定である。主人公は二人の幼い子供の世話をしなくてはならないし、学校の勤めもある。しかしどうしてもベビーシッターが見つからない。もうすぐ新学期も始まる。にっちもさっちもいかなくなってきたときに、突然天の助けのようにウェブスターさんというスーパー家政婦がやってくる。この人はなにしろ仕事もできるし、人柄もいい。子供もすっかりなついてしまう。そして彼女のおかげですべては良い方向に向かったように見えるのだが……。

カーヴァーの小説にしては珍しく、ここにはある種のホームドラマ的な趣さえある。もちろん主人公のカーライルは奥さんに逃げられているわけだし、うだつのあがらないただの美術教師である。しかし彼は正確には failure ではない。彼なりに仕事をきちんとこなしているし、人生に絶望してもいないし、酒に溺れているわけでもない。男手ひとつで一生懸命子供の面倒を見ていこうとするところなんか、実に健全かつ健気である。いささか女々しく自己憐憫的な傾向はあるけれど、基本的にはまともな良い人である。話を読んでいると、だんだんこの人が可哀そうになってくる。悪い人じゃないんだから、もう少しましな目にあってもいいんじゃないかという気がしてくる。

そこにウェブスターさんが現れる。

このウェブスターさんの素晴らしさはもう幻想的と評してもいいくらいのものである。彼女の登場によって家は見事に秩序を回復する。そしてそれと同時にカーライルの精神の回復も始まる。それまでカーライルは去っていった妻との愛の記憶に執拗にすがっている。彼の考える愛のかたちというものを、妻は彼と共有してくれなかったのだ。そして妻の考える愛のかたちというものを、彼は妻と共有できなかったのだ。そういうディスコミュニケーションが彼を打ちのめしている。でもウェブスターさんは言う。「あなたはとてもきちんとした方です。奥さんもそうです。今回のかたがついたら、お二人ともきっとうまくいきます」と。

しかしそのウェブスターさんもまた去っていく。彼女もまたやって来ては去っていく暫定的な人間のひとりであったのだ。カーライルの一家は再びそこに取り残される。しかしウェブスターさんの言葉は優しい予感として残されている。完全な十全な愛というものはこの世界にはない。しかし人はその漠然とした仮説の（あるいは記憶の）温もりを抱いて生きていくことはできるのだ。

『轡《くつわ》』

いちおう轡という題をつけたが、原題は〝BRIDLE〟、馬勒《ばろく》である。馬勒というのは手綱、轡、おもがいという馬具一式の総称である。主人公の語り手はアリゾナでモーテルの管理人をしている中年の女。ここにミネソタからホリッツという一家がやってきて、月極めの客として滞在する。モーテルと言っても、長期滞在者のための家具つき下宿のような役割も果たしているわけである。訳者もヨーロッパでけっこう長いあいだこういうところに住んでいたので、そういう雰囲気のようなものはよくわかる。そこには生活でありながら生活ではないという、なにかしら暫定的な雰囲気が漂っている。そこに住む人々は旅行者ではない。しかし生活者でもない。何かの事情でそこにとりあえず留まっている人々である。彼らはやってきて、そして去っていく人々である。

　どうしてホリッツ一家がそこに流れてきたのかはやがて明らかになる。ホリッツ一家はミネソタで農業を営んでいた。しかしあるとき主人のホリッツが駄馬を競走馬に仕立てようとして金を注ぎ込んで、あげくの果てに一文なしになってしまったのである。そして銀行が彼の農地を抵当で取ってしまった。彼らは根を持たぬ人々としてアメリカをさまよわなくてはならない。そしてよりによって、農業なんて成り立つわけのないアリゾナにまで流れてくるのだ。どうして彼らがアリゾナにやってきたのかは誰にもわからない。あるいは彼らは故郷からもっとも離れた場所に行くことを求めていたのかもしれない。

彼らはここで危なっかしいなりにも、もう一度生活を立て直したかのように見える。妻はレストランのウェイトレスの仕事をする。子供たちは学校に通う。しかしここはもちろん彼らの安住の地ではない。彼らは結局のところ落ちていくしかない人々なのだ。ある夜に主人のホリッツが酒を飲んでつまらない事故を起こして、それが原因となって彼らはまたこのモーテルを出ていくことになる。あとには使いこまれた馬勒だけが残されている。それが彼らの人生を破壊してしまったのだ。

私がこの小説を好きな点は、語り手の女性のホリッツ一家に対する温かい視線である。そしてホリッツの一家が落ちていきながらも四人で肩を寄せあって生きている、その奇妙な寡黙さである。彼らも、彼女も、そしてこのモーテルに住む大方の人々も、みんな多かれ少なかれ、アメリカという幻想の共同体からの failure なのだ。

『大聖堂《カセドラル》』

本書の表題作である。これもカーヴァーの残したマスターピースのひとつ。一級の文学としての力と品位を備えた優れた作品である。非のうちどころがない、という賞賛の表現は、あるいはカーヴァーの作品にはふさわしくないかもしれないが、隅から隅まで何度読み返してても（翻訳をしているとどうしてもそういう読み方を強要されるし、それは当然のことながら最もシビアな読み方のひとつである）いつも変わらず実に見事だと思う。

昔の知り合いの盲人とつきあっている妻、それをなんとなく面白くなく思っている夫、二人はアメリカのどこにでもいるロワー・ミドルクラスの夫婦である。盲人が家に遊びに来る。妻は歓待し、夫はちょっとしらけている。しかし夫と盲人は二人で酒を飲み、マリファナを吸って、テレビを見ているうちに、少しずつ心を通じあわせることができるようになってくる。目が見えないというのがどういうことなのか、その痛みと、その痛みを越えた心のありようを、夫は我が身のこととして実感することになる。その実感は理性的なレベルで盲人に同情的な妻には理解することのできない、まさにフィジカルな痛みであり実感である。夫と盲人が二人で手を重ねてボールペンで大聖堂の絵を描きあげていくラストシーンは見事に感動的である。カーヴァーの筆はあくまで即物的であり押しつけがましくない。そして彼の思い入れのない簡潔な言葉は人の心の核心に、ぴたりと正確に達している。現代における優れた短篇小説の書き方を示した名篇というべきだろう。

本書はＫＮＯＰＦ社版の*Cathedral*に依った。同じ訳者はかつてここに収められている『羽根』『ささやかだけれど、役にたつこと』『ビタミン』『ぼくが電話をかけている場所』『大聖堂』を中央公論社から別のかたちで出版したが、両者のテキストにはかなりの相違があった。カーヴァー氏は作品が出版された後でも実にこまめに手を入れる作家であり、どれがオリジナルと呼ぶべきかはさまざまに意見がわかれている。この全集ではすべてオリジナルの短篇集バージョンを採った。御了解いただきたい。

翻訳のチェックに関して、柴田元幸氏の助力を仰いだ。氏の丹念にして有益なアドバイスに深く感謝する。

『大聖堂』（レイモンド・カーヴァー全集 第三巻）
一九九〇年五月 中央公論社刊。ライブラリー版刊
行にあたり訳文を改めました。
（編集部）

装幀・カバー写真　和田誠

村上春樹《むらかみはるき》 翻訳《ほんやく》ライブラリー

大聖堂《だいせいどう》

2007年 3 月 10 日　初版発行
2024年 11 月 30 日　9 版発行

訳　者　村上《むらかみ》　春樹《はるき》
著　者　レイモンド・カーヴァー
発行者　安部　順一
発行所　中央公論新社
〒100-8152 東京都千代田区大手町 1-7-1
電話　販売部 03 (5299) 1730
　　　編集部 03 (5299) 1740
URL https://www.chuko.co.jp/

印　刷　三晃印刷　　製　本　小泉製本

Published by CHUOKORON-SHINSHA, INC.
Printed in Japan　ISBN978-4-12-403502-5 C0097
定価はカバーに表示してあります。
落丁本・乱丁本はお手数ですが小社販売部宛お送り下さい。
送料小社負担にてお取り替えいたします。